U0528928

七步镇

陈继明 著

人民文学出版社

图书在版编目(CIP)数据

七步镇/陈继明著.—北京：人民文学出版社,2018
ISBN 978-7-02-014584-3

Ⅰ.①七… Ⅱ.①陈… Ⅲ.①长篇小说—中国—当代 Ⅳ.①I247.5

中国版本图书馆CIP数据核字(2018)第200910号

责任编辑　付如初
装帧设计　李思安
责任校对　韩志慧
责任印制　王重艺

出版发行　人民文学出版社
社　　址　北京市朝内大街166号
邮政编码　100705
网　　址　http://www.rw-cn.com

印　　刷　三河市西华印务有限公司
经　　销　全国新华书店等

字　　数　172千字
开　　本　787毫米×1092毫米　1/32
印　　张　9.875　插页2
印　　数　1—10000
版　　次　2019年1月北京第1版
印　　次　2019年1月第1次印刷

书　　号　978-7-02-014584-3
定　　价　48.00元

如有印装质量问题,请与本社图书销售中心调换。电话:010-65233595

出门七步,

遇敌十人。

——七步镇谚语

出门七步,遇敌十人。

——七步镇谚语

卷一

1

前不久,澳门某大学的文学院拨了二十万澳元的科研经费,组织多位教师和博士集体开展"东声小说研究",我应邀去做了一个小型演讲,并和大家一同聆听院长本人和几位师生介绍各自的研究成果。院长叫范荷生,一向关心我的小说创作,近水楼台,申请经费专门开展"东声小说研究",自己带头写论文。

一位名叫居亦的重庆籍女博士找到我二十几岁发表的短篇小说《一个少女和一束桃花》,称赞它"气质独特,起点不低,不像当时流行的先锋派那样故作姿态,也不像同样流行的新写实主义那样细碎和庸常"。我一时不敢相信被美女居亦夸赞着的那个人是曾经的我,那个二十几岁的我,又惊喜又紧张,紧张多于惊喜。

原因是,我患有回忆症。大家也许并不知道有回忆症这么一种病。的确不是什么大不了的病,死不了人,对健康也没什么明显的影响。和它相近但比它显赫的病有很多,如孤独症、抑郁症、焦虑症、失眠症、躁狂症、恐惧症、老年痴呆症、小儿多动症、更年期综合征、经济舱综合征、帕金森综合征、窥阴症、恋童症、露阴症、自恋症、异装症、恐缩症等等。回忆症的症状不难猜想,即不能不回忆,一旦开始回忆就没完没了,很难中止。任何一个偶然因素都有可能触发某一段特殊记忆。这原本很正常,人人都会如此,然而,对一个回忆症患者来说,坠入回忆却殊为危险,如同灾难,他们会深陷其中不能自拔,会反复纠缠事件的每一个细节,有时会对其中一些关键的细节做出修改,以便演绎出更好的结果,或者更坏的结果。这种行为医学上称作"修改记忆"。要么是病人自己做出的本能修改,要么是医生为了把病人抽离回忆而做出的干预式修改。

几天前我在珠海拱北一带逛街,准备去迎宾北路和九洲大道交叉口的"陇上人家"吃天水菜,刚刚拐向九洲大道的瞬间,一个骑自行车的老人突然从我身旁经过,车子后座上夹着一株两米长的向日葵秆——很快我就发现弄错了,不是向日葵秆而是半截甘蔗。但效果已然有了,我的确闻到了向日葵的味道,绝对如同真的闻到了。向日葵刚刚掰下来的一瞬间,花盘背后的海绵体猝然被撕破时散发出的那种极冲的味道。它总是又黏又湿,带着海绵体特有的粗糙纤维不规则地喷出来,让人眼睛发酸,头皮发麻。在珠海的大街上,这个味道令我想起了童年的一个伙伴,一个名叫小迎的女孩。

小迎,我曾经吻过的一个女孩。

那是用半个向日葵换来的吻。

中午,乌鸦叫个不停,村庄昏昏欲睡,在我姑姑家的后院里,在一大堆斜立在墙上的玉米秆后面,我和小迎嘴对嘴吻了好一会儿。要不是附近的火车突然发出吓人的轰隆声,我们肯定会接着吻下去的。火车的轰隆声像一种永远挥霍不尽的东西,久久不停。我和小迎不能不相互松开,仍旧躲在霉味很重的玉米秆后面一动不动,后来我灵机一动,伸手摸了摸她的鼻子,心想这下才算对得住半个向日葵了。小迎有一个好看的鹰钩鼻子,每次看见她,我总是想不通她为什么走哪儿都带着她的鼻子?鼻子为什么总是比她更早到达某个地点?好像她是她鼻子的跟屁虫,她要是偶尔把鼻子放在家里的某个角落就好了,我就可以偷偷溜进她家摸摸它。现在我终于摸着了,我觉得这比亲嘴还有趣,亲嘴其实没太大意思。

火车的轰隆声后来开始缓缓移动,向陕西那边一路响过去,令我心生自卑。火车的巨大轰鸣说明姑姑家是一个大地方,容得下一列火车和它的轰鸣。我早就认真想过,我家的山沟沟里能和火车相提并论的东西只有防空洞了。防空洞也许比火车还要长,里面除了阴森的黑暗就是潮湿的空气,再什么也没有,还不允许孩子们进去。我一直想,火车可能也是空的,徒有其表,发明火车和发明防空洞一样,只为了炫耀,炫耀精力旺盛,或者炫耀地方大。火车声渐渐远去之后,我和小迎突然有些不安,又不知道接下来还能做什么,嘴亲了,鼻子摸了,实在不知道还能做什么,就躬了身一前一后走出来,各回各家了。半个向日葵在小迎的手里显得很招摇,罪证一般让我心虚,而且,她已经大咧咧揿着吃起来,还故意把瓜子皮吐在我身上,仿佛在说,呸呸呸,东声你真够坏的。我心里也承认自己够坏的,在别人家地盘上占别人的便宜,不仅亲了嘴,还摸了人家鼻子。我还想,原来亲嘴和摸鼻子并不比登天还难,甚至简单极了。正像大人们所说的,简单得像一,却被他们搞得玄玄乎乎,要死要活。没多久,我就回到那个只有防空洞的小山村——七步镇海棠村了。

　　第二年暑假我又去了姑姑家。这次就出了大事情。那天,车站上停着一列货车,始终不见开走。看不见头和尾的敞篷车厢,没完没了的黑乎乎的四方形,早晨在,中午在,下午还在。"死猪不怕开水烫。"小迎冲着火车说。小迎到底是大地方人,口气很大,我想,我打死也不敢把火车比喻成死猪。在火车这么一种庞然大物面前,我很难不自卑。火车发出惊天动地的尖叫时,我的自卑会像气球一样成倍放大。况且我已经发现,火车并不是空的,每节车厢里都是满满当当。比如眼下这列货车,中间的几节车厢里是那种吓人的大型收割机,土红色,名字好像叫"康拜因"。很难想象,多大多平多辽阔的地方,才用得上这种大家伙。这足以说明,还有比姑姑家更大的地方。据说南有陕西四川,北有青海新疆,都是村里那些见过世面的老人嘴里常说的大地方。我实在有些羡慕康拜因了,因为它们显然要去那些大地方。另一些敞篷车厢里不是大大的石头就是细细的沙子。"哼哼,这些东西不怕人偷!"这也是小迎的话,是对火车停下不走的嘲讽。

　　下午,火车还停在老地方,鸦群不断从车厢里飞起又落下。我们七八个孩子正准备在村子里藏猫猫,突然,我冲着火车站的方向问小迎,能不能去火车上藏?小迎歪着脑袋故意掩饰着自己的激动,说,可以呀。小迎是组长,我也是组长,一个组藏,另一个组找。藏在不同的车厢里,藏在康拜因和大石头后面,藏和找都得爬上爬下,费尽周折,又麻烦又刺激,四五轮过后两个组的兴趣仍旧有增无减。该小迎那个组藏了,我们背对着火车,听见小迎快速喊了两个字,好了!我们故意不急,慢悠悠地转过身,正准备去找,看见火车突然一抖,又一抖,就像是沉默太久后车厢自动做出的生理反应,哐当,哐当,连续两下,所有的车厢一起向前,再一起向后,再向前,再向后,很松弛,又很有力,震动传向很远的地方。等火车重新安静下来后,我们仍然不敢贸然出击,打算再等两分钟。直到躲在车厢里的几个人没耐心藏下去了,纷纷探出头,骂我们耍赖。唯独不见小迎。我抬起头冲着高大的康拜因喊,小迎,出来,不要了!小迎很反常,不吭声,也不出来。不知是谁最先发现,白光光的铁轨上有红红的东西一跳一跳,像偷偷盛开的小红花,匆匆开了又匆匆败了。紧接着大家一致发现不是别的,是血,血滴由小变大,已经变成一条线,拉在车厢和铁轨之间。我跑过去,攀住车厢自带的梯子爬上去,一露头就看见了吓人的一幕——其实,我只是闻见了可怕的血腥味,从两个康拜因之间的狭窄缝隙里喷出来。就像一个行家里手,仅仅凭着血腥味我便知道小迎死了,小迎再也回不来了。血腥味所代表的死亡甚至比死亡本身还要逼真。我在第一时间就明白小迎死了,包括她的嘴和鼻子,还有她的老气。我也迅速成长为一个老气的孩子,转身跳下车厢,拼命喊:"出事了!出事了!"

随即便是静静展开的混乱。

至今我还记得,当时我只能看见混乱的场面,听不到半点声音。不过这就够了。大人们出现后,他们的混乱和他们的镇定从两方面共同印证了我的判断:小迎死了!两个康拜因撞在一起,把小迎夹扁了!小迎,包括她的嘴巴、鼻子和老气,全都扁了。总之,那是我第一次亲眼看见死。准确地说,是听见死。关于小迎在两个康拜因之间的样子,人们有形形色色的细致描述。但结果只有一个,小迎死了。

第二天一早我就匆匆坐车回家了。姑姑急于打发我走是因为她听到了一些议论:去火车上藏猫猫是东声的主意。姑姑问我是不是这样?我心里很害怕,但没撒谎,承认是我的主意。有很多年,我都不敢再去姑姑家,一是怕看见小迎的父母,二是怕看见火车和铁路。直到1997年,我偏偏住在了铁路旁,我的新单位——宁夏文联的家属楼就在铁路旁,火车站和仓库之间的一条铁路,只跑货车,速度极慢,没有规律,但凌晨四点左右的一趟总是雷打不动。刚刚搬进新居的那一年,每天的后半夜我都是在半睡半醒中度过的。火车车轮持续撞击铁轨的声音很优雅,很有节奏,却冷极了硬极了,让我再三地想起天地间那些明明暗暗的物理规则和强盗逻辑,比如小迎的死。小迎是被两个康拜因夹死的,这里面除了物理规则和强盗逻辑还有什么?我认为这样的死是死里面最下流的,是不可接受的。我总是想,如果这样的死可以更改就好了,所以,列车的轰隆声中,有一个关于小迎的另一种死在天地间流传。

另一种可预见的死,另一种更悲壮的死,比如,你去参加一场战争,你不幸战死,这死就是可以接受的。我认为战死是所有死里面最可接受的死。病了十年死掉,也是可接受的。退一步讲,被火车轧死是可以接受的。而被火车上的两个康拜因夹死,算什么呢?所以,在长达十年的时间里,在列车的轰鸣声中,我不知不觉创造了无数种小迎的死。小迎死了,这个事实不变,小迎如何死由我决定。当然总是和列车脱不了干系。不过在珠海的九洲大道上,这突如其来的回忆倒让我发现,我其实已经成功地遗忘了小迎。我其实是有能力遗忘的,会记住也会遗忘。既然如此,我当然还可以遗忘更多的东西。

说远了说远了,东声首先是一个回忆症患者,其次才是一个写小说的人,大家只要记得这一点就好。接下来的故事可能和写作关系不大,和回忆症瓜葛甚多。比如刚才,居亦博士对我少作《一个少女和一束桃花》的谈论,便把我,把2015年的东声强行贬回到1990年,让我一下子记起了写这个短篇时的点点滴滴:草稿写在一个绿皮本子上,塑料封皮上印有"学科学"三个字。"学"字顶上的三点是奔向太空的三架飞船,微微凸起,可以触摸。抄稿用的是八开的方格稿纸,当时我不能容忍稿纸上出现任何涂抹的痕迹,只要发现错了一个字,就把整页稿纸废掉,从第一行第一个字开始重抄。还记得其中的第九页总是出错,就像着了魔,不是此处出错就是彼处出错,连续重抄了五遍。虽然很恼怒,又拿自己没办法。当时的情景如在眼前。回忆中的我,像一只饥饿的蜜蜂看见了荒原中的一片花海,钻进去,久久不肯离开。我知道是怎么回事。想回来,回到会场,回到五十岁,哪怕只是出于礼貌,却做不到。时间变成一根透明的管道,细长又弯曲,一旦不小心滑入管道的底部,就很难爬回去。透明管道里有一个略大于九十度的犄角,把我挡在时间的另一侧,就如同被"现在"无情地开除了。那个犄角也是透明的,看上去似乎毫无阻隔,却又难以顺利穿越。心里越急越是没有办法。好在这样的情形不是第一次出现,我也知道,自己近来状况良好。几秒钟后,也可能是两三分钟之后,我的意识回到了当下,看见了一张张熟悉的脸,听见居亦博士正在深情朗读《一个少女和一束桃花》中的某个片段。

随后的提问环节回答了一些简单的问题,即将告一段落时,身旁的范荷生随口问我,最近在写长篇小说吗?我犹豫了一下,不太坚定地回答,在写。范荷生很感兴趣,问,农村题材还是城市题材?我一笑,有点不好意思地说,军事题材。范荷生一听,颇感失落。他显然更希望我的新长篇是关于我的文学故乡——海棠村的。范荷生一直认为我的小说还是写乡土的那一部分更好,更纯熟。他甚至建议,不要写乡土之外的东西。为了"安慰"范荷生,我说,写写停停三四年了,始终写不下去。范荷生问,你不熟悉军事题材吧?我说,其实我从小就是个军迷。范荷生大概没听懂"军迷"的意思,别人也没听懂,我只好说更多的话,而且故意显得自信满满。我说,我是一个军事迷,我对军事的了解程度,说夸张一点,也许够做一个军事间谍了。我所掌握的军工知识,有些也许是很有价值的军事情报。一位博士生看上去很兴奋,大概也是军迷,举手要提问,范荷生看了看表,说,时间不早了,今天的活动就到这儿。鼓掌声中,下午的活动结束了。

当晚住在澳门。范荷生请我吃饭,那几位有课题的老师和学生也来了。范荷生还请来一位毕业于牛津大学的心理学博士,叫王龄。落座后范荷生介绍说,王龄在澳门有自己的心理诊所,主要研究超心理学,并治疗和超心理学有关的心理疼痛。王龄又是篆刻家,身兼澳门松山印社社长。范荷生小声对我说,饭后大家去王龄那儿喝喝茶写写字。范荷生知道我喜欢书法,事先给王龄介绍过。王龄很给面子,对我的字有好感,愿意刻一枚闲章,换我一幅字。王龄的年龄一时不好判断,像是三十出头,又像是更大一些,目光傲慢,又暗藏文雅,傲慢和文雅的混合体,却仍然是一种纯净的可亲可近的气质,令人相信此人是尖锐又善良的。我对这种气质既有隐隐的不适,又有隐隐的好感。

等菜的时候又说起了军事题材。和范荷生不同,其他人对这个话题明显更有兴趣,很想知道我在这部长篇里到底打算写些什么。

我说:"写一部军事题材的长篇小说是一个由来已久的冲动,但也可有可无,并不强烈。也许和我的平脚板有关,我从小就知道自己是平脚板,当不了兵,也当不了运动员,这样一来,反而更关心军事和体育方面的东西。"

说到这儿,我意识到范荷生的存在,故意用消极口吻说:"很可能扔下不写了,我写作的一大特点是半途而废,写不动就扔下,过几个月甚至几年捡起来再写,再写不动,再扔下。每一次写作都是从某一个旧底子上开始的。"

这也是实情,大家表示接受。

"什么是心理疼痛?"我问王龄,我想把话题岔开。王龄稍稍想了想,说:"比如,一个人明明被截肢了,却感到早已不存在的那部分肢体还在疼,疼痛难忍,十分真切。医学上称之为幻肢痛。幻肢痛其实是一种心理疼痛。如果一个人生来就缺胳膊少腿,则不会有幻肢痛。凡是有幻肢痛的人,都是曾经四肢健全的人,这说明了什么?说明幻肢痛和记忆有关,和心理有关,是精神身体医学研究的对象。psychosomatic medicine,即精神身体医学,这种医学强调精神因素和身体疾病之间有深刻联系,外国已经很盛行,而在国内,包括港澳台,才刚起步。"范荷生问大家:"在座的谁有心理疼痛?"居亦迅速举起手,同时低下头,以做作的害羞语气说:"我。"范荷生说:"不妨说说。"居亦更显做作地说:"不好意思说。"居亦真的红了脸,连耳根都红了,大家劝了半天她才说:"到现在我还怕打针,哪怕是体检采血,也怕,心里知道没那么疼,还是会大哭大叫。甚至怕吃药,中药怕,西药也怕。所以我从来不吃药,如果真有长生不老的灵丹妙药,我也不吃。"王龄一听就明白,说:"这种情况很常见,一般和童年记忆有关。童年时代对打针吃药的恐惧一直跟进了成年,只要一看见针头就恐惧。不是疼,是对疼的恐惧,或者说心理疼痛。"范荷生马上说:"我也学过一点心理学,我认为从心理学角度说,一个孩子打针时大哭大叫有另一种可能,那就是为了引起父母和大人的更多关注,这样的孩子通常是自我中心主义者。"居亦漂亮的脸蛋再一次红透了,狠狠推了范荷生一把,说:"算你狠。"

饭后,我们去了王龄的心理诊所。

在那里,王龄终于说出了他早就想说的话,他说:"你那部写写停停的长篇小说,之所以写不下去,另有原因,而且是深刻原因。"

他接下来的话几乎和我心里预想的一模一样:"表面看起来,你在写一部纯虚构的长篇小说,实际上,你在追忆你本人的前世经历。"

"前世之说"我丝毫不感到意外。说实话,我自己早就相信我有前世,我的前世是民国期间的一位国民党军人。我几乎亲眼看见过我的前世。上小学的时候,每次去七步镇赶集或者从七步镇乘车去外地,我总会头疼难忍,不是一般的疼,是放在油锅里熬的那种疼。不光是疼,还会发烧,能烫着手的那种烧。发烧的时候,眼前会出现清晰的幻觉。幻觉中总有一个青年军人,骑着枣红战马,军装半灰半黄,有点土气,马裤和马靴又很洋气,是土洋结合的味道。左肩和右肩上各挎着一条皮带,在腹部相互交叉,显得派头很大。腰上的皮带更宽一些,左边很显眼的位置上别着手枪,故意耍威风的。军帽上有青天白日的军徽,我在父亲的一张照片里见过相同的军徽。父亲用墨汁涂掉了,我偷偷洗干净对比过,一模一样。很奇怪,从一开始我就不怀疑那个陌生人是我自己,是曾经的我。我上一世是一名军人,而且是一名军爷。村里人把军官称作"军爷"。换句话说,我和父亲曾是同一个时代的人,我们都是国民党的军官,我的官也许比父亲还大一些。区别只是,父亲在宁夏马鸿逵的部队当兵,我可能在近处,在家乡附近,不在甘肃就在陕西。

当时的我只听说有鬼,没听说还有前世轮回什么的。可我偏偏认为幻觉中的那个人是我,是曾经的我。不是别人,更不是鬼。幻觉中的那个人和我长得并不像。那个人可以说很英俊,也很富态,一张脸让人想起十五的月亮。

村里的小学最高是四年级,之后要转到七步小学先读一年五年级,再升到七步中学读两年初中,然后再考,考上了就去县城读高中。

在七步小学我只待了一个星期就转学了。因为我每天都头疼得要死,每天都疼,只要在七步就疼,没有一刻不疼。甚至睾丸也疼。用海棠话说,蛋也疼。只是我不好意思告诉老师和父母,头疼的时候,蛋也疼。不知为什么,幻觉的事也没给老师和家长说,宁愿让秘密在自己心里烂掉。长大以后,一直想不通自己当时小小年纪,为什么那么有城府。头疼蛋疼,包括幻觉,一回海棠就好了,一点不疼了,上下都不疼了。想看到幻觉也办不到,就好像脑袋被人调包了。回到家才发现,希望在头不疼的时候好好看看幻觉中那个令人心跳的人到底什么样子,却做不到,无论如何也做不到。

1975年的5月,我父母做出了一个事后令他们自己都冒冷汗的决定,让生产队的两个好劳力,哥哥和嫂子,带上十二岁的我,偷偷离开故乡,去宁夏青铜峡投靠我舅舅。在宁夏我读完了剩余的小学,又读了中学和大学。

"你的前世是军人。"

王龄的语气很平常,像牙医在说牙病。

范荷生急着问王龄:"就是说东声教授这部军事题材的长篇小说,在写他自己的前世?如要继续写下去,就必须先找见他的前世?"

王龄很用力地点点头。

几双目光齐齐地看向我。

"小说的前世在未来。"我说。我这样说的初衷是为了响应王龄的"前世说",给他面子,又不是简单迎合。但是,此话一出口,我立即发觉,这句话正是我一直以来渴望找到的一个说法,我继续说,"我写小说,更喜欢写不存在的东西,我的每一篇东西都写得很难很难,难就难在它们是未曾存在过的东西。"

范荷生问:"写海棠的小说呢?"

我说:"当然了,也包括写海棠的小说。"

居亦问:"包括《一个少女和一束桃花》吗?"

我十分明确地点了头。

居亦委屈地说:"我宁愿相信它是真人真事。"

我笑了,我喜欢她委屈的样子。

范荷生说:"你在谈小说创作的虚构问题。"

我说:"通常我很少用'虚构'这个词,因为这个词含着'不得不'的意思,好像在说,当真实不够用的时候,再去虚构。我的意思要比它复杂很多,甚至截然相反。刚才我说小说的前世在未来,这句话的确是我刚刚受王龄的启发想起来的,但是,它十分贴近我的意思。小说写作是需要这样一个前世的,一个藏在未来的前世,一个未曾出现的前世,小说写作的全部任务就是找到自己的前世。"

我看见王龄一脸郁闷。

显然,在场者也更愿意谈人的前世而非小说的前世。

"你不是这一类作家。"范荷生说。

"不是卡夫卡、博尔赫斯这种类型的作家?"我问。

范荷生先点头,再说:"对!"

我说:"我认为任何有质量有水准的写作,都是同一个类型。最写实的作家和最不写实的作家都一样,都在写不存在的东西。"

居亦尖声喊:"停,停!"

居亦的歇斯底里让大家吃了一惊,但又觉得那样子不无可爱。

"不谈小说创作了好不好?"她说。

范荷生面露不悦,问:"谈什么?"

居亦吐吐舌头,低声说:"我想听王龄博士说话。"

王龄笑着问:"想听我说什么?"

居亦说:"我想问,怎么证明人有前世?"

王龄的两个眼睛一亮,说:"不用证明,自己可以看见。我治疗心理疼痛的一个重要方式是催眠,让患者进入医学催眠状态,看见记忆深处的东西,看见记忆中的前世,看见自己曾经是谁,有过什么样的创伤。创伤在此生,创伤的始作俑者却在前世。这样的例子数不胜数,我这儿有一大堆病例,要不要试试?"

居亦问:"我为什么要试!"

王龄说:"你不是怕打针吗?"

居亦说:"怕打针,怕就怕呗,又不是怕做爱!"

大家大笑,居亦也羞红了脸。

我发现居亦这个女人给人的第一印象是很容易害羞,脸说红就红,连耳朵都会红,但是,用不了多久,她又会露出相反的一面,口无遮拦,想什么说什么。两种完全不同的性格特质,在她身上混合为一种新鲜迷人的气质,令人想入非非。我相信,王龄很想在居亦面前露一手,给她催眠是为了迟早带她上床。而范荷生,他和居亦除了是师生关系,有没有别的关系?一时还无法判断,有机会可要问一问范荷生。

笑过之后居亦说:"东声教授倒是应该试试。"

我学她口气,问:"我为什么要试?"

居亦说:"找到你的前世,你的长篇小说就可以写下去了。"

我说:"我说过小说的前世在未来。"

居亦说:"也许这一次是例外。"

于是大家纷纷劝我不妨一试。

我只好实话实说:"我是回忆症患者,最怕的就是回忆。"

居亦嘴快,问:"什么是回忆症?"

王龄替我回答:"回忆症患者的回忆是一种和不明创伤有关的回忆,一旦开始回忆,就停不下来。其实,回忆症是典型的心理疼痛。"

我用目光表示认可。

王龄说:"我这儿治愈过好几例。"

我还是故意不接话。

范荷生说:"博士,要么你先表演一下给动物催眠?"

王龄说:"好啊,跟我来。"

王龄起身,独自去了楼上,不久又回来,请大家跟他上楼,并说:"楼上有很多可爱的小动物,小猫小狗小刺猬什么的。不过,还有蟒蛇,有人怕吗?"大家以为爱脸红的居亦会怕,没想到她说:"我不怕,我敢摸蛇。"上楼一看,的确是个小动物园,除了一堆小猫小狗,还有一条比我的手腕略粗的绿色蟒蛇,尾部盘绕在半截树桩上,蛇头翘在空中,冲着来人,好像在炫耀自己的美妙身姿。我说不上很怕蛇,但对蛇头的尖锐模样(包括其他锐器)一向有十分明显的身体反应,会不由自主地做出本能防备,以免被攻击。所以我停住不动,不愿靠近。王龄抱住蛇头,拍打着它,说:"它很听话的,无毒,不攻击人。"随后又看见了另一些小家伙,我认识的有兔子、仓鼠、刺猬、蜘蛛;有一个小家伙,和几只小猫小狗在一起玩,很像狐狸,王龄把它抱起来,揪了揪它金色的大耳朵,说:"这个小可爱是耳廓狐,来自遥远的沙漠,已经被驯化了,好调皮。"居亦嚷嚷着要抱抱它,就抱过去,把脸挨在它的大耳朵上,夸张地喊:"舒服舒服。"

接下来王龄表演催眠。王龄先向动物们拍拍手,说:

"宝贝们宝贝们,准备好,睡觉了,睡觉了。"奇怪的是,每一个动物都俨然听懂了王龄的话,神情里立刻有了一抹睡意。王龄从居亦手中抱去小狐狸,亲亲它的脸,说:"亲爱的朵朵,你带头睡吧。听话听话,乖朵朵,坏朵朵,睡觉,睡觉,你总是带头的。"王龄一边说一边轻轻拨弄小狐狸的大耳朵。小狐狸显得有些兴奋,王龄又挠了挠小狐狸的肚子,半分钟后,小狐狸就倒在王龄怀里,憨态可人,一动不动。随后王龄又过去抱住蟒蛇的头,轻轻拍打着它的眼睛,说:"胖家伙,该你了,听话,睡觉,睡觉……"大概也用了半分钟,蛇头晃悠了两下,便跌在王龄的手掌里。王龄缓缓蹲下身,把完全松弛下来的蟒蛇放在树桩旁。蟒蛇的眼睛半睁着,邪恶而忧郁的眼神令我仍旧全身发冷,而居亦这时候乘机抚摸着它松弛的尾巴,对我扮着鬼脸,我也对她吐了吐舌头。剩下的那些小动物以更快的速度睡着了,王龄的方法始终就是那么简单,无非是像哄孩子一样哄着它们,声音里充满爱意和柔情。

所有的动物,大如蟒蛇,小如蜘蛛,转眼都睡着了,连睡姿都是相似的。除了蟒蛇和蜘蛛,其他动物一律仰卧,肚皮朝天,就像被一双看不见的手摁在那儿一动不动。在场的每一个人都深受感染,露出极为夸张的吃惊表情,屏气凝神,不敢吱声。房间里虽然静悄悄的,却好像满是鼾声。我承认,我被眼前的情景震撼了,我甚至很想卧倒和它们睡在一起,直到地老天荒。总之我不再怀疑王龄的真才实学,我的眼神里一定不缺少敬意。其他人也一样,尤其是美女居亦,几乎要给王龄跪下了。

五分钟后,王龄看看表,对着熟睡中的动物们喊:"宝贝们醒来吧,该醒啦……"王龄把那些肚皮朝天的动物一一翻过来,顺便拍打两下,动物们便都睁开了眼睛,就像昏昏沉沉在清晨某一时刻醒来,和催眠全无关系。

"为什么能做到这一点?"

这是此刻人人都想问的问题。

王龄说:"有这样一个著名的心理学试验。20世纪50年代,美国一个名叫哈里·哈洛的心理学家,把一只刚出生的小猴子放在隔离的空间里,用两只假母猴代替真母猴,两只假母猴,一只是用铁丝做的,一只是用绒布做的。铁丝母猴胸前特别安置了一个橡皮奶头,随时能喝到奶水;绒布母猴只是一个柔软的温暖的母亲。刚开始,小猴子总是围绕着铁丝母猴,但紧接着,令人惊讶的事情发生了,更多的时候,小猴子宁愿不喝奶却要和绒布母猴待在一起,尤其是遭到外部威胁时,小猴子会立即跑到绒布母猴身旁,紧紧抱住绒布母猴。这说明动物和人一样,对爱抚和温暖有本能的依赖。但是,绒布母猴毕竟也是假的。由绒布母猴抚养大的猴子更有攻击性,更孤僻,性成熟后甚至不能交配。后来,哈里·哈洛对试验做了小小的修改,让绒布母猴可以摇晃,会触摸,并保证每天和真正的母猴生活一两个小时,这样的小猴子长大后就接近正常了。哈里·哈洛自己说,他的试验证明,动物和人一样都需要爱,健康成长不能缺少爱,爱是什么?首先是一个真实的看上去像母亲的母亲,有无奶水并不十分重要,其次则是触摸、运动和游戏……"

那天晚上剩下的时间,我和王龄写了写字,谈了谈书法和篆刻,随后就结束了。回酒店的时候,范荷生安排我和居亦打同一辆车。在车上,我和居亦都坐在后面,挨得很近,能闻到她身上的味道,和她的性格一样,有矫情也有真率,半是神经质半是诚恳,两方面都是特别真切,都是肉质的,让人甚至愿意只和她的味道做爱。可惜澳门实在太小,过了一座漂亮的海上大桥,转眼就到了酒店门口。我既没时间和她的味道做爱,也没有足够的决心邀请她"去酒店聊聊天"。一进房间,我就开始嘲笑自己优柔寡断,装君子,后来还找理由安慰自己,嫌弃人家在王龄面前显得过于腻歪。

没多久,收到居亦的微信。"教授,我到家了。"普通的几个字,却暗含风月。我不知道如何回她,故意等了几分钟才说:"刚在洗澡。"她马上回了一条:"我也要洗澡了,好累。""好累"两个字像是对我的批评,我脸红了,但我只能继续用道学口吻回她:"早点休息,晚安!"没见她回,看来她真去洗澡了。或者也像我一样,在假装洗澡。过了半小时,她的微信又来了:"动物们如果有个人意志,就不会同意被催眠。"我心里一喜,这也正是我的想法,还以为就我一个人这么想。"为什么?"我问她。她说:"亲爱的教授,你不觉得肚皮朝天的样子很狼狈,很没尊严吗?"我心里很振奋,却故意和她开玩笑:"女人才会有这样的想法吧?"她说:"哈,好色情。"我回了一个得意的表情,如同对自己的迟钝表现做出了小小的挽救。她回过来一枝玫瑰。

2

　　回到珠海转眼就是半个月,我承认这半个月我没闲着,我用很少的时间应付工作,用更多的时间回忆居亦。我和她其实什么都没有,但我满脑子都是关于她的回忆。我这个老资格的回忆症患者好像刚刚才懂得什么是回忆。我回忆和居亦在澳门见面的点点滴滴。居亦害羞的样子,泼辣的样子,害羞和泼辣完美统一在一起的样子。居亦的气味,很近的气味,可以单独用来做爱的气味。还有她的聪明——有时候她表现得有点傻,事实上却很聪明很通透,任何时刻的任何细节都没有逃过她的眼睛。还有她的风月,风和月一样自然朴素的风月。我无法禁止自己对她的欲望。是欲望,不是别的。这大概是第一次,我如此坦然地使用"欲望"这个词。我拒绝把"情"和"欲"截然分开,我鄙视把两者分开的习惯。其至说欲望都隔了一层,应该说,是做爱,做爱。和她的羞涩、泼辣、聪明、做作、风月、声音、气息做爱,和她的里里外外做爱。甚至说做爱都过于文气,应该说,是占有,占有。"占有"这个词最浅显最表面的意思是什么,我指的就是什么。

我决定去澳门,去"占有"居亦。不过,从珠海到澳门,随着滚滚人流过关的一个小时里,我有足够的时间为"占有"这个词而感到羞愧。好像我很强大,很勇敢,像一支拥有光荣传统的英雄连队。事实可能正好相反,占有的冲动恰恰说明我是多么饥渴,多么虚弱,多么一无所有。"你以为你是谁?"我听到虚空中传来这样一个声音。像我自己的声音,又有陌生人的口气。他妈的,这个质问太通俗,也太尖锐,直指要害,一下子戳到了疼处。重要的是,我急忙就表示认可,丝毫没打算反驳。我马上就想起我是什么样的一个货色:我从来只有占有的冲动,而不会真的付诸行动,大胆示爱。这就是我的性格,既没有做强奸犯的资质,也没有不顾一切去追求一个女人的气概。

"那么,这次来澳门,最好还是干点正事吧,想办法把回忆症治好。"我对自己说。至于人到底有没有前世?我的前世到底是不是一名军人?我曾经到底是谁?不可否认,我一向都有探究这类问题的强烈兴趣,但是,我真的更有顾虑。比如,王龄给动物催眠,说穿了,不过证明了语言的能力。语言能够做到的事情,也许远远超出我们想象。咒语的威力就是语言的威力。咒语,加上专念,加上语调,加上无数次的重复,就有可能像刀枪一样锐利。著名的法国"六八学运"的年轻人公然宣称:"宁愿和萨特一起错,也不和阿隆一起对。"因为"阿隆不是我们这边的人"。那么,"萨特"和"阿隆"是不是语言?"东方"和"西方"是不是语言?"左派"和"右派"是不是语言?"正义"是不是语言?"真理"是不是语言?又有哪一场战争与语言无关?甚至哪一次灾难与语言无关?很多时候,我们说什么话其实不取决于我们心里想说什么话,而是取决于我们嘴上能说什么话,剩下什么话还可以说,我们的身份要求我们说什么话。当我们一旦说了什么,就再也无法否认无法收回,眼看它产生了歧义,引起了误解,甚至催生了冲突,激发了血案,却无能为力,常常被迫成为敌对一方,代表并不能代表自己的语言,拔刀相向,仓促应战。打着打着就血性四溢,猛志冲天,向前向前向前,冲啊冲啊冲啊,做了烈士或者炮灰,英雄或者狗熊。事实上我们只是不知不觉上了语言的贼船,不知不觉做了语言的俘虏罢了。

　　用爱的语言和饱含柔情的语言,再加上适度的身体语言,比如抚摸拍打,加上长期的目标明确的训练,给动物催眠应该不难吧。

　　用催眠唤起前世回忆是否只是一种语言效果?

没错,这始终是我的顾虑所在。

被催眠者在催眠师久经训练的极富魔力的语言引导和启发下,开始自己的回忆,把回忆及时描述出来,告诉催眠师——这种描述有多少可信度?有没有幻想的成分?有没有对催眠师的暗暗讨好?有没有不由自主地捏造?

我关心这个话题已有很久。美国肯塔基大学做过一个试验,随机抽来三组学生,分三次接受催眠。第一组,催眠师先告诉他们有大量例子证明转世轮回确有其事,然后开始催眠,于是,85%的学生声称看到了自己的前世;另一组,催眠师和学生交谈的时候故意使用中性的较为客观的语言,指出转世轮回是一个未解之谜,有肯定者,有怀疑者,双方都有自己的理由,结果,60%的学生描述了自己的前世;第三组,学生们先听到了对轮回转世的严厉批评和指责,再进入催眠状态,他们能够忆起前世的比例大大降低,只有10%。这个实验至少说明,语言的作用是明显存在的,用不同的语言进行引导,就有不同的结果。

再说,我也反感王龄酒后那种急于逞能的样子。珠三角一带活跃着很多这样的牛人,大仙、高僧、道长、国师,每个牛人后面都跟着一帮吹嘘者,把牛人吹得神乎其神,什么出入中南海、深受女演员爱戴、精通房中术、是最牛的易学大师,诸如此类。这些人的数量之庞大、出没之

25

频繁,让我相信,一个特殊的横跨政治、商业、教育、色情等行业的巨大产业正在一些经济发达地区悄然兴起。可怕的是,我也曾热衷于向随便遇见的任何一位牛人求教,到底有没有前世?有没有轮回?到底什么是因果报应?后来发现,这些人全是一个口吻,没有他们回答不了的问题,而所谓回答,不过是把"前世""轮回""因果""报应"这些帽子拿在手上见人就扣。蚊子把你叮了一下都是因果,公交车上不幸闻到一位漂亮女人放的屁也是报应。我曾质问一个有硕士学位的年轻僧人:"希特勒杀犹太人是犹太人的报应吗?南京大屠杀是中国人的报应吗?"对方毫不犹豫地回答:"是!"我问:"这么说来,希特勒、墨索里尼、东条英机是可以原谅的?"对方已经预料到我会问什么了,答案也是现成的:"阿弥陀佛,阿弥陀佛,冤冤相报何时了!"自那以后我决心捍卫自己在这一类问题上的无知。捍卫无知而不是装腔作势,遮遮掩掩,把半懂不懂的道听途说当作金科玉律四处传播。我也命令自己,不再寻求这类问题的答案,永远不再发出狗屁的终极追问:

我曾经是谁?
谁曾经是我?

总之,对于前世和轮回,我更愿意继续持怀疑态度。

然而，我的回忆症是真实存在的。长期以来，回忆症对我生活的方方面面构成了影响。如果不是回忆症，我可能会写出更多更好的作品；如果不是回忆症，我可能过着完全不一样的生活。回忆症这样一个不算病的病，让我从小到大没有一天称得上是开心快乐的。

我决定不和范荷生、居亦联系，单独去见王龄，别的不提，只请他治疗我的回忆症。把问题从超心理学降到心理学，感觉更靠谱。

过了关，我直接打车去了氹仔。

王龄很清闲，在灯下刻章，我认出是"癖于斯"三个字，阴文，字已成形，只剩修补。我请他继续刻，我在一旁看。随后，我们换到楼顶的阳台上喝茶，海就在眼前，几乎可以弯腰取水。上次是晚上，我对王龄的诊所印象模糊，今天才发现，这地方有多漂亮。我心里自然有了疑问，澳门寸土寸金，这座小楼位置这么好，从一楼到四楼都是王龄的，心理诊所的生意得好到什么程度，才养得起这座小楼呢？

"用大陆的话说，我是富二代。"王龄很聪明，知道我的疑问。

我对他一笑，说："应该是高富帅！"

王龄说："我父亲从珠海偷渡到澳门已经整三十年了。二十年前，澳门的房价还不足两千块钱的时候，我父亲就买下了这座楼。"

我笑着问:"偷渡?"

王龄说:"对,偷渡,半夜游过来的。同行的三个人,另外两个都死了。"

我问:"怎么死的?"

王龄说:"海边的岗楼里有警察,看见人头就开枪。"

我说:"岗楼还在。"

王龄换了话题,问:"长篇小说进展如何?"

我说:"不光是长篇小说写不下去,实际上我什么事也干不了!"

王龄问:"为什么?"

我说:"我是一个严重的回忆症患者。"

王龄说:"上次说起过。"

我说:"我希望王龄兄能治好我这个病。"

王龄说:"我有信心。"

我说:"这个病,平常都不好意思对人讲,讲了也没人信,人家觉得你是无病呻吟。有时连我自己也不信。但是,说老实话,这个病对我的生活、事业,甚至爱情,影响都非常大。你是医生,是心理医生,我才敢这么说。"

王龄说:"人类只会理解正在承受和亲自承受的痛苦,很难体会别人的痛苦。已经过了的痛苦,哪怕是一场感冒,也会迅速遗忘。"

我说:"正是,正是。"

王龄说:"再加上回忆症是病里面的弱势群体。"

我问:"病里面也有弱势群体?"

王龄说:"总有一些东西被轻视了。"

我说:"这次,若真的能治好,你就是我的恩人。"

王龄说:"我愿意一试。"

我说:"我把自己全部交给你。"

王龄说:"那好,我先问你一些问题。"

我说:"请你随便问。"

王龄问:"近阶段一直在回忆什么?"

我犹豫了。如果说实话,应该是居亦,对居亦的有限回忆,是我这个老资格的回忆症患者的最新资粮。我显然不能说实话,便说:"我母亲去世整十年了,但我一直不能从悲伤中走出来,后来这几年,悲伤的程度有增无减。你看,我为什么这么胖?是因为,我每天都在模仿母亲喜欢做的几样食品,在食材、色彩、味道等所有方面进行模仿,模仿得越像越好,然后就吃,一口一口吃,每一口饭都是回忆。"

"你母亲是怎么去世的?"

"我母亲是毫无征兆毫无理由,突然去世的。"

"能不能谈谈具体情况?"

"前一天我和我母亲还通过电话,一切如常,次日晚上接到家里电话,我母亲已在医院,医生初步诊断是急性胰腺炎,天没亮就走了。"

"你父亲还健在?"

"我父亲去世更早,快二十年了。"

"你父亲去世后,你的回忆症犯过没有?"

"好像没有。"

"为什么?"

"不知道,没考虑过这个问题。"

"你父亲去世时,你的回忆症已经有了吗?"

"已经有了。"

"你爱你父亲吗?"

"当然,和爱我母亲一样。"

"能不能谈谈你父亲?"

"我父亲是八十六岁那一年去世的,算是高寿了。去世前卧床不起已经有五六个月,没什么大毛病,头疼脑热,总是好不利索。"

"你父亲去世后,你自己有没有回忆症症状?"

"有,时间很短,大概三个月。"

"你自己如何解释,为什么区别这么大?"

"母亲和孩子之间的情感联系可能更紧密,我是这么认为的。"

"最早有回忆症症状是什么时候?"

"知道有回忆症这个病,已经是四十岁以后了。回过头看,其实我从小就有回忆症,起码三四岁就有。记得在一个噩梦里,我比实际年龄大很多,我拿着家里的菜刀杀了一个人,一个不认识的男人,男人的样子到现在我还记得,下巴尖尖的,笑容可掬,像我的一个堂哥。我背着手,把刀藏在身后。他笑呵呵快步向我走过来,离我还剩半步的时候我举起刀,照准他的头就砍,不偏不倚刚好从二分之一处砍下去。我感觉我几乎没用力,菜刀自己的下沉力就够了,轻微的阻力之后是磁铁一样的吸引力,把刀吸下去了,想不砍都不行,我的心里有快感也有惊慌。转眼之间,一张刚刚还在微笑的脸变成了对称的两半,笑容也撕成两半,朝左右两边齐齐地落下去。坠地的过程中,两边各有一只眼睛,亮晶晶的,好像要抓紧时间记住我,以便以后复仇。两只快速下降的眼睛像魔咒,伴随了我很长时间。上了高中才淡忘了,如果不是你的提醒,我以为已经完全忘记了。"

"为什么杀他?"

"没有任何理由,肯定不是仇杀。"

"就你一个人?"

"虽然是一个人,又微微有点不由自主。"

"类似的梦还有吗?"

"有很多,经常在梦里打仗,不是自己被杀,就是杀了别人。"

王龄笑了笑,不再说话。

清理茶具泡茶的时候,王龄的一双手变得异常灵活,完全可以和弹钢琴的手、绣花的手相提并论。那些精致的瓷质茶具如同活物,有心跳,有味蕾,被他准确轻巧地挪来挪去时,就好像双方在相互取悦、相互示爱。这样一来,眼前的一杯茶似乎不仅仅是一杯茶了,同时是茶的幽灵、茶的梦幻,茶的前世今生,喝茶就不能不成为一件神圣的事情。这让我又想起了语言,毫无疑问,王龄此刻的手部动作是语言,和茶本身不可能有太多的关系,但是,这语言的作用和价值好像真的不简单,轻视不得。

喝了几杯茶,王龄眼神里某种尖锐的东西明显苏醒,温柔少了,尖锐多了,他看看我,先谦虚一番:"你是作家,我很有压力。"

我说:"你是大师,我是病人。"

王龄说:"那我就试着分析一下咱们刚才的谈话。先说对你父母的死——对不起,请允许我直接用'死'这个字。对两个死,你的态度迥然不同。父亲母亲,有差别是可以理解的,但你的差别太过明显,一个悲伤了三个月,一个悲伤了十年之久,还有越来越严重的趋势,以至于把自己吃成了大胖子。对不起,对不起。"

我感觉自己脸红了。

王龄停顿一下,继续说:"有两样东西在你的潜意识里是重要的,一样是死,一样是如何死,后者的重要性远超过前者。你父亲死之前卧床不起几个月,你母亲是突然死的,接近猝死,正是这个区别,引发了你的回忆症。"

我想起了小迎的死。

我心里很紧张,几乎喘不出气来。

王龄说:"再说那个杀人的梦。你刚才强调,没有任何理由,肯定不是仇杀。梦的主体其实不是做梦的人,而是被杀死的那个人,他的死是另一个猝死。用你本人的话说,你母亲的死和梦中人的死,都是毫无理由的死。"

我觉得口干,喝了口茶。

王龄默默给我续了茶。

我说:"王龄兄火眼金睛,佩服佩服。"

王龄问:"什么是有理由的死?"

我说:"在我看来,因为车祸、疾病、战争、瘟疫、造反、火灾、复仇、纠纷、嫉妒、劫色、劫财等等原因而死,都算是有理由。"

王龄问:"哪些死没理由呢?"

我说:"其实细想一下,所有的死都有理由。比如,我母亲,是急性胰腺炎,先当胃病治,后来疼得厉害了才送医院。据说,急性胰腺炎救治不及时,一般会在二十四小时以内死掉。我所谓的理由,应该是理由不充足、从天而降、说来就来这样的意思,接近强盗逻辑和土匪性质。所有的疾病里面,癌症当数最没有理由。"

王龄问:"你四岁那个梦里,你背起双手,不让对方看见刀,对方笑着向你走来,你突然挥刀就砍,死者之死是不是毫无理由?"

我说:"是呀,太是啦!"

王龄问:"那个梦里为什么你不是死者,而是杀人者?"

我说:"这个,没考虑过。"

王龄问:"梦里面的你大概多大年纪?"

我说:"二十岁左右吧。"

王龄站起来,走出去,随后又回来,递给我一沓资料。我翻了两页就知道,是一些通过催眠唤醒前世记忆进而找到创伤源头的成功病例。大部分患者,仅仅追溯到今生创伤的前世源头,症状就会大大改善,甚至顷刻消失。

"王龄兄,我信任你。"

"好的,咱们随时可以开始。"

"是不要先交费?"

"先交后交都行。"

"还是先交吧。"

王龄打电话叫来一个戴白边眼镜的时髦姑娘,她领我去一楼交费。三万元人民币,当然不算多。之后,我被领到三楼的催眠室。

王龄已经在里面等着我了。他换上了白大褂,完全是医生的样子。屋内和常见的病房没区别,有三十平方米,房顶很高,四周都是白色,中央有一张宽大的躺椅,我想,躺上去一定很舒服,我的眼皮已经开始打架了。我有些紧张,喉咙发干,但我做好了把自己完全交给王龄的准备,甚至做好了"回不来"的准备。

王龄做出一个"请"的动作。

我斜躺在躺椅上,问:"是这样吗?"

王龄说:"你觉得舒服就行。"

我说:"这样挺舒服的。"

王龄问:"催眠过程会有录音。"

我说:"好的,没问题。"

王龄向我走来,站在靠近我脑袋的地方,似乎打了一个清脆的响指。响指的魔力不可小觑,让我的眼皮猝然发沉。不记得上次给动物催眠的时候,他是否打过响指。随后他用双手轻按着我的额头,似乎按了一些特别的穴位。我想,这是刚才侍弄茶具的那双手。我能体会到,成为这双手的茶具也是幸福的,此刻的我也宁愿成为这双手的茶具。随后,他又轻轻抚摸我的颧骨、眼睛、鼻子,再转向侧面,轻轻扶起我的右臂,朝床边挪了挪,然后把双脚和左臂的位置也挪了挪。这样,我觉得更放松了。

王龄说:"你看上去很放松。"

我说:"对,我感觉很好。"

"你很棒,显得又宁静又安详。"

"我喜欢这种感觉。"

"我从一数到七,你会回到心灵的故乡,在那儿,有很多很多美好的时光一直静候着你的到来,你会发现过去的一切都没有消失。"

"好的,我相信。"

"一,二,三,四,五,六,现在你已经离我很远了。"

"我好像回到了甘肃天水。"

"你可以直接回到你上一世的二十岁。"

下面的内容来自录音:

"我真的回来了,我看见了我故乡的风景,冬天,下过雪,漫山遍野都是雪。这里是一个高高的堡子,刚好建在一个突起的山嘴上。"

"堡子里有什么?"

"有好多人,大概有一二百号人,大部分我都认识,有些还叫得出名字,有人在下棋,有人在踢沙袋,有人在烧水,准备杀猪。"

"你在里面吗?"

"在,我坐在一把太师椅上,跷着二郎腿,吃着水烟。"

"你穿什么衣服?"

"我穿着一件土黄色的军大衣,但是,这儿不像军营,像土匪窝。"

"像土匪窝?"

"对,只能是土匪窝,没女人,也没老人孩子,都是二十岁左右的年轻人。院拐角拴着几匹马,还有骡子、猪、羊,像个大家庭。"

"你是头目吗?"

"我肯定是头目,有人喊我大哥,对我说,大哥,咸菜来了。我问,哪个村的?对方说,大路畔的——大路畔,是个村子,我知道。"

"你知道?"

"是,离我老家海棠三十里路。"

"咸菜是什么?"

"咸菜是黑话,指一个人,准备杀掉的一个人。"

"为什么要杀掉?"

"没有理由,想杀人碰着谁就逮过来了。有新手入伙,检验新手够不够有胆量的一个方法,就是让他先杀一个咸菜。黑话叫过堂。今天是新手过堂的日子。新手入伙的礼物是几头猪,其中一头要宰掉。一边宰猪一边杀人。"

"怎么杀?"

"还没开始杀。咸菜四十多岁,面黄肌瘦,不讨人喜欢,被我的两个手下一路扯过来,咣当扔在我面前。我看着他,他看看我,好像相互认识,我忍不住笑了。我一笑,他大着胆子说,掌柜的,你手下肯定弄错了,我无儿无女,交不起赎金,也没人交,我们村人人都比我有钱。我又笑了,说,帮你忙,行不行?"

"你的口音我有些听不懂了。"

"刚才我在说家乡话。"

"不要紧,我大体能听懂。"

"一头黑色的大猪已经宰倒了,血很多,喷了一地,猪还没死利索,后腿一蹬一蹬,旁边是一口大锅,正在烧烫猪的水。我想起来了,我们每杀一头猪,都要同时杀一个人,让猪和人相互有个伴儿。猪是肉,人是咸菜。"

"明白了。"

"锅底下的火苗很旺,从四周的缝隙里扑出来,有人舀了一马勺开水,抢在锅底下,火苗黑了一下,马上又红。现在,几个大汉把整整一头猪放进锅里了,四面往外扑水,让火苗变得小了些。猪的一面烫了几分钟,又翻到另一面,然后有人拿来两根棍子,从两面向猪底下插,大家齐心协力把猪抬在棍子上。"

"咸菜呢?"

"现在该咸菜出场了。我给手下递了个眼色,他们就一左一右把咸菜提走了,提向大锅旁,把他反绑在一把长凳子上。咸菜一直在反抗,一直在问:你们到底是不是土匪?你们劫什么也劫不到我头上啊!我是大路畔最不怕土匪的一个!大家都哈哈大笑,只说,你等着,等等你就知道了。咸菜好像真的在等。四五双手以疯狂的速度在抓猪毛,有趁热拔的意思,一抓一大把,扔在四处。我大喊一声,看酒!"

"看酒?"

"看酒是添酒并敬酒的意思。"

"明白。"

"我的话音刚落,准备入伙的新手就端着半碗酒从我身后的屋里出来了。我想起他的名字了,叫一股风,是我给起的,原因是他跑得快,上树上墙也快,和跑一模一样。一股风先来到我面前,向我跪下,说,大哥请多栽培,从今天开始,小弟愿为大哥生、愿为大哥死。我挥了挥手,一股风就起来去了大锅旁。"

"酒是给咸菜喝的?"

"对了,这叫断魂酒。当一股风把半碗酒递给咸菜时,咸菜一下子看懂了,又喊起来:不,不,我不死,我没死的道理。我光棍一条,要钱没钱,要地没地,要烟没烟,要女人没女人,我死一百次也不应该死在你们土匪手下。"

"他说,他没死的道理?"

"是的。"

"请你继续讲。"

"咸菜的头摆来摆去,硬是不喝,有人就找来一根麻绳,像马嚼铁一样从他嘴里勒过去,拴在板凳上,他的嘴就合不拢了,头也动不了。"

"你看上去有点悲伤。"

"有一点,有一点。"

"要不要先停下,下次再来?"

"没事,把我看见的说完。一股风把半锅酒一滴不洒,都灌进咸菜嘴里了。接下来,一股风把空碗放在头顶,向远处缓缓走去。我从大衣口袋里摸出手枪,举起来就扣了扳机,咣当一声,一股风头上的白瓷碗就碎了一地。"

"土匪头子可不是白做的!"

"一股风转过身,裤裆是干的。我带头鼓掌,大家跟着我鼓了掌。"

"咸菜呢?"

"咸菜也看呆了,回头咕咕哝哝冲我喊:大哥好厉害,求求你别让我死,我也想当土匪。真的真的,以前我真的动过当土匪的念头。"

"你同意了?"

"没有,我看不上他。我递眼色给他们,继续,别停。有人把马勺交给一股风,一股风去大锅里舀出一马勺烫过猪的开水,像刚才灌酒一样朝咸菜嘴里灌。咸菜发出一声惨叫后,就再也没声音了。舌头和嗓子肯定烫熟了。"

"我看见你头上冒汗了。"

"是的,我好难受,真想不到。"

"想不到什么?"

"想不到我上一世作恶多端。"

"没事,没事。"

"看明白了,猪没杀完,人不能死。猪毛大体拔光后,猪身子已经挪到门扇上了,接下来拔细毛,拔完再卸,杀猪的人故意不慌不忙。"

"我看见你真的很难受。"

"我实在看不下去了。"

"那好,我数数,从七数到一,你慢慢回来。"

"好的,我准备回去了。"

"七,六,五,四,三,二,一,你回来了。"

"回来了?能回来真好。"

"你曾经担心过,回不来吗?"

"是呀,有过担心。"

催眠结束后,我觉得好累好累,几乎有点虚脱,我的第一个愿望是,抽一支烟。我知道王龄不抽烟,澳门到处都限制抽烟。我说,咱们去阳台上吧,我想抽烟。我们就重新回到刚才喝过茶的大阳台上,我坐在刚才坐过的位置上,点上烟,吸了一大口,深深咽进胃里,再一次暗暗感叹,能回来真好,能回来真好。

王龄默默沏好茶,放在我面前。我没看见他是怎么侍弄那些茶具的。我喝了一口茶,品到了茶香,侧身看着不断扑过来的海浪。

我不说话,王龄也不说话。

我问:"你怎么不说话?"

王龄说:"我觉得此刻说什么都是多余的。"

我说:"我身在其中,需要指点。"

王龄说:"可以肯定的是,创伤的源头找到了!"

我用眼神发出疑问。

王龄说:"咸菜说,我没死的道理,和你的说法如出一辙。"

我没点头,也没摇头。

王龄说:"估计说过这话的人,不只一个两个。"

我这才明白了王龄的意思。

王龄说:"土匪的事情我听说过不少,灌开水和灌辣椒水差不多,除此之外应该还有很多方法,花样繁多,数不胜数。不过,灌辣椒水、老虎凳、竹签子、鞭刑、电刑什么的,主要是用来逼供的,灌开水却是直接让人死。"

我又点上了一支烟。

3

我和王龄一致认为回忆症的病根找着了。我曾经是土匪头子,杀人如麻。催眠中看见的情景肯定是家常便饭,每一个新手都要接受类似的杀人训练。显然,天性残忍还不够做一个好土匪,土匪需要的残忍必须经过专业训练。训练杀人不眨眼,训练杀死一个人如同杀死一只鸡,训练有勇气杀掉一个和自己无冤无仇的人。我既然是土匪头子,肯定是所有土匪里最残忍的一个。我不仅要带头残忍,还要督察手下残忍。这么说来,上帝对我足够仁慈,来到这一世,让我得了一个不算病的病,回忆症,死不了,活不好,主要症状无非是忘不了一些事情,尤其忘不了那些"没有理由的死"。

"病症的根源一旦得到揭示,病症就会立即好转。有些病人会在一瞬间迅速痊愈,有些会在接下来的一段时间内渐渐恢复正常。"

王龄给我的材料里有上述这些话,催眠之前我已经看见了,当时基本不信。我想,王婆卖瓜,自卖自夸,王龄也不例外,澳门也不例外。但是,催眠结束后,我自然而然就想起了这几句话,并且急于把我的感受说给王龄听。

我说:"好舒服,突然舒服了。"

王龄有些得意,问:"怎么个舒服法?"

我说:"整个人像一架机器,被大卸八件后,角角落落都清洗过了。"

王龄问:"现在回忆你母亲是什么感觉?"

我静下来,特别想了想我母亲,用最短的时间把我往常最忘不了的段落和细节迅速回忆了一遍,心里并没有明显的痛苦,也不伤心。

王龄又问:"什么感觉?"

我说:"现在回忆的时候,心里有信心。"

王龄眼睛发亮,问:"信心?"

我说:"对,正是信心,对遗忘有信心。"

王龄说:"我还不太明白。"

我说:"开始回忆的时候,就伴随着一种淡淡的信心,相信自己可以回忆,也可以不回忆。就像我们吃鱼的时候,有信心吐掉鱼刺。"

王龄说:"对,遗忘是一种能力,正如吐鱼刺是能力。"

我说:"我第一次觉得我有这个能力。"

王龄被我感动了,眼睛湿润。

我很想把我的全部感受都说出来,哪怕说给一块石头听:"以前的回忆,一半是回忆一半是恐惧,喜欢回忆又惧怕回忆,或者说,惧怕回忆又喜欢回忆。现在,回忆就是回忆,很单一,恐惧消失了。就像一个有钱人在离家很远的地方花钱,大手大脚,是因为对自己的口袋有足够信心,不担心把钱花完,回不了家。"

王龄说:"其实我只是一个普通的心理医生,研究心理学,有时也许走远了点儿,到了超心理学那边,但我不是喇嘛不是和尚,也不是巫师,我没有神通。我不是用神通看病,而是经由知识和经验看病,和你写小说一样。"

我说:"你的话今天我能听懂,昨天就不一定。"

王龄问:"昨天你是怎么认为的?"

我说："我对神秘的东西天生有兴趣,但也很警惕。说到看病,我更信任吃药和打针,激光和手术,更信任看得见的临床过程。"

王龄说："不吃药不打针能治病,不相信有这种事?"

我说："对啊,基本不相信。"

王龄显得很失望,连尖锐的门牙上都闪耀着失望的颜色。

我说："我完全不了解医生的体会。"

王龄说："现在的医院,病人都是来去匆匆,手上拿着一堆化验单,像打仗一样在各种高科技、高效率的医疗器械间跑来跑去,医生变得轻松了,换句话说,医生变得孤独了。医生的内心深处其实暗藏着沮丧,无法言说的沮丧。"

我说："现在你倒像一个病人了。"

王龄笑了笑,笑容真的很有些憔悴。

王龄说："传统医生身上有一些不可或缺的特质,其中之一就是同情心。医生要对病人的痛苦感同身受,要多花时间和病人交谈,和病人建立一种相互合作和信任的关系。就像你和我,我甚至不觉得我是医生,我是另一个你,我们相互依赖,共同发现秘密,一起回到记忆的远端,寻找埋藏在记忆深处的病因。这次很容易就找见了,有时候却很难很难。咱们这种情况,不是激光在治病,不是 B 超在治病。是人,是医生,是身为医生的一些重要特质。"

我问："同情心？"

王龄说："还有耐心，和病人说话的耐心。还有信心，对痊愈的信心。"

我问："把它们称为医生特质，被遗忘的医生特质，可以吗？"

王龄说："准确，被遗忘的医生特质。"

我说："高科技时代，逐渐被遗忘的医生特质。"

王龄说："一点儿没错。"

我说："医生个人的特质，王龄的特质，永远不应该被取代。除了写作，我也是教师，我们同样面临严峻的挑战。教师个人的特质，东声这一个老师的特质，被各种检查和评比，被五花八门的统一规定，被这样那样的科学手段所取代。"

王龄说："高科技时代，各行各业都一样，人让位于机器。"

我说："被遗忘的医生特质就是人的特质。"

王龄说："高科技取代了人，挤掉了人。正如一部美国科幻电影写的，将来有一天，人制造的机器人有可能发动一场对人的战争。"

我说："这绝不是危言耸听。"

王龄："绝不是。"

话已至此，我说："我很想和王龄兄喝酒，怎么办？"

王龄说:"我也想喝酒。"

我说:"叫上范院长?"

王龄问:"不要女人?"

我问:"居亦?"

王龄和我都哈哈大笑,这一瞬间两个男人变成了一模一样的色鬼,笑声既自私又开放,似乎表明,谁有本事谁就把居亦带上床。

王龄已经拨通了范荷生的电话,告诉他,作家东声来澳门了,东声的回忆症已经治好了,咱们总得喝两杯吧。范荷生是山东人,来澳门也才十几年,仍然豪爽又热情,一听就大声埋怨我不像话,到澳门不首先和他联系。王范二人费了很多口舌商量吃什么,到底吃葡国菜,还是粤菜或川菜?两个人争论了半天,最后决定吃澳门式葡国菜,好像比较综合和齐全,而且大厨曾给葡国总督做过饭,关键是能喝酒。

打车去大三巴附近吃饭的路上,我问王龄:"上次你说我的前世是军人,怎么突然变成土匪了?"王龄说:"军人和土匪至少有一点是一致的,都有可能杀人无数。"我说:"你的口气很坚定,说我正在写的军事题材的长篇小说,是在写我自己的前世!"王龄:"你说小说的前世和人的前世不同,小说的前世在未来,不在过去,我觉得很有道理。"我笑了,说:"你肯定有所隐瞒。"王龄说:"一次催眠远远不够。在我看来,你的回忆症,你写不下去的长篇小说,还有你的前世,很可能是同一个问题。"我先摇头,再说:"好一个催眠,我可不想再来一次了。"王龄问:"为什么?"我说:"怕啊,我怕。"王龄问:"怕什么?"我说:"怕知道比土匪更加糟糕的前世。"

范荷生先到了。他带来一瓶一公斤的茅台,1999年专为澳门回归绝版发行的。我们进屋的时候,他一个人正独自盯着酒瓶发呆,眼神里有说不尽的爱意和不舍。我和王龄表示不忍心喝,最好换酒。范荷生说,这瓶酒是我专门找出来的,祝贺东声兄回忆症痊愈,以后多写东西,大作不断,尽快写出诺奖级别的作品。我内心的感受十分复杂,不知道说什么好。没等上菜,我们三个先喝了起来。一杯下肚,三个人同时抬起头,目光里飘出一样的轻烟,已经不用多说话了。我的感受更是奇特,就像是平生第一次喝酒,酒在喉咙里缓缓下沉的过程清晰可辨,十分感人。之所以如此,除了酒好,还因为我的喉咙变了,变敏感了。看样子我还是小看了回忆症这个病,它对我身体和精神的损坏,有可能大于我的估计。连续喝了三杯之后,我坚信自己眼下是一个新生命。

不久,居亦来了。

她穿着黑色T恤和白色牛仔小短裤,脖子上搭着一条半蓝半绿的纱巾,最平常的打扮,满街的女孩都是如此,却个个精彩,令人陶醉。范荷生让她坐在他和我之间。她坐下来,貌似完全居中,其实,她丰满的屁股明显拧向我这边,似乎允许我偷偷抚摸。而且她微露的乳沟也是稍稍朝向我这边的。身体语言不会撒谎,再说我是观察身体语言的行家。此刻我更加相信,居亦是一个尤物,是世界上最美的女孩,是只有重庆才能养育出的女孩。我需要一些克制力,才能不让自己立刻就神魂颠倒。我很想用我的新生命爱这个女人,爱这个在我的回忆症痊愈之后,出现在我面前的第一个女人。

范荷生也给居亦斟了酒。

"我也喝?"居亦问。

"庆功酒,你不喝?"范荷生问。

"庆啥功?"居亦问。

范荷生指一下王龄,说:"我没说错,他是神医!"

居亦不看王龄,而是看着我。

我不说话,竟有些脸红。

居亦问:"教授,你真的让他催眠了?"

范荷生说:"听你这口气,好像他被强奸了,不是催眠了。"

居亦低声说:"催眠,不就是强奸吗?"

王龄不高兴了,说:"喂,怎么说话呢?催眠和强奸八竿子打不着!"

居亦说:"我认为催眠是对意识的强奸!"

我觉得居亦这话有道理,至少有趣,但不便附和。

王龄仍旧严肃:"医学催眠是十分有尊严的一种治疗方法!"

居亦急忙说:"我错了,我认错!"

范荷生给自己的学生解围:"也不奇怪,所有的美女都有被强奸的忧虑。据说至少有五分之一的美女是性冷淡,可能就是这个原因。"

居亦说:"我不是美女!"

我及时举杯,说:"喝酒喝酒!"

居亦最先仰头喝了一杯。

就这样,受委屈成了那天居亦贪杯的原因,两斤茅台不知不觉就见底了,居亦一点儿没少喝。重要的是,喝完后最清醒的竟然是居亦,接下来是我。我本来酒量不错,喝一斤没问题,到了珠海,酒量减了一大半。王龄明显喝多了,但还有能力装作没喝多。不知谁建议再去黑沙海滩吃烧烤喝啤酒,大家一致表示欢迎。

于是就打车去了黑沙海滩。

下了出租车,顺着嘈杂声和海浪声看过去,就知道左前方是黑沙海滩了。风从那边刮过来,很容易就能分辨出其中的烟味、肉味和腥味。还有和葡萄牙有关的什么味道,甚至还有和十五世纪有关的什么味道。我心里想,那大概是澳门前世的味道。现在,我一不小心就会想起"前世"。我们梦游般走向几十米开外的海滩——所谓我们,只是我和居亦。我们在挤来挤去的人流中若即若离,走得很优雅,很有水平,既没有趁机腻歪,也没有相互走失。范荷生和王龄在我们前面还是后面,已经无法判断了。接近海滩后空间突然变大了。人更多,空间却更大,人和人之间有了更大的空隙。我和居亦继续向前走,走着走着,竟然停下脚步吻了起来。我微微低头,她微微仰头,嘴对嘴,轻轻地吻在一起。吻之前并没有蓄谋,完全没有说过一句话,也没有递过半下眼神,自自然然就吻在了一起。自然得就像原本长在树梢的一枚果子。当我们已经吻在一起两分钟之后,才发现两个人还是向前走的姿势,只是将身子微微扭向对方,扭到便于接吻的程度。也就是说,我们并没有拥抱,连手都没有接触对方。静静地吻了至少十分钟,却没有发展到舌吻,好像不知道有舌吻,不知道有哪样东西比此刻这样的以巧取胜的长吻更好。长达十分钟的时间里,情欲一直都很谦虚,很知趣,既不汹涌,也不减弱。显然,情欲也不见得是最好的东西。中间偶尔想起过范荷生和王龄,只是心里完全不在乎被他们看见。

吻罢,手拉手继续向前走。

很容易就找到了范荷生和王龄。

两个人呆呆地坐在一把长椅上,一人捧着一大杯黑啤,像举着炸弹。看见他们,我和居亦出于礼貌,把手松开了。他们很自觉,把另一条长椅空给我们。我们毫不客气地走过去,在他们对面坐下来。刚坐下,居亦的一条腿就暗暗向我靠过来,并在我腿上。好在中间是半高不高的桌子,有掩人耳目的作用,遮一遮就行,是否被看见无所谓。旁边的烤炉里红艳艳的,不是明火,是炭火。亮晶晶的炭火一闪一闪,似乎很近,又似乎很远,远的那一瞬间让我想起前世,刚刚回去过的前世——那好像是堡子上空的星星。摊主忙着烤肉烤鱼烤蚝,香味扑鼻,可是,我们很难再度兴奋起来。冰镇过的、泡沫很厚很厚的黑啤倒是不错,似乎有解酒的作用,又似乎加重了醉的程度。

没坐多久,就散伙了。

我和居亦好像从海滩直接飞到了酒店。在酒店的大床上我们并不急于做什么,一点儿也不急。我们要做的事情恰恰相反,设法延迟幸福的到来。好像已经等了几十年,终于等到了,不用太急。两人的内心节奏如出一辙,她像我一样饱经沧桑,我像她一样青春年少。梦游的气质一直在延续,同时又有足够多的清醒。

我们终于做爱了。但是,所谓做爱,更像两股水终于流在一起,再也分不清你我。我从来没有遇到过这么自然而然的做爱,自然得不像做爱。全部感受可以用两个俗常词语来表达:亲切、熟悉。不过,说我和她有多么亲切和熟悉,还不准确。应该说,它和它那么亲切、那么熟悉。以至于我和她竟变得次要了,像它和它的引路人。亲切和熟悉的程度同样令人忍不住要大声喊叫。为什么必须叫床,这一次我有了新的理解。后来,她哭了,哭得好委屈,好忧伤。我见过很多人的哭,包括女人的哭,但是,我坚信居亦此刻的哭绝无仅有。它不是悲伤而是美,美到有明显的催情作用,几乎让我再一次勃起。我想起,我毕竟五十岁了,还是悠着点儿,就把她搂在怀里,抚摩着她的乳房,抚摩她的屁股,抚摩着她的前前后后,直到她的哭声渐渐小了,不用过渡,变成了满足的笑。

"你真的被他催眠了?"她问。

"当然是真的。"我说。

她不吭声,心里不知在想什么。

我盯着她眼睛说:"第一次见面,你极力怂恿我催眠。"

她说:"我那是开玩笑。"

我问:"你真的认为,催眠像强奸?"

她眼珠子转了转,说:"其实我更担心他先把你催眠了,再把你强奸了。"

我揪揪她嘴巴,说:"你啊,够坏的。"

她说:"我想霸占你嘛。"

我看着她,有些吃惊,说不出话来。

她问:"不可以吗?"

我说:"你呀,你把我的话抢先说了。"

她说:"不行,只能我霸占你!"

我问:"为什么?"

她说:"因为我是妖精,你是唐僧!"

我问:"我是唐僧?"

她说:"是呀,你只能是唐僧。"

我说:"唐僧想抽烟。"

她赶紧说:"妖精也想。"

于是,我们起来,半裸着坐在沙发上,各自点上烟。我喜欢女人抽烟,女人嘴里适量的烟味比香水的味道还令我陶醉。不过,我想起居亦的嘴里并没有烟味,这说明她是偶尔才抽一支。我要欣赏她抽烟,所以去了对面的椅子上。她吐烟圈的样子不像是新手,但也不算熟练,吐出的烟圈总是很快就散开了,于是,我教她怎么吐。我吐出的烟圈像幽灵一样斜斜地从她耳边飘过去,轻轻撞在她身后的窗帘上,撞破了,消失了。她喊叫着,说,好厉害好厉害。我说,我十岁就开始抽烟了。

说起十岁,我就想起十岁。因为抽烟被老师看见了,老师把我从课堂上赶出来,罚我站在空荡荡的操场上。大夏天,太阳很毒,太阳似乎盯着我一个人在晒,直到我被太阳晒晕了,摔倒在地上,才被旁边上体育课的一堆学生喊叫着抬回去,抬进老师的办公室。罚我站的老师用冰凉的湿毛巾一遍一遍给我擦脸,很快我就醒过来了,但我还在装,舍不得放过被人疼爱的感觉。

她问:"你在想什么?"

我说:"我在想,我的回忆症到底好了没有?"

她问:"我也想问到底好了没有?"

我说:"我觉得好多了!"

她问:"怎么证明好多了?"

我说:"可以回忆,可以不回忆。"

她问:"以前呢?"

我说:"以前是不能不回忆,就像有人拿枪逼着你。"

她说:"未免太快了吧!"

我说:"有些病,病症的根源一旦得到揭示,症状马上就消失。"

她说:"呵呵,你的口气像王龄了。"

我脸红了,伸出一只脚,搭在她两腿间的沙发上。

她立即摸了摸我的脚,毫不嫌弃。我想起以前曾有女人嫌弃我的脚,因为我有脚气,常掉皮,不让坐沙发,不让上床,是常有的事。

她问:"又想什么了?"

我哈哈大笑,说:"你眼睛也太尖了吧!"

她说:"我是火眼金睛。"

我老实坦白:"我的回忆症也许好了。回忆的习惯还在,不小心就会想起什么,比如刚才,突然想起我的三个前妻,都讨厌我的脚。"

她说:"她们不爱你!"

她竟然抬起我的脚亲了脚背一口,接着又亲了一口,还咬牙切齿地说:"我恨不得把你吃了,一口一口,连毛带皮都吃了。"

我心想,看样子这个女孩真的爱我。我想问她:"你爱我吗?"或类似的话,又觉得俗套,于是改问:"你猜猜,我的前世是什么?"

她说:"王龄不是说军人吗!"

我说:"是土匪,而且是土匪头子,杀人如麻。"

她问:"你真的相信自己回到了前世?"

我说:"所谓前世,指前世记忆。我们无法真正回到前世,只能唤醒前世记忆。消失的一切,包括前世,都还保留在我们的记忆里。"

她抬头看了看天花板。

我问:"你不信?"

她说:"我很难相信。"

我问:"你想不想知道你的前世?"

她想了想,说:"不。"

我说:"了解前世的愿望,其实是了解自我的愿望。"

她说:"前世太远,太远的东西怪吓人的。"

我问:"吓人?为什么?"

她说:"时间上的远就像空间上的深一样,有点吓人。"

我说:"有意思。"

她说:"我恐高,也恐远。"

我说:"听说过恐高,没听说过恐远。"

她说:"反正,我也恐远。"

我禁不住要吻她一下,把刚刚说出"恐远"二字的小嘴,冒着轻烟的小嘴,吻在自己嘴里,让自己相信,这张小嘴如今属于我。在她吸完一口烟,正要吐出来的瞬间我急忙跳过去,准确地吻住了她的双唇,包括半嘴轻烟。

4

天亮后我发现我从背后抱着居亦,她弓着身子,我也弓着身子,好像我们打算永远以这种母腹中的姿势抱下去,一直到死。我轻轻握着她上面的那个乳房,一动不动,在回想两天来发生的每一件事情,每一个细节。我坚信我的回忆症好了,的确好了,但回忆的习惯还在,长期以来养成的回忆习惯恐怕一时半刻丢不了,比如,早晨醒来赖着不起床,先回忆,一点一滴回忆前一天的经历或者回忆梦境。

回忆的魅力在于有时它比事实还要销魂。回忆中,有些局部和细节会脱离整体,成倍放大。比如昨晚,我和居亦公然站在沙滩上的接吻,时间虽长,却只有浅浅一吻,没有明显情欲。此刻却不同,我想来想去也想不起我和她是怎么毫无前奏吻在一起的,实在有些不可思议。两个人正在向前走路,没有蓄谋和准备的过程,身高又不同,又没有相互接吻的经验,怎么可能恰如其分忽然就吻在一起?而且双方都没动手,身体和身体之间保持着一个拳头的距离,只有嘴和嘴挨在一起。不知道回想到第几遍的时候我突然心跳不已,欲壑难填,要和回忆中的居亦做爱。我找到居亦的另一只乳房,从后面渐渐抱紧了她。她好像醒了,一醒就知道身后是谁,要干什么,一句话都没说,就做出了配合。她并没有急着转过身来先和我拥抱,先看清我是谁,先说说话再开始。她顺势做出的配合不言而喻,有如神助,自然极了,流畅极了,好像真是昨晚那个神奇瞬间的另一个版本。

这次轮到我哭了。不在乎我是不是男人,该不该哭。不过,想不哭也没办法,眼泪自己已经哗啦啦流出来了。我受不了我们之间的亲切、朴素和自然。就好像刚才才是我们的第一次,昨晚的亲切、朴素和自然已经陈旧。

一看我哭了,她眼神暗了一下,被吓着了,但很快就明白,和她自己的哭没有区别,就安静下来,露出有些迷茫的骄傲和自满,迷茫是因为知道自己做了一件大事情,却不知道是用什么武器和方法做的。这迷茫让我又怜悯又疼爱,我的眼泪更多了,几乎要哭出声来。她不敢说话,用细长柔软的手指给我擦眼泪,左一下右一下,怎么擦都擦不完,这又让我想起我母亲的手指。我母亲的手指是干农活的手指,很粗糙,但亲昵感是一样的。突然,我放纵着自己的软弱和幻想,身体一下子缩下去,把脸埋在她白白嫩嫩的双乳间,体会做婴儿的感觉,体会被母爱罩在下面的味道。我不禁有些奇怪,再三回忆母亲的这些年为什么只知道复制她的饭菜,而从来没有尝试过回到母亲的怀抱中?曾经遇到过一些和母亲年龄气质相当的老婆子,心里半是甜蜜半是酸楚,大有认作干娘的冲动,但从来没有想象过,像此刻这样,把脸埋在母亲的双乳间。当然,幸亏没有。

我们下楼去吃酒店的早餐。

我说:"我今天没课,明天下午才有课。"

她说:"我有课,但我不回去。"

我说:"有课还是要回去。"

她说:"范院长的课,他应该知道。"

我说:"要不要我给范院长打个电话?"

她说:"不用了吧。"

我说:"这下把范院长和王龄给惹了。"

她问:"怎么把他们惹了?"

我笑了笑,知道她是明知故问,也就不说了。

她说:"吃完带你去玩,想去哪儿?"

我半开玩笑地说:"去黑沙海滩。"

她说:"昨天不是去了吗?"

我说:"旧地重游啊。"

她问:"旧地重游?隔一天就旧地重游?"

我说:"我是回忆症患者。"

她问:"不是好了吗?"

我笑了,有些脸红。

我们真的去了黑沙海滩。

白天的黑沙海滩是一流的海滨浴场,烧烤摊撤除了,倾斜的半月形的沙滩被仔细清理过,很干净,很平缓,似乎在悄悄呼吸。记忆中的夜色、吵闹和繁华,我和居亦的幽幽一吻,和此刻的沙滩似乎毫无关系。我小心拉起了居亦的手,向海浪冲洗出的清新一角走去,渐渐有些心跳怦怦。我原本想模仿昨晚上,先不拉手,接吻之后再拉手,但我马上意识到,我们已经做到不拉手了,就算不拉手也不是昨天的味道,自己模仿自己都不行。昨天那个吻就更是没办法重来一遍。这说明,历史,无论大小,都是没办法重复的。任何历史都有唯一性。黑格尔说,历史上的事情都会出现两遍。现在看来,这话可能是黑格尔的忧虑,欧洲知识分子的经典忧虑。就像我们这儿,很多人担心"文化大革命"会重演一样,过去我也是众多的担忧者之一,现在不会了,以后不会了。米兰·昆德拉的话大概更准确、更接近事实:这个世界赖以存在的基本点是回归的不存在。孙中山的话像政治口号,其实是大实话:世界潮流,浩浩荡荡,顺之者昌,逆之者亡。我这个悲观主义者一瞬间竟然成长为乐观主义者,坚信以后再也不会出现希特勒、墨索里尼这样的人了,

"文化大革命"不可能重演,我做土匪头子的那个年代也不会重演。

我们找到了传说中的黑色细沙,的确是黑色的,黝黑黝黑,居亦也说不清黑沙是怎么形成的,回到海滩入口处,看了介绍才明白:黑色的海沙来自一种次生矿海绿石,经年累月被海浪击打和冲洗,带到岸边,成为黑色的沙子。海滩旁边有一大片茂密的木麻黄林带,我们手拉手去林子里走了走就离开了。之后居亦又带我去了大三巴、官也街、葡京赌场。以前都去过,但是,以前没居亦。

在澳门又住了一个晚上,我就回珠海了。居亦坚持送我到关口,在一棵阔叶的榕树下面,居亦说:"先生,我爱你已经五十年了。"我们已经商量好,她不再叫我"教授"而叫我"先生",我也不叫她居博士而叫她"小家伙"或者"小妖"。我说:"小家伙,你才多大?"她说:"我真的觉得,爱你已经五十年了。"我说:"别提醒我有多老,好不好?"她的脸"唰"地一红,说:"没有没有,没那个意思。"

我们完全像一对热恋中的小年轻那样一直在相互招手,我想显得老成一些,但做不到,或者不愿那样。年轻真好,恋爱真好,我在心里感叹。我真的忘了我已经五十岁,我觉得我最多三十岁,我想大大方方无所顾忌地爱这个女孩。即将看不见的一刻,她做出把松紧的裤带朝两边拉扯的动作,我立即就看懂了,她提醒我,别忘了减肥。我答应她,回珠海马上开始减肥。从九十五公斤减到七十五公斤。既然回忆症好了,就不要再自己给自己当母亲,做各种各样的好吃的伺候自己了。减肥,写作。重拾那部军事题材的长篇小说,相信它的前世在未来,写下去。然后,把一切献给居亦。

出关了,到珠海了。

从前天的进到今天的出,很像是得到谁的特许,专门去时光机里走了一趟,成功地完成了脱胎换骨。现在看起来,珠海的一切都是新的,天更蓝,海也更蓝,天垂在海里,海映在天上,令人心情舒畅。我一下子明白,澳门为什么显得比实际上更小,主要和海的模样有关。澳门的海处处被切成条状块状,像湖像河像渠,很难有完整的一望无际的海面,所以澳门就显得很小,让人喘不过气。我每次去澳门,都是急着回来,就是为了过了拱北海关好好喘一口气。今天的拱北关口仍然人山人海,但每一张脸都像可以灵活伸缩的高德地图,清晰无比。入关的人更急躁,更拥挤,出关的人更悠然,更迟缓;澳门老人拉着小车子从珠海买了菜回去,脸上的清傲并没有减少。大陆游客成群结队急匆匆走来,身材长相各不相同,但有一样东西好像完全一样,瞳孔,一样的瞳孔,像是同一个厂家出厂的产品。设计者可能不怀好意,让每一个瞳孔只会释放苦涩、焦虑、顺从。

更加令我吃惊的是,所有那些瞳孔看上去都像是回忆症患者的瞳孔。原来我并不是唯一的回忆症患者,所有的人其实都是回忆症患者。以前是有组织的忆苦思甜,我上小学和初一的时候,每天有一节课是忆苦思甜课,现在没人要求忆苦思甜了,但忆苦思甜的习惯还在,我自己就经常不厌其烦地向我女儿描述我吃过的苦受过的罪,有时还会不由自主编造一些东西。总之,我们是这样一群人,喜欢用昨天的苦衬托今天的甜,喜欢把昨天的苦放大,把今天的甜也放大,放大苦是为了放大甜。我们总是用苦涩的口吻或者做作的诗意回忆父亲母亲,回忆童年,回忆故乡,回忆逝去的一切。至少有一半的作家是被回忆成就的,散文家的比例就更多一些。那天我也意外明白,我为什么从来不看散文也不写散文,是因为我有回忆症。我对"回忆的语气",尤其是"由来已久的回忆语气",过敏到了病态的程度,不小心翻杂志,看见散文像看见蛇一样,要急忙闭上眼睛翻过去。看来我的回忆症症状有待进一步发现。

在出租车上我给居亦发了微信。

居亦久久没回,我竟然有些心慌意乱。

我笑话自己,混蛋,真的恋爱了!

回到家,我所做的第一件事,就是收起原先立在桌上的母亲的照片,放进抽屉里,眼不见为净。然后把储藏室和冰箱里各种用来模仿母亲厨艺的食材清理掉,有些扔了,有些送人,有些束之高阁。把母亲遗留下的实物也统通收起来,比如,母亲做的黑色条绒布鞋,我平时只在家里穿,当拖鞋穿,共有五双,现在只留下正在穿的一双,新的几双送给了感兴趣的朋友。再比如,我前两次结婚时母亲缝的被子,有六床之多。里子都是白布,面子是红色或绿色的缎子,被芯是老式的纯棉网套,放了很多年,网套渐渐发硬,如果拆开重新弹一弹,又和新的一样,可惜现在找不到弹棉花的。就算重新弹过,也远没有羽绒被和丝绵被轻巧和舒服,无论如何应该淘汰了。我一直还视若珍宝,现在终于决心要处理了。要知道,它们可是我亲爱的母亲一针一线缝好的,缝被子的某些情景我还依稀记得。我母亲去世快十年了,我现在不是把它们好好存下,而是打算处理掉,哪怕不是回忆症患者,也很难吧。但是,我真的决心把它们处理掉。我对自己说,相信吧,人会死,被子上的手印和体温也会死,被子本身也会死,一切都会死。但是,我有了对一样东西的私心,对爱的私心。我不想说爱也会死,我想对爱网开一面,我想和居亦好好爱下去。

总之,我觉得自己很棒很棒。我决定只留下一床被子,另外五床说好送给小区里一个熟悉的女清洁工。女清洁工去取车子的时候,我把五床被子搬好放在院子里,用复杂的心情最后注视着它们。所谓复杂,就像把心拿在火边烤着一样,微微发烫,但可以忍受,我相信这是正常感受,表明我还是个有血有肉的人,不再是回忆症患者。不久女清洁工的广西口音在门外响起来:"老板……"在珠海,人分两类,要么是老板要么不是,所以对人的尊称就是"老板"。我不想自己抱出去,而是请她进来自己抱。她一看,都是全新或半新的,问我:"怎么不要了?"我说:"没用了。"

被子被抱走后,我眼前的大红大绿一下子消失了,令我一时产生了眩晕感,心里有明显的痛快,也有明显的难过,两者互不相让,大概是眩晕的原因。我立即回屋里去了,我不想理会"难过"的一面。我拒绝"难过"。我回到卧室,准备做另外的事情。柜子被腾空后,要把另一些东西移进去。但是,我刚走进卧室,就觉得腹部有一根神经突然抽了一下,不多不少只抽了一下,不疼,但麻酥酥的。我赶紧坐在床边,弓起身子,因为,那根神经就像"麻鞭"蘸了水,大大缩短了。我老家海棠,鞭子是用麻绳做的,简称麻鞭。陕甘方言里,形容一个人处在手足无措、狼狈不堪的地步,就说"湿麻鞭"了。这个瞬间,我也湿麻鞭了,我腹部的一根不明神经突然变短了,把我身体的两端狠狠拉向中央,让我好半天头部缺氧,接近休克。这正是我原先回忆症严重的时候,经常会出现的一个身体反应。这种时候,我总是不由自主地想起那些年,那些被绑成土飞机的地富反坏右。我父亲曾是反动军官,我的两三个堂叔都是地主,我熟悉那种样子。

回忆症到底好了没有？我不能不认真地问自己。应该说，还是好了。如果没好，拿枪逼着我，我也不会把母亲亲手缝制的五床被子拿去送人。我如果反悔，现在可以追出去再要回来，但是我没有，我心里的痛快感是明显的，清理旧物脏物以及所有该扔的东西，让人难过也让人痛快，这是正常的，和回忆症无关。

为了进一步检验我的回忆症是不是真的好了，我故意回忆另一件事情，一件没有发生过但我久久不能忘怀的事情——是一个梦。两年前我梦见我有另一个女儿，是大女儿，名叫小鹤，在武汉上大学，大二的时候从武汉长江大桥上跳下去自杀了。半夜，我从梦中哭醒后，不听劝阻，在家里翻箱倒柜找小鹤的遗物，手机、日记本、碟片、书包、单色衣服之类，都是梦中出现过的东西。尽管我知道，我不可能有另一个女儿，因为计划生育政策不允许我有两个孩子，况且我也没找到任何一件遗物，但我还是觉得，小鹤真实存在过。她曾经是我的掌上明珠，好不容易培养成人，上了大学却毫无先兆地从武汉长江大桥上跳下去了。她是如何一步一步长大，如何度过青春期，我是如何一趟一趟去武汉寻找她的死因，过程和细节有如刀刻，想忘都忘不了，时不时想起来，会伤心欲绝，分不清是真是幻。后来我把这个梦加工成中篇小说《圣地》，发表后有不少读者通过各种途径打听：故事是真的吗？

故事的主人公小羽是真人吗？小羽的爸爸是作者自己吗？

此刻，我才能做出正确回答：

那只是一个梦。不过是一个梦。

没问题，我好了。我的后半生有救了。回忆症死不了人，但足以搞乱一个人的精神世界。没人知道，过去几十年，我有多么痛苦。

那么，减肥，写作，恋爱！

我马上就开始减肥，除了不再模仿母亲的厨艺外，我决定戒肉，减少三分之一饭量，晚饭用水果代替，外加适量运动，每天走路一小时。居亦觉得，不再模仿母亲厨艺这一条就足够了，我说不行，我在母亲去世前就已经是胖子，那时是八十多公斤，母亲去世后，又长了十公斤。居亦说，那就先把十公斤减了再说，我说，不，至少要减二十公斤。我说的是心里话，不单单是一时的决心和激情。因为我想通了，我的胖有一个重要原因，就是贪吃，就是一个字，贪。光说"贪"，仍然不准确。贪的心理根源，是饥饿记忆。我早年挨过饿，我们海棠村穷，三年自然灾害时期饿死者过半。后来能吃饱了，再后来还能吃好了，还能奢侈了，自然而然会多吃、贪吃，每次都要吃撑，甚至吃得眼珠子都鼓出去，才肯放下筷子。吃撑了，自己摸着圆圆的肚子，觉得满足，觉得幸福，那可真是吃饱肚子不想家。吃饱直到吃撑，把肚子吃圆，把眼珠子吃鼓，不只是身体需要,更是心理需要,是从小养成的甚至是上一世就养成的饥饿心理作怪,吃饱吃撑才觉得有安全感,接下来的几个小时不担心挨饿了。所以,我这一类出身寒微的知识分子,一旦做了官,很难不贪污腐化。贪污腐化的心理机制和贪吃、贪饱、贪撑应该毫无二致,背后是同一个魔鬼:饥饿心理,或心理饥饿。说起来,我感谢写作,写作本身没什么大出息不要紧,但是写作像拴狗绳一样把我拴在家里拴了二三十年,过往那些年月没去做这样那样的弄潮儿,就是万幸。当我成为一个青年作家后,就有人推荐我去做一个省委书记的秘书,我犹豫再三还是拒绝了。后来又有几次当官的机会,每次先是犹豫不决,然后临阵脱逃。事后总会十分讨厌自己当初的犹豫不决,但往往也能原谅自己,因为自己曾经挨过饿。

我的三任前妻都是城里女子,没有挨饿的体会,所以,三个人至少有一点是一致的,都嫌弃过我身上残留的农民习气。有一个甚至公然说,"东声,别看你是作家,其实我很可怜你!"这话令当时的我大为吃惊,我根本顾不上多想,出于维护自尊的本能,立即反唇相讥:"撒泡尿照照你是谁!"不能以幽默的方式或者温和的方式对待"我可怜你"这样的话,已经表明我身上的农民习气根深蒂固,人家的可怜可能出于真心实意,但是,直到今天我才有这样的觉悟。我肯定错过了很好的一次成长机会。

  说实话,我也经常不管自己有无资格,一厢情愿地可怜别人。比如在大街上意外碰见一个和我一样胖的人,就暗暗可怜人家,心里嘀咕,唉,又一个挨过饿的人、贪吃的人、管不住自己嘴的人!每当在新闻联播里看到那些大贪官被揪出来,贪官们的贪腐情节到了愚不可及的程度时,我的心里也只有可怜,可怜!

  想通了就好办,心里有坎迈过去就好办。我的减肥就这样简简单单开始了。前三天的确难受,尤其是晚饭前后。首先,不知道原来用来吃晚饭的时间,如今不吃饭,该如何打发?这说明吃饭有另一层意义,吃饭即吃时间,把黄昏,把天黑前后的一段恼人时光,连同饭菜一同吃下去。再洗一洗涮一涮,一天就这样交代了。可是现在,不吃饭,意味着不买菜、不做饭、不洗锅、不刷碗,这两三个小时的时间就成了可怕的东西,睡觉还早,做事也不行,因为不习惯在这个时辰做任何正经事情,于是,整个人像丢了魂似的,心不在焉,无精打采。另外,该吃饭而没吃,肚子最多忍耐半小时就开始反抗,呱呱乱叫,叫个不停,你不理它,它的确没办法,会暂时沉默下来,饥饿感在一点一点加深,变得更柔韧更阴郁。这时候,你如果继续不理会它,它还是没办法,它似乎变乖了,但是,此时的饥饿感就像一个渐渐在扩大的带状空间,里面爬满最小最小的蚂蚁。它们是这个世界上最小最小的魑魅魍魉,它们冰冷、真实、富有活力,似乎有能力突然抬起你这个大胖子,和你一起离开地面,飞往虚空,飞往一个无需减肥不必回忆的地方。你如果足够有意志,不被迷惑,渐渐你会发现,蚂蚁其实不在胃里,而在心上。饥饿感来自胃里,更来自心上。胃饿了,心更饿。你如果更仔细更冷静地观察,又会有奇妙的发现:原来蚂蚁不是任何魑魅魍魉,仅仅是我们内心的恐惧,对饥饿的恐惧。恐惧的可怕之处在于,恐惧是反理性的,恐惧只需要一丁点理由就可以无限滋生,成倍放大,微微的饿会变成可怕的饿,一般的饿会变成要命的饿,克服起来十分困难。我估计很多减肥的人就是在这个节骨眼上失败的。

而我没有,我挺过来了。是的,我挺过来了。有爱饮水饱,我要承认,我有爱的力量。居亦一直在支持我鼓励我。实在饿的时候,我就想居亦,想我和她的那个吻。好像我们没有做过爱,只吻过,而且只吻过那一次,然后就分手了,再也没见面。从那天开始到现在,我一直都有陶醉感,做任何事情的时候都能清晰地感受到陶醉感的存在。似乎那个吻是可以充饥的,饥饿感真的没那么难忍受了。饿得头昏眼花的时候我就给那个吻写诗,不是给居亦而是给那个吻。我打算给那个吻写一百首诗,出一本诗集。直到某一刻我意识到,我对那个吻的念念不忘正好说明了另一种饥饿,爱的饥饿。我其实从来没有爱过,回忆症搞乱了我的精神,令我没有能力和精力去爱,去好好爱一个女人。这一点,在回忆症好了之后才变得更加清楚。即使是我自己,以前也未曾意识到。

一周之后,情况就好多了。

第一周,受不了的时候会像大部分减肥者那样多喝水,用水把胃撑饱,精神就好多了,恐惧和焦虑明显减少。精神宁愿上当,宁愿把假的当成真的。有时候还会早早睡觉,在那些小蚂蚁还没有开始闹腾之前先睡着。睡不着就吃安眠药。安眠药是我的常备药,回忆症时好时犯,说不上哪个瞬间就犯了,如果是半夜犯了,再也睡不着,就得吃安眠药。第一周,最软弱的两三天,天一黑我就上床睡觉了。醒来已是早晨,已是第二天。第二天明显分两半,前一半和后一半,前一半在第一世界,能吃两顿饭,而且能基本吃饱,心理一放松可以多吃几口。后一半是第三世界,随时有饿死之虞。

第二周的某一晚上某一瞬间,我既没有多喝水,也没有早早上床睡觉。因为,事先约好九点半要和居亦通电话,这之前她有事。等九点半的时候,一开始担心自己等不住,但是,九点左右,我心里突然一动,觉得肚子里微微发空的感觉和往日有所不同。蚂蚁们集体撤退了,换成一张笑脸,浅浅的笑,比蒙娜丽莎的笑还要浅一些的笑,没有性别,不知老少,只是笑,全世界可以目测的最少最少的笑。于是,我也笑了,冲着身体里的那张笑脸。就在我咧嘴一笑的瞬间,我心里有了一丁点甜味。

天啦,饥饿竟然微微发甜!从来没人告诉过我饥饿是甜的!我静静地坐下来,闭上眼睛。我在想,我就是最好的例子,一个挨过饿的人终于衣食无忧后,真的需要几十年才能克服掉饥饿记忆,才能做到不把吃饱吃好看作人生头等大事。有些人甚至一生都无法克服。一个国家一个地区,特别讲究吃喝,饮食文化十分发达,一个可能的原因,恰恰是曾有过刻骨铭心的饥饿史。我相信,讲排场、好奢华的遥远病因是饥饿记忆。铺张浪费的遥远病因是饥饿记忆。我甚至想,世界上除了饥饿恐惧症,并没有别的病。形形色色的身体疾病和心理疾病,包括超心理学性质的心理疾病,可能不过是饥饿恐惧症的变种。不久前见过一则新闻,一个阔太太,家境富裕,竟然有小偷小摸的习惯,这应该是标准的精神饥饿了。性饥饿不见得就是性本身的饥饿,更有可能是精神饥饿,常见这样的情况:哪怕天天偷情,还是觉得缺女人。性糜烂、性解放有可能出现在自由过多的地方,也有可能恰恰相反,比如,出现在修道院和寺庙。不说那么严重,说实在些,胃里面稍稍发空,肚子微微发瘪,真的会令整个人更清虚更清醒,浊气、匪气和俗气都会大大减少。

哈哈,我东声也有这一天。

九点半,我就把这些体会告诉了居亦。居亦说:"我明天过珠海给你庆祝。"我知道她所说的"庆祝"是什么意思。容易脸红,说明她并不是一个自信的女孩,但是,最近的她是有些自信的,至少在我面前有些自信——自信她总能让我如痴如醉。她的眼神告诉我,她别无长物,有这样一个本事就够了。她可以随时来珠海,她有回乡证,有效期十年,可以随时回到大陆,愿待多久待多久。我去澳门则要签证,前往的次数和逗留的时间都有限制。这段时间她已经来过三次了,过了关,我开车接上她,四十分钟就到家了。只是因为要过关,才觉得有点远,其实和一个城市没区别。

我说:"你现在就过来。"

她说:"我明早有课。"

我说:"你又不是没逃过课。"

她说:"不是范院长的课。"

我要赖:"我现在就要见你。"

她为难了,不说话,我能猜出她为难的样子。

我又说:"过来嘛!"

她说:"那好吧,先生。"

出门接居亦之前我打算吃些剩饭,因为接下来我要和居亦做爱。居亦这个妖精越来越像妖精,几乎变得贪得无厌了。但是,吃了饭她肯定会闻出来的,而且我也不愿意接吻的时候让她闻到饭和菜的味道,不如吃苹果香蕉什么的！有能力做出这样的一个选择,对我来说,也是殊为不易。

我又想起我另一位前妻,喜欢吃水果沙拉、水果什锦,喜欢吃各种精致糕点和加工食品,而我顿顿离不开直接由粮食烹制而成的饭菜。我的早饭都必须是米饭、面条、馒头、包子这些实实在在的"正经食物",我们难免会因为吃不到一起而发生冲突。当我说"正经食物"的时候,她很不高兴,似乎水果、糕点就不正经。后来她发明了一个最温和的骂人的话,她说,好嘛,你们都是吃粮食的嘛！我听得出来,"你们"二字,指的一个群体,农民和有农民习气的人。而"吃粮食的",听上去像"吃屎的"。事情坏就坏在我不光有回忆症,还是一个作家,一个曾经写过诗的作家,我心里立即就把"粮食"诗化成神圣不可侵犯的东西。我心想"粮食"二字只适合给它写诗,绝不能拿来污蔑。可以想象,我又一次以十分充足的理由"反唇相讥",于是,话赶话,激情刺激激情,捍卫对阵捍卫,小小的纠纷就变成了不得了的夫妻战争。生活中,不怕有纠纷,不怕有差异,就怕总是要捍卫什么——比如,捍卫"粮食"的自尊。一捍卫麻烦就来了,小则吵架,大则打架,再大则离婚。我猜,有很多捍卫最后也许发展成了民族和国家灾难。

此刻,为了一个女人,我心悦诚服地选择吃水果而不吃粮食。想起以前的事情,我禁不住笑了,没有谁是不能原谅的,包括自己。

我停好车,去关口等居亦。

居亦已经出来了,我竟然没看见她。她在我身后,用假嗓子喊了声"先生"。我反过身,抱住她,等着她说我"瘦了",但是,她只显出毫无心机的快乐样子,一脸看得见的兴奋和甜蜜。我和所有减肥的人一样,以为减肥是天大的事情,瘦上一斤半斤,人人都能看出来,便忍不住问,看我瘦了没有?她看我一眼,坏坏一笑,侧身用乳房顶顶我,小声说,亲爱的,过一会儿好不好?过一会儿我才能知道。想不到我的反应足够快,大大出乎我的预料。我故作严肃地说,过一会儿我要在下面。她惊呆了,睁圆眼睛,显出拿我没办法的表情,好像第一次发现我也会调情,好像她的上一代人根本不懂调情,只会生育。我们直接从出口下了商场,再从商场去了负二层的地下车库,这一段路并不短,一直向下,再向下,而且曲里拐弯,没人的时候我们会不由自主停下来吻一吻,有时她主动有时我主动,有时两人想到一起了。但是无论如何都找不到"那个吻"的味道。

到了车旁边,我正要去驾驶座上,她从后面拉住我,像做错事了一样看着我,不说话。我问,亲爱的怎么了?她小声说,我等不及了。我问,在车上?她红着脸点点头。我急忙朝四周看了看,没看见人。我的车刚好停在一个偏僻死角,灯光也很暗。我说,等等。我从车前面转到另一边,弓身把副驾驶座放倒。她跟过来,说,前面太亮,还是后面好。于是,我先进了后座,在里面脱光衣服,把上衣铺在后座上。她胆子好大,进来的时候已经光着屁股,我心想,到底是重庆女子。我拉拉她衣服,让她脱光。然后我们面对面抱在一起不说话,心里都有些紧张。随后我把她翻上去,心想,让你没办法知道我瘦了没瘦。但是,我一直无法勃起。因为,我忘不了"车震"这个词。随着一大批贪官被揪出来,"车震"这种做爱方式,开始被人们所熟知。网上有很多车震视频,车子摇摇晃晃,看上去好可怜,也好可悲,让人觉得,人类正是因为能做爱要做爱,才变得如此可怜,如此可悲。如果像猫猫狗狗,不需掩饰,随时随地可以做爱,会好很多。我只看过一个车震的视频就再也不敢看了,因为,我还没打算禁欲。车子的摇晃频率有慢有快,力度有强有弱,惟妙惟肖地描述了车中云雨的临时、仓促和不安,让车子看上去也像是赤裸的,像一个男性的大屁股,但仅仅是屁股,仅仅是做爱这件事情里物理学的一面、动物性的一面——这一面被车子的摇晃无限放大,让人看了不寒而栗,再也不想和任何女人做爱。我甚至觉得,即使上帝(假如真是上帝创造了人)看了,也会觉得被羞辱了。更可怕的是,车子终于静下来的瞬间,突然有人打着手电冲出来,围住车子大喊大叫……

"亲爱的,我紧张。"我实话实说。"我也是。"她说。她转过身,用脸用鼻子用舌头用乳房,都没办法让我勃起。我越合作越不行。后来我想起了"那个吻",我告诉自己,做爱不见得是最好的,做爱远非终点,这样一来身体果然放松了,也正常了。我说:"你真厉害!"她说:"其实我喜欢它耍赖的样子。"天啊,这句话让我完全正常了,正常到反常的程度。而她,像个贪玩的孩子,趴在那儿独自又玩了好一会儿,还像变戏法一样变了一个安全套出来,仔细戴好,再用脸蛋碰了碰,才转过身来,把自己变成一条温暖的河流。两条河流的相爱得以延续,无始无终。

完了之后,她对我耳语,先生,我得回去。我问,回哪儿?她说,回澳门,我明早的课不能不去。我问,你早就想好了在车里?她脸红了,说,是呀。我有些哀伤,说不清的哀伤。她说,咱们再抱抱,十二点前过关就行。

十一点四十,闭闸之前我又把她送回关口。她匆匆离去的身影看上去风尘仆仆,像一个好心的母亲。我突然明白,刚才在车里我为什么感到哀伤了,因为我看到了自己的贪婪本性,说要见面就要求人家马上过来,人家没办法,竟然想好在车里把我哄一哄,再赶紧回家。我东声何德何能,凭什么享受如此的宠爱?

我独自开车回家的时候,哀伤的感受还在。我突然感觉饿极了,两臂发软,几乎开不动车了,很想停车吃一点东西,又怕孤独。孤独显得比饥饿还可怕,一路上无数个灯红酒绿的地方在我的犹豫中一个一个都闪过去了。

回到家,看到她的微信:

"先生,你瘦了!"

我坐着不动,不知道如何回她。

不久另一条微信又来了:

"你瘦了,它也瘦了。"

这次我不能不笑出声来。

5

第一个月,成功减肥五公斤。

重要的是我已经适应了新的饭量和新的习惯,多吃反而难受,某一顿不小心多吃了,连当晚的春梦都会变得极为龌龊,一股子浓烈的猪粪气,久久挥之不去。这说明,梦并不是什么凭空而来的东西,梦其实是一种植物,依赖性很强,很娇嫩。梦的土壤是身体,甚至是胃,是整个内分泌系统。所以,要想梦到好梦、美梦还得从选择食物和控制饭量入手。后来这真的成了我坚持减肥的秘密理由。另外,每天傍晚坚持去海边走一小时路,回来洗个澡,泡杯龙井,就可以坐下来写作。那部军事题材的长篇小说,似乎可以写下去了。我还是坚信,小说如果也有前世,那么它的前世不在过去,而在未来。写小说的人,是长期生活在迷信中的人,迷信未来,迷信不可能,迷信持久,迷信等待。和迷信打赌,也许输了,也许赢了,但是无论输赢都很快乐。哪怕仅仅靠这种迷信活下去呢。一直以来我就是这么想的,我写的东西不够多不够好,我可以把一部分原因归于回忆症。现在回忆症好了,我没懒惰和拖延的借口了,我应该久久地坐在书桌前来赌赌自己的迷信。

我和范荷生、王龄二位恢复了联系,向他们公开了我和居亦的恋爱。他们见多识广,而且人在澳门,对私人生活和个人事务有起码尊重,所以没有多说什么。相反,他们对我表示了祝贺,祝贺我治愈回忆症,还收获了爱情。

一天王龄打电话说他在珠海。我请他来家里喝茶、写字。

他立即来了,还带来一个礼物,我催眠时的录音。

我们一边喝茶一边听录音。

听完录音,我变得内心虚弱、四肢乏力,就好像王龄不是心理医生而是警察,他向我展示了我曾经杀人如麻的有力罪证,等我表态。

我问:"你猜我此刻的心情是什么?"

王龄看看我,摇了摇头。

我说:"刚才有一个瞬间,我想,我宁愿用回忆症和这一段前世记忆交换。"

王龄并没有完全听懂。

我又说:"我宁愿不知道这么多,而继续忍受回忆症的折磨。"

王龄说:"我理解你的心情。"

我说:"看来,那个民间传说是有道理的。人在转世前要喝孟婆汤,把前世记忆洗干净,来到这个世界的时候,完全是一个新人。"

王龄说:"事实上,过去的一切都完整地储存在我们的记忆里,一旦唤醒,仍然生动无比,但是如果不唤醒,就和完全不存在一样。"

我说:"我还是觉得,这在生物学上是讲不通的,如果转世真有其事,人死了之后,到再生之前这个阶段是没有肉体的,皮之不存,毛将焉附?记忆如果不是通过细胞、血液和肉体这样的具体物质,是如何实现储存和遗传的?"

王龄问:"没电话线,为什么能通话?"

我说:"我的理科学得不好。"

王龄说:"荣格的'集体无意识',从另一个角度说明,前人身上的一些东西,后人不是直接得到的,不是靠历史传播,也不是靠血液遗传。所谓的'集体无意识',可能早就居住在一群人的大脑结构里面,或DNA里面。还有弗洛伊德提出的'潜意识',也说明,人类意识的复杂性远远超出我们的想象。潜意识的解释是,已经发生但并未达到意识状态的心理活动过程。前世记忆正是这样,已经发生,但无法觉察,无法回忆,就像从来没有发生一样。

弗洛伊德把潜意识分为两种,一种是前意识,前后的前,大部分时候处在潜伏状态,终究有可能被意识到;另一种就是无意识,接近荣格的说法了,无意识,无法被通常的方法唤醒。在弗洛伊德看来,梦里面包含着最多的潜意识,梦是潜意识的曲折表现和隐晦语言,解梦的人,是能够读懂这种隐晦语言的人。弗洛伊德还认为,精神病人、女人和孩子的潜意识更活跃,是因为他们理智薄弱,甚至精神残缺。"

我问:"我算不算精神病人?"

王龄一笑,不置可否。

我问:"更重要的是,我要不要为我的前世负责?"

王龄说:"道德难题切实存在。"

我又问:"前世的我和现世的我,是不是同一个我?"

王龄说:"这个,我说不好。"

我又问:"前世的我和现世的我,是不是同一个道德整体?"

王龄说:"从广义上说,是的。"

我不能接受这个说法。

王龄说:"从广义上说,人类,所有人,无论什么人种什么民族,都是一个道德整体,张三的错误也有李四的份;巴勒斯坦人的诉求,也是犹太人的诉求;非洲的问题,也是欧洲的问题。正是在这个意义上,人道主义才有可能被尊重,一个国家才可以接受另一个国家的难民。一个人的前世和现世当然更是了。"

我不吱声,我宁愿显得狭小。

王龄走了之后,我重复听那段录音。我承认,我又开始怀疑,催眠后看到的情况是不是我的想象?我是一个作家,一个二十岁就开始写小说的人,想象是我的本能,想象甚至已经是我的大脑结构,是我的基因。催眠中看到并经过我的嘴说出的情节和细节,对一个写小说而且当老师的人来说并不难。正如我们做梦,我们的任何一个梦都是那么丰富、细腻。我们是谁,是什么审美、什么职业,我们就会做什么样的梦。梦的类型会有区别,但是梦的质量,梦的仿真程度,总是无可挑剔。任何因素都不缺少,比最严格的分镜头剧本要求做的还要多,几乎合乎上帝的艺术标准,以至于让我们梦醒之后,久久不能相信那不过是一个梦。正如我在小说《圣地》中描述的那样。

再说我身为土匪头子的那个情景,如果它近似于一个梦呢?人被催眠后的意识状况应该无限接近睡眠状态,那么,催眠后看到的情景有没有可能是一个梦或近似于一个梦?我从小就很熟悉土匪的故事,我爷爷和伯父就死于土匪之手。杀猪的情景正是我们那儿杀猪的样子。把开水直接往人家肚子里灌,这和重庆渣滓洞给犯人灌辣椒水相似,略加修改就可以。至于建在山嘴上的堡子,我老家到处都有,一个村子至少有一个,大部分是明清两代修筑的。大路畔是由海棠和七步镇去县城、去我姑姑家张家店必须路过的一个村子。经验表明,梦可以随机把任何记忆中的东西拿来作为材料使用。和那些更神秘莫测、更风月无边的梦境相比,我身为土匪头子的那个情景简直是小巫见大巫。

当我开始怀疑,回忆症似乎又回来了,腹部右侧的那根筋微微拉了一下,好像它的末端被另一个人抓在手里,当我忘恩负义开始怀疑催眠的瞬间,另一个人的手微微一抖,算是警告我,让我注意,不要好了伤疤忘了疼。

你要回忆症还是要怀疑?我头顶似乎悬着这样的威胁。

我只好把事情先搁下,专心减肥和写作。几天后我又想,如果催眠后看到的情景真的近似于一个梦或直接就是一个梦,那么梦中的我最应该是一个军人而非土匪,因为前面提到过的那个原因——我十二岁从甘肃到宁夏,是因为我只要坐在七步小学的教室里,就总会头疼欲裂,头也疼,蛋也疼。而且我眼前总是生出幻象,看见一个旧式军人骑马挎枪,耀武扬威,并且匪夷所思地认为那个人就是我,另一个我。我说过,当时的我根本没有"前世""轮回"这一类知识。我还忘了告诉大家,四十五岁以前我有一个毛病:每到离生日还有两三天的时候,就开始头疼,生日过后再疼几天,然后就不疼了。四十五岁是哪一年?是我从宁夏银川调到广东珠海的那一年。到了珠海后,我的好几个病不治自愈,一个就是生日前后的头疼,另一个是鼻炎,还有每年春天必然出现的手部湿疹。听说这种情况很普遍,由于海拔和气候的因素,一些病换个地方自己就好了,所以我从来没有多想。此刻,我才大胆做出猜测:我生日前后的头疼,和距离有没有关系?当初只要一到七步镇就头疼,就有幻觉,一回到海棠就没事了,说明从海棠村到七步镇的十里路在起作用。而生日前后的头疼一直跟到了宁夏,却没跟到珠海,是不是因为珠海更远?我的生日不在寒假也不在暑假,所以近几年我也没机会做试验,如果在老家过生日,头还疼不疼?

总之,事情显然不简单。

怀疑和相信都没那么容易。

卷二

1

2015年的寒假很快到了,我决定这个假期回趟老家,整个假期都留在老家,干些该干的事情,而不是忽东忽西跑来跑去。父母去世后,尤其是母亲去世后,我回老家的次数越来越少。母亲不在,家就不像家了。偶尔回去,总是走另一条路,故意绕过县城和七步。绕过县城和小迎有关,绕过七步和头疼有关。

这次回去打算特别经过一下县城,包括七步。经过县城,先去张家店看了看表哥一家(姑姑已去世),顺便请表哥带路,去大路畔附近想办法找到催眠状态下看见的堡子。当然,最好是找不见,那就证明催眠状态下的所见所闻真的近似于梦。据说甘谷县大概有三百个古堡,都是近三百年为了躲避兵灾匪患修筑的。至今保存完好,绝不是因为有文物保护意识,而是因为堡墙又高又厚又结实,破坏起来不容易。前不久看见一个消息,甘谷县正在就这些明清古堡申请遗产保护,"三百个"的数目是从有关资料上看到的。

选择经过县城就意味着不能不经过七步镇,两者在一条路上。这次不仅要经过七步镇,还要在七步住几天,想办法弄清楚我在七步镇总是头疼和出现幻觉的原因。如果幻觉还在,至少要看明白那个军人的长相、身高,看明白他身上的军装以及肩章和帽徽,最好能画下来。好在我有些绘画基础,考大学的时候,曾认真考虑过是否报考美术学院。

居亦也嚷嚷着要跟我去。

她说:"我想看看小说中的海棠。"

我说:"我不能带你回去。"

她问:"为什么?"

我说:"你太小了,村里人会把我骂死的。"

她说:"就说我是你学生。"

我说:"学生更不行。"

她说:"秘书呢?"

我说:"作家不是官员,用不着秘书。"

她说:"反正我要去,跟定你!"

我静静一想,除了没勇气带她,还有另一个原因,我想独自探寻那个秘密。我的前世到底是土匪还是军人?或者既是土匪又是军人?

她问:"你是不是不爱我了?"

我发现我心里拒绝对她说:"我爱你。"

原来我的老毛病还在,一方面渴望爱和被爱,渴望碰到温柔体贴的好女人;一方面又厌烦二人世界的甜甜蜜蜜、海誓山盟、难分难舍。不久前的一天,我应邀去一个画家朋友的工作室做客,一个情景让我突然有所醒悟,原来我内心深处一直是惧怕"幸福生活"的。表面看来我和别人一样,向往幸福生活,实际上却相反,我惧怕"幸福生活"。

朋友的工作室在一座最老旧的居民楼里,没有电梯,楼梯很窄,家家门口堆满相似的杂物,甚至还有蜂窝煤炉子,有捕鼠器,有蟑螂药。这情景让我心里一时很不是滋味,几乎接近忍耐的极限,很想立即掉头逃离。我来自偏远乡村,从小没少吃苦,但我一向受不了生活中缓慢、破旧、庸常、勉为其难、不堪其重的那一面。这并不说明我就喜欢另一面。金碧辉煌、精雕细琢、幸福美满的样子我同样不喜欢,甚至更加不喜欢。那之后我特别琢磨过这个怪毛病,我觉得,我可能是受不了任何形式的两人或两人以上的甜甜蜜蜜的样子。我一向不参加别人的婚礼,就是因为我不喜欢婚礼上那种故意营造出的幸福场面。我也很少去别人家做客,原因一样,一切和家庭生活有关的东西都会让我浑身起鸡皮疙瘩,比如双人床、夫妻枕、婚纱照、油烟味、沙发、拖鞋、婴儿的哭泣、老人的气味……

她说:"看出来了,你不爱我了。"

我已经知道她的身世了,那可不是一般的身世。她的确是重庆人,但是刚出生(还没满月)就遭遗弃,在孤儿院长到五岁时,被一对信基督教的澳门夫妇领养,养父是中国人,养母是葡萄牙人,夫妇俩十分宠爱这个女儿。

她说:"你可不能不爱我。"

我还是不想说"我爱你",至少此刻不想说。

"怎么给你父母解释?"我问。

她高兴了,说:"我父母好糊弄,随便找个理由。"

我摸着她年轻的弹性很好的乳房,就像摸着她的身世,心里有一个明确的冲动,爱她,好好爱她,同时又倍感凄凉,甚至恐惧。

我问:"你说说什么理由?"

她想了想,说:"要不我跟他们摊牌?"

我心里一慌,说:"不行,还没到摊牌的时候。"

她长叹一声,问:"那怎么办?"

此刻,和她的单纯、青春和美貌相比,一切又黯然失色。

我说:"亲爱的,听话,明年暑假带你去。过年,你最好陪在父母身边。"

她终于动摇了。她并非那么固执。

于是她要给我"送行",让我给她脱衣服,然后她再跪在我旁边,开始脱我,貌似无意地显示着对自己身材的自信和适度的狂野。当我躺在那儿,从低处欣赏她时,就像在欣赏一个除了我无人知晓的神秘山谷。当我们终于玩够了前戏,重新变得不分你我之后,我第一次发现,我们之间的亲切感,首先是纯身体纯动物的亲切感,其次才是灵魂的,就好像灵魂窃取了身体的果实,却后来居上,大抢风头。我们之间总是这样,每一次做爱,都会惊讶肌肤和肌肤、骨头和骨头之间有取之不尽的亲切感。做完爱又会迅速忽略,因为亲切感这种东西没有特征,太普通,就像夏日凉风,随处都有。

居亦又哭了,哭得比任何一次都厉害,好像我这一走再也不会回来。我知道了她的身世后,她的哭有时候会让我很不安。

2

我乘飞机从珠海到兰州,然后借上朋友的越野车,驱车三小时,回到甘谷,回到张家店的姑姑家。表哥早就当了爷爷,他的孙子孙女已经是我和小迎当年的年龄。晚饭后我一个人出来,走出比当时大了几倍的村庄,走向不远处的小站。小站也比当时大了很多,新修的楼房比乡村建筑更简洁大方,就是一个富有国家的偏僻小站应有的模样。月光下的铁路还是当时的走向,向北,是我开车回来的方向,通往兰州、西宁、银川、呼和浩特等地;向南,先是天水,再是宝鸡、咸阳、西安,再远是成都、重庆。我第一次发现,我老家离居亦的老家重庆并不远,坐火车沿宝成铁路可以直接到。下次居亦来,可以陪她回重庆看看,不知她有没有愿望找到她的亲生父母。站台上干干净净,并不像记忆中那样,总是停着一列又长又黑的货车。

　　1975年5月的一个晚上,月亮刚好在头顶偏西的地方,姑姑把哥哥、嫂子,他们的第一个孩子,还有十二岁的我,送到一辆拉煤的货车上,逃离了故乡。现在看来,故乡,更像是一个道德存在,而不是一个实实在在的地方,要么被迫逃离,要么衣锦还乡。当初的确是被迫逃离,为了让我继续上学,父母做出了胆大包天的决定,让哥哥和嫂子两个壮劳力带上我,偷偷跑掉。当时"文化大革命"并没有结束,谁也不知道哪天结束。真想不通,父母为什么认为我必须接着上学?因为头疼,没法在七步小学读书,那么,像三个哥哥那样回家拉倒,放羊,干农活,很简单。再说父亲还是被专政的对象。几十年后我回来了,说衣锦还乡当然是自作多情,一个写过几本书的作家,在乡亲们眼里连个处长都比不上,甚至不能和一个有实权的科长相提并论。把衣锦还乡换作千疮百孔倒是更恰当一些。如果"千疮百孔"有些矫情,那我就说说当时的真实感受。我走在铁轨上,朝兰州银川的方向走了几百米,又返身走回。其时,我面对的正是所谓故乡,我心里冒出一句话:出去几十年了,好像什么都没干;要说干了什么,那就是离了三次婚,有了两个女儿。注意,是两个女儿而非一个。包括从武汉长江大桥上奋然跃下的大女儿小鹤。

我惊出了一身冷汗。

我坐下来,点上一支烟。

屁股下的铁轨渐渐开始发热。

我早就通过车站后面的山形做出判断,此处正是小迎被两个康拜因夹死的地方。货车的后面是车站,车站的后面是一座山,山嘴上有一块红色巨石,像一头牛静静地卧在那儿。当时,长长的货车就像抽筋一样突然动了两下。干净凶狠的两下。大地深处受到的震荡,到现在还隐约可辨。受伤的空气,到现在还散发着怪味。血从车厢里靠近村庄的这一侧落下来,打在铁轨上,先是一滴一滴,接着就连成线,一条直直的、抖动的红线。我立即就想到了小迎,相信那是小迎的血。去车厢里捉迷藏,是我的馊主意。小迎,那么生动的一个人,被我的馊主意害死了。小迎有些霸道,和我们说话,总喜欢弓着身子,像小鸭子要飞起来的样子。所有这些,都死了。我和她的吻,也死了。

那算不算我的初吻呢?

此刻我有些怀疑了。

因为,那时候我们才十岁左右,屁都不懂,吻了半天,没多少感觉。小迎如果没死呢?到了十七八岁,我们如果还有机会拥抱和接吻,那么,前面的吻就算是初吻。如果我们后来还有幸结婚生子了,那么,十岁那个小小的吻就更是值得再三讲述。这就是历史,往往是后来的事情决定了前面的事情应该如何书写。

对不起了小迎,我认为,四十年以后,在澳门的黑沙海滩,我和居亦的那个吻,才是我的初吻。因为,那个瞬间我才算一个性成熟的男人。你死得那么早,不知道我有回忆症,回忆症不是病,死不了人,但是,它阻碍了我的成长,推迟了我的成熟——尤其是性成熟。我的相当一部分精神和体力用在回忆上了,身体和精神的成长,比别人至少慢了三拍甚至更多。二十八岁以前,我一直拒绝谈恋爱,因为我心里有你,我认为你就是我的恋人,一辈子的恋人。我不在乎你是不是实际存在,不在乎能不能和你耳鬓厮磨,我只要回忆,有回忆就够了。二十八岁以前,即结婚以前,我没有接触过任何一个女人。那时候我身高一米七六,体重五十公斤,形单影只,面色苍白,每天写诗,写情诗,所有的情诗都献给你。大三那一年,出过一本油印的诗集,题为《献给小迎的情诗》。

小迎,我可不是专门来向你表功的。我是来请求你原谅的,如果不是我那个自作聪明的馊主意,你不可能死。小迎,你的死绝非没有理由。没理由就是有理由。强调没,是在回避有。我没有直接杀人,最起码间接杀了人。

小迎,对不起!

小迎,你还在这个地方吗?

小迎你还在吗?

3

我没有劳烦表哥,而是自己去了县委宣传部,找了个熟人,弄到一份为申请物质文化遗产准备的资料,题为《甘谷:千堡之县》。

前不久,县委宣传部派人对全县古堡做了一次专门普查,这个资料就是普查小结。原来,古堡的数量不是三百座,而是一千三百多座。

资料上有下述内容:

> 甘谷县,位于甘肃省东南部,天水市西北63公里处,渭河由西向东贯通全境,地理位置十分重要,先秦时就有车马大道,是北上兰州、远赴西域、东去长安、南下西蜀的唯一要道,是唐蕃古道的必经之所,也是古丝绸之路上的重要一段。早在新石器时代,境内就有先民繁衍生息。西周时为秦地,周庄王九年(秦武公十年,前688)置冀县,为全国最早建县的地方之一。北魏称当亭,北周称冀县,唐武德三年(620)改为伏羌县,民国十八年(1929)更名为甘谷县。正因为地理位置特殊,甘谷县自古以来也是兵家必争之地,战乱频仍,烽火不断,特别是明清两代和中华民国前后,兵祸之外,又兼匪患,本地土匪以及南来北往的各路

盗贼,令社会极度动荡,百姓穷蹇无奈,只能各求自保,在高山险要之处或川台平旷之地,修寨筑堡,成为风气。据统计,全县寨堡总数竟达1300余座,平均两平方公里的范围内就有一座,成为名副其实的"千堡之县"。

这些寨堡当地人称之为堡(bǔ)子,以四方形为主,另有不规则形、三角形、圆形、梯形、椭圆形等等,大部分依地恃形而建,易守难攻。大小形制,以七步镇李八爷堡为例,东西长66米,南北宽60米,建筑总面积2570平方米,可使用面积3.6亩,外墙高约10米,含女墙约1.2米,堡墙厚6.4米,夯层6至8厘米,东南角和西南角墙顶各建有望楼,有炮台和角墩,墙下四周原本有环壕,后填平。

文中提到的李八爷堡我知道,离七步小学不远,当时是七步粮库,里面的老建筑拆光了,四周全是新建的圆形库房。我跟着交粮的大人进去过几次,还背着小袋粮食从长长的斜梯上走上去,跳进一眼望不到边的粮食堆里,将身子一斜,同时松开攥紧袋口的手,肩上的重量就像水银一样突然滑下去了。粮食是刚晒干的,阳光的味道很足,加上尘土的味道,集中起来,一时散发不出去,毒药一样令人头晕耳鸣。

我们海棠村有两个堡子,上堡子和下堡子,但资料里只能找到面积较大的上堡子,有编号,有图片,有简单的文字说明,下堡子则根本没提。这说明,特别介绍的堡子只占少数,要么面积大,要么有特点。好在后面附着一张全县堡子的分布图,密密麻麻,多如繁星,遍布全县每一个角落。有村庄就有堡子,往往一个村庄有两三座堡子,有些在村子里面,有些在村庄附近。我特别看了大路畔周围十里路以内的堡子,至少有四五十座,举例介绍的,有四五座。圆形且建在山嘴上的堡子有八九座,但是,它们都紧邻村庄,迅速被我排除了。土匪的据点一定是远离村庄的,至少不会紧挨着村庄,这是可以肯定的。我在催眠状态下也没看见堡外有任何房屋。房屋建在堡子里。

我先开车到了大路畔。从县城到大路畔只用了二十分钟。

我把车停在路边,熄了火,往口袋里塞好几盒烟,下车了。我在车上已经看见,前方的十字路口很热闹,较远处的墙根下是一些站着说话的年轻人,最近处是三个安安静静的老人,两者之间有一堆叽叽喳喳的女人娃娃。他们一致抬头看我和我身后的车,奔驰G500和"甘A"的车牌号显然引起了他们的足够重视。

我向三个老人微笑着走去。

我在他们旁边停下来,给他们递烟点烟,我自己也点上烟,蹲在他们前面。三个人中,戴茶色石头眼镜的一个显得更开朗一些。

我对他说:"我打听个事。"

他连忙点头,说:"好,好。"

我问:"你们这附近的堡子,最漂亮的是哪一个?"

他说:"堡子?没娇没丑,都差不多。"

我又问:"最早的是哪一个?"

他说:"听说最早是明朝万历年间建的,在另一个庄子。"

我心里一喜,碰到了一个识字人。

我说:"那么早啊,有三四百年了。"

他问:"这些堡子还有用吗?"

我装腔作势地说:"可以申请物质文化遗产。"

他有些兴奋,说:"好事,给钱吗?"

我说:"国家肯定会花钱保护的。"

他嗓门突然提高,几乎在喊:"国家花十块钱,有九块进了干部口袋。"

我笑了。稍后我又问:"有没有一个堡子建在山嘴上?"

他说:"有呀,不只一个,有不少。"

我用两只手比画着说:"堡子建在山嘴上,房子建在堡子里面,堡子外面没房子。"

他没听明白,有些疑惑。

我又说:"只有堡子,没有庄子。"

他说:"没庄子就没堡子,有堡子肯定有庄子。"

我说:"听人说有一个。"

他耐心解释:"庄子是庄子,堡子是堡子,没有把堡子当庄子的。平时住在庄子里,土匪来了,散兵游勇来了,才临时躲进堡子。"

他提到了土匪,我趁机问:"你们这附近出过土匪没有?"

他说:"小打小闹的土匪村村都有。"

我问:"有没有大一点的土匪?"

他说:"我们这种小地方出不了大土匪。地方多大人多大。人家孕司令是大土匪,张五十四是大土匪,水泊梁山的宋江是大土匪。"

接下来又随便说了些话,我就起身离开了。开车从他们旁边经过,继续向北,沿着渭河的支流——清溪河河谷一直向北,前往七步镇。一路上至少有二三十个堡子从眼前一闪而过。回到甘谷,根本没办法不看见堡子。我突然想,一个总面积不过一千五百多平方公里,目前的人口也才五十多万的小县,竟然有一千三百多座坚不可摧的堡子,差不多一平方公里就有一座,这是不是有些荒唐?再说甘谷向来算不上富庶之乡,渭河两岸的农业,古道两旁的商业的确还不错,但更多的地方是山地,十年九旱,吃饱肚子都不容易,哪有什么余粮细软,甚至金银财宝供南来北往的散兵游勇和大小土匪们再三抢掠?修筑堡子,心理安慰的意义和象征意义应该更多一些。建一个坚实稳固的堡子放在旁边,早出晚归都能看得见,相信坏人来了有地方可躲,吃饭睡觉都觉得安心。所以,建堡子的风气最初可能的确和兵燹匪患有关,但是,蔚然成风的另一个隐秘根源应该是心理安慰,或者是赶时髦。每一个时代都有自己的时髦,现今的时髦是,有钱没钱先盖一座二层或三层小洋楼,把原本应该是厕所内墙的光滑材料,变成楼房外墙的唯一装饰,家家一样,毫不避讳,没有美学追求倒可原谅,一点个性诉求都没有,好像所有人的同一个内脏早就被统一摘除。我心里有了一个念头:千堡之县应该申请非物质文化遗产才对。

半小时后,到了七步镇。

我要不要先回海棠?

我决定先不回家,留在七步,故意挑战一下故乡这个"道德存在"。从几千公里的路上回来,还剩下最后十里路了,却不赶紧回家,这当然是挑战。不过,能接受这样的挑战,也不简单,再一次说明我的回忆症的确好了,至少好了很多。如果是以前,不可想象,已经到了七步镇而不回家。以前,回到家首先要做的事情肯定是先去母亲的坟地看一看,烧个香磕个头,再另选时间去父亲的坟地。回忆症最为厉害的那段时间,我真的想辞了职,什么事都不干,在母亲的坟地旁盖一间只够容身的小房子,一个人住在里面,回忆母亲一生中的点点滴滴,最多写一点回忆文章。说起母亲,顺便再说一下我的减肥。出门在外,我依旧坚持不吃肉不吃晚饭,控制饭量,每天走路。这几条已经差不多是我的新习惯了。但是,最近这些天做的梦,至少有一半和吃有关。梦中的我,厨艺高超,锅铲飞舞,像变戏法一样给自己炒各种稀奇古怪的菜,多半是大鱼大肉。有时候明明睁着眼睛,竟然也在做炒菜的梦。有时还尝试用适量的意识干预自己的梦,把菜炒成这样,而不是那样。比如,母亲做红烧肉是放醋的,这一点和很多人不同,于是我要求梦中的自己,在红烧肉出锅前滴一点醋。这么说来,我的回忆症好像还在,没好干净,要警惕。

我向路人打听,七步最好的旅社在哪儿,有人告诉我在马务巷。我当然记得马务巷,靠近清溪河,在李八爷堡的北面。找旅社的路上,我大致看清,七步变化不大,老街道老建筑保存完好,都还是旧时模样。有些门楼被重新刷了漆,显得又老旧又艳丽。街上半是本地人半是游客模样的人,还看见了几个外国人。

经过挑选,我住进北山客栈。

这是一座砖木结构的老宅院,据说开业不久,看得出不久前刚刚修补过,部分门窗和廊柱是新木料。收费不高也不低,一天一百三十元。整个院子,四面都是两层的砖楼,北面临河,南面向街,我选择住在二楼最北侧的一个房间,屋内很干净。卫生间也很干净,阳台底下就是清溪河,可惜河水很小,而且结了冰。河水之小,我并不惊讶,因为海棠村也在清溪河边。我离开海棠之前,清溪河里的水一年四季是满的,下河游泳会担心淹死,淹死人的事情的确也时有发生。冬天在宽阔的冰面上滑冰、打陀螺,是难忘的儿时记忆。而现在,清溪河常常会断流,河水最大时也不及当年的一半。

洗了澡,躺在床上,想起近在咫尺的海棠,心里很不踏实。更重要的是,躺了几分钟,突然想起此行的目的,同时也发现头没疼,一点没疼,闭上眼睛仔细感受,还是一样,脑海里安安静静。而且眼前也没出现任何幻觉,没看见那个骑马挎枪的人。我不知道应该庆幸还是应该失望。我想,也许天黑后会不同。

我戴上墨镜,下楼来到街上。担心碰见熟人,所以戴了墨镜。海棠人也有长期在七步镇开铺子摆地摊的,古来如此。门口的这条街就是马务巷,马务巷可能的确和"马务"有关。有传说,整个清溪河河谷和南北两山曾经是秦国的养马场,后来,在唐宋元明等各个朝代,此间都负责给朝廷驯养战马。

马务巷还是以前的石板路,整条街随着清溪河的弯曲而弯曲,不宽,但很长,大概有三千米。我假装成外地游客,说着普通话,一个铺子一个铺子地看过去。所有的商品都明确指向外地游客,这足以说明七步镇已经是知名度不低的一个旅游目的地。古丝绸之路上的一个重要商埠、伏羲故里、千年古镇、得到完整保存的古建筑,这些历史和文化元素经过着力打造,成为亮点。我从这边走过去,再从那边走过来,看到了人们能够拿出来买卖的所有东西:中药、花椒、辣椒、苹果、核桃、樱桃、麻鞋、草编、毛线、腊肉、酸菜、咸菜、粉条、粉丝……正是因为杂乱零碎而让整个一条街显得满满当当,洋溢着乡野气息浓郁的诚实和温暖。我碰到了五六拨游客,注意听他们说话,一半是附近的口音,一半是陕西、青海、四川甚至港澳台的口音。

随后我又特别去了七步小学,我念过几天书的地方。在七步小学校门口,一瞬间,我似乎有些头晕,不是疼,是晕,和晕车的感觉相似。我急忙扶住一棵柳树,微微闭上眼睛。好像也出现了我想要的幻觉,没错,和当年一样,一个人骑在马上,威风凛凛的样子。但比当年模糊多了,仅仅是一个剪影,黑白色,黑色也接近白,看不清任何一个细节,人的长相、衣服的样式、帽徽肩章都看不清。另外,我也实在说不清,这个剪影是此时此刻刚刚出现的新幻觉,还是我对以前那个旧幻觉的回忆。

附近有人走来,有些面熟,我急忙闪开了。天近黄昏,我打算找家饭馆吃些饭,开着车跑来跑去,活动量很大,肚子早在呱呱叫了。要了一碗浆水面,外加一份酱猪蹄、一份虎皮辣椒、一份炒鸡蛋、一份小咸菜。浆水面并不意味着简单,而是讲究。这是典型的海棠吃法,也是母亲喜欢给我们做的。前面说过,我学会了母亲的所有厨艺,自己装扮成母亲喂养自己可怜自己,包括浆水面。浆水面的关键是浆水,浆水我也会做。珠海没有苦苦菜,经过再三摸索,我用一种名叫青麻叶的白菜顶替,再加上芹菜、白萝卜和莲花菜,味道很不错,几乎可以乱真。四个小菜先来了,减肥前那种可以吃掉一座山、喝掉一条河的冲动又出现了,突然,我特别想"喝两杯",便要了三两老家人常喝的秋秋(高粱)酒。问了饭馆的wifi打开微信,一边喝一边给居亦发去照片,以示坦诚,并向她解释,跑了一天,晚饭不能不吃了。她肯定在忙,回了一个吐舌头的手机表情。我对手机表情没有好感,每次看见任何人发来的任何一种手机表情,都会全身一麻,但每次都忍了下来。居亦什么时候不回几句话,我心里就一直处于等待和担忧中,我也借此知道我仍然爱着居亦,好像我随时有可能见异思迁。我慢慢吃慢慢喝,一直到电视里的新闻联播开始了。

每天都少不了死人的新闻,新闻联播的最后部分好像总有自杀式炸弹袭击,早先是一年一次,后来是一月一次,现在是几乎每天都有。

今天是阿富汗,首都喀布尔,闹市区,一家法国餐厅,自杀式汽车炸弹袭击,两名无辜的用餐者当场死亡,十五名阿富汗人受伤。

用餐者,正在用餐,突然死了。

"他妈的,这样的死,对死者来说毫无道理。"我心里念叨。我知道这念叨仅仅是回忆症留下的思维习惯,和回忆症已经没有关系。

我对自己的麻木已经习以为常。

如果是以前,这可能是我光荣地坠入回忆的一个机会。我会想象我是其中一个用餐者,正在异国他乡和一个陌生女人吃饭,为饭后领她上床暗暗下着功夫,突然汽车破墙而入,强大的气流把我和面前的女人一同送上了天堂。

如果只是此刻这样的事不关己的一瞬间的联想,那就好办,坏就坏在,回忆症患者的我,总是始于联想,终于回忆。我会实实在在坠入回忆,一遍一遍、一点一滴地回忆事情的前因后果,直到被新的、更值得回忆的内容取代。

此刻我还推断,我的回忆症,一方面的确是一个不轻不重的顽疾,另一方面,也有可能是我对遗忘之普遍做出的本能反抗,认为这个世界太习惯于遗忘,人们太习惯于遗忘,所以反而得意于自己有回忆症,偏偏不去治疗。

2001年9月11日,后来被称作"9·11"的事件发生了,我也是在当晚的新闻联播里看到的。当时我正在和一个女企业家聊天,准备给她写一篇五千字的报告文学,写好后可以从杂志社拿五百元,从女企业家这儿拿五百元。在当时,一千元稿费是一笔大收入。可是,那篇报告文学终究没有写出来,因为我从此像坠入地狱一样坠入了回忆。回忆自己在第二架飞机上,即美国联合航空公司的175号航班,带着老婆孩子,一家三口高高兴兴地从波士顿飞往洛杉矶,却毫无预兆地变成了纽约上空的一抹轻烟。我知道这么做很傻,这是最标准的用别人的豆子炒烂自己的锅,但我做不到不这样。当时我还不知道世界上有一种病叫回忆症,只猜测自己可能是一个有潜力的作家,天生懂得"先天下之忧而忧,后天下之乐而乐",至少是多愁善感,有同情心,喜欢长久地沉湎于回忆,不仅回忆发生在自己身上的事情,还回忆别人的事情,把别人的事情偷过来加以回忆。回忆症对我的折磨之巨,我自己也是在回忆症痊愈之后才渐渐认识到的,今天的认识又有所加深。痛苦和痛苦是没办法相互体谅的,自己的痛苦自己本人也不一定能够体谅,尤其是当痛苦结束之后。不能体谅,是因为我们不在别人的地狱里或者已经从自己的地狱里幸运逃脱。地狱和地狱也是没办法相互体谅的。地狱的最大特点恐怕并不是皮肉和灵魂之苦,而是皮肉和灵魂之苦的独特性。此刻在距离家乡最近的远方,我却意外看懂了什么是地狱。

居亦终于说话了,她问:你爱我更多还是我爱你更多?

我心想,又来了,到底是小女孩!

我心里烦烦的,迟早要迎合她,但可以拖延一下。

我怎么说其实没选择,我说:当然是我。

她立即回复:不是,是我。

我继续敷衍:怎样证明你爱我更多一些?

她说:不过,我只比你多一点点。

我有直感,接下来,她又会说出让我吃惊的什么话了。她总是这样,一个很俗气很老套的话头,说着说着就会翻出新意,大显风月。

我问:多多少?

她说:多你一天减掉的体重。

我笑了。

我说:你在提醒我减肥。

我很不满意我的回答,和她相比,我真是愚蠢之极。

她回了一个笑脸。

我全身禁不住一麻。

我结了账,回到旅社。我早就知道老家人自酿的秫秫酒厉害,所以只要了三两。上楼梯的时候,知道自己多少有些醉意了。我懒懒地躺在床上,突然想起王龄的话,他在介绍弗洛伊德的时候说,精神病人、女人和孩子的潜意识更为活跃,因为,理性薄弱或理性残缺。我想,应该加上醉酒的人。还应该加上吸毒者。我的意思是我应该喝更多的酒,我的量,喝七八两可能刚好,再多就会倒下,再少——像现在这样,又重,又倒不下。在宁夏的时候,有一次喝多了,回到单位,以为院门锁了,只好翻墙,三米高的墙,不知怎么翻的,轻松翻过去了,落在院子里还站得稳稳的。从里面回到院门口才发现,院门的侧门是开着的。第二天再看院墙,看来看去,结论只有一条:不借助外力是绝对翻不过去的。

我终究没有下去再找酒,看了几页书,竟然很快就睡着了。感觉一晚上都在做梦,做梦的时候心存感谢,感谢这些梦——每一个梦,好像都在用一种不难理解的隐晦语言向我揭示我渴望知道的秘密:我曾经是谁?那个骑马挎枪的人是谁?在七步镇我为什么会头疼蛋疼?那个建在山嘴上的椭圆形堡子到底在哪儿?

醒来之后,任何一个梦都想不起来了,最近的一个梦同样想不起来。脑海里空空如也,床上也空空如也,房内只剩下一些搏斗的气味。灵魂和肉体搏斗了一晚上留下的气味。两个气味搅和在一起,变成一种难以描述的腥味,但灵魂的气味,有一部分似乎拒绝被混淆,让我想起晒干的甘草的味道,有点辛,又有点甜。整整一晚上,辛甜的灵魂再三做着殷勤努力,试图冲破肉体脱颖而出,把全部秘密告诉我。然而它失败了。它斗不过肉体。肉体上遍布着大大小小的缝隙,没有一个是开给灵魂的。

对我来说,也算新鲜。以前我总会牢牢记住一堆梦,至少一个梦。印象深刻的梦,会连续很多天都忘不了。最极端的例子就是小说《圣地》里的那个故事。醒来后,翻箱倒柜满世界找大女儿留下的痕迹,哭得一塌糊涂。

怎么办?我问自己。

我来到阳台上,点上一支烟。

我坐在一把椅子上,清楚地感觉到,自己此时有多么沉重。显然,肉体是自己的全部。肉体之外并没有另一个自己。肉体的重量就是"我"的重量，两者完全相等。我是谁？我曾经是谁？这样的疑问不过表明我还活着，这具臭皮囊还健在。它用血肉养育着我的疑问，养育着我对肉体的轻蔑，对灵魂的仰慕。当它死了，一切疑问一切偏见也将消失。最被轻蔑的东西最伟大，事实可能正是如此。除了肉体，还有什么？什么也没有。什么潜意识，什么超心理，什么前世，什么灵魂，什么自我，这一切都不过是肉体本身的一部分性质，肉体能品尝酸甜苦辣，同样会发出疑问、产生幻觉，仅此而已。曾经的那个幻觉，大概仅仅是幻觉，一个年轻军人骑着一头大马，挎着手枪，威风八面，这很有可能就是我印象中的父亲，因为父亲正是骑兵。解放那一年父亲是马鸿逵贺兰军的一名骑兵营长。杨得志的部队从中卫中宁一路打过来，正在快速逼近银川，在大坝、小坝一带负责阻击的贺兰军早已人心涣散，无心恋战。某一日半夜，身为营长的父亲打了个盹，睁开眼睛，发现所有的士兵和战马都跑光了，只剩下一大堆枪。父亲一个人守着枪，一直等到次日下午。杨得志的部队来了之后，用一堆枪换了一份投诚证明，不久就和母亲骑着一匹白马回甘肃了。半路上，投诚证明和钱包一同被小偷偷走了。历次政治运动中父亲就仍然是反动军官。这样说来，我幻觉中的军人偏偏也骑马挎枪，难道和心理暗示无关？我从小听父亲讲了很多这样的故事，马鸿宾、马鸿逵、卢忠良、马全良、马敦静这些名字,我如数家珍。

但是,至少有一个出入让我的疑虑显得有些牵强。父亲是骑着一匹白马回来的,村里人至今还记得那匹白马,它是在村里老死的。况且,父亲说,他的一个营全是白马,被称作白马营。每一个营只有一种颜色的马,另有黑马营、红马营、花马营。我从小就幻想我长大后也要当骑兵营长,而且要当白马营的营长。

幻觉中的马却是一匹红马。

无论如何,它都应该是一匹白马。如果那是印象中的父亲,应该是白马。如果是想象中的我,更应该是白马,梦幻一般的白马。

4

我并没有马上离开七步镇。我仿佛喜欢上了在家门口流浪的感觉。第二天我继续戴着墨镜,在七步的大街小巷转来转去。以七步小学为中心,向东西南北每一个方向走去。七步镇本来就不小,规模并不比一座一般的县城小,现在就更大了。马务巷这边的老街和老建筑基本上是原来的样子,破坏很少,这足以说明七步是一个古风犹存、斯文深厚的地方。有三座堡子,每一座都是大堡子,比海棠的两个堡子大多了。还有八座大宅院,最大的一座是李八爷家的,叫"进士第"。和李八爷有关的遗迹遍布七步镇,李八爷堡子,李八爷桥,李八爷书院,等等。李八爷,原名李以俊,排行老八,道光年间的进士,曾任陕西旬阳、旬邑等地知县。进士第我也进去看了看,顺便当了一回游客,以前的确没进去过。按说七步镇也算是我的故乡。七步镇的很多宣传材料里,提到"当代杰出人物"时,我也忝列其内。七步的每一个字画铺里都挂着我的字,据说都卖得不错。可是,我就是不情愿把七步也看作故乡。在珠海向人介绍,说我是甘肃天水人;在兰州向人介绍,说我是天水甘谷人;在甘谷向人介绍,说我是七步海棠人;如今人在七步,只觉得海棠才是故乡。可见故乡这个概念是越来越小的,直小到一个村子、一座院子、一个母亲。

故乡其实是一个出口,我们通过一个具体而微的出口来到这个世界上,于是我们一生都忘不了那个出口。我们以那个出口为故乡。故乡的大小在变,作为圆心的出口永远那么小。为什么当我们回到故乡或接近故乡时总是免不了有些哀伤有些难过?是因为我们无限接近出口,无限接近本质,无限接近疑问。我们对自己的来和去无能为力,我们对来和去后面的黑暗一无所知,我们实在不能不哀伤,不能不难过。母亲去世了,那个圆心将变得游移模糊,我也才能做到,不急着回去。其实,没有了母亲,就算身在故乡,也像一个流浪汉。说起母亲,我真的好想重新成为回忆症患者。我好后悔找王龄博士治愈了回忆症。此刻,我认为有些疾病是不该被治愈的。待在疾病里让人觉得安全和满足。我们的灵魂也许就藏匿在某一种疾病里。也许疾病才是我们的故乡。

从早到晚我不停地转来转去。

遗憾的是,今天连头晕的感觉都没了。在七步小学,在七步镇的任何一个角落,我都正常极了,不再头疼不再头晕不再出现任何幻觉。昨天那个剪影可能是我和"那个幻觉"的最后一面。看来,那个幻觉,也有它的寿命。它也有死掉的一天。它可能是一种能量,一种隐秘的能量,它会产生,也会消失。时间的延伸、空间的改变、人流和信息流的增加,这些因素中的任何一个,都有可能促进它的消失。能量守恒定律是就总体而言的,但是,任何一个个别的、特定形式的、弱小的能量,它会出生,也会死亡。它转化成别的东西,它融化进总的能量中,这是更有高度的计算方式。而我更愿意固执地认为,它死了。我的那个幻觉,它死了。以后我只能"回忆"它了,直到我也死了。

幻觉中的那个人到底是谁?

现在我比以前任何时候更想弄清这个问题。

我打算请人帮忙。我必须如此。

我想到的第一个人是蒲霞。我在七步小学读过几天书,当时的同桌蒲霞至今令我难忘。她是班里最漂亮也最泼辣的一个女生,她让朝东我不敢朝西。轮到我俩打扫卫生时,我和她去清溪河里抬水。她在前我在后,我因为头疼,要么走慢了,要么差点摔了跟头,她会立即放下担子,回过头嘴一扁一扁地凶我,像我妈凶我爸一样,奇怪的是我心里很乐意被她指画被她斥责。我说我头疼,她咆哮,你放屁!

蒲霞从天水师范毕业后回七步镇当老师,目前大概做了奶奶。除了五年级同过几天学之外,后来的几十年,我一共见过她两次,都比较早,一次是二十几岁,一次是三十几岁,印象都不错,觉得她越来越出脱了,还是有点冷,但柔的成分更多了,柔让冷变得更有味道了。她结婚很早,师范一毕业就结婚了,所以我对她的好感完好地保存至今。几年前她打电话问我要过字,我写好寄给她,没多久她又要,我又写好寄给她,前后要了三四次。我这么说,绝非在埋怨她,而是觉得她这种率真的没心没肺的性格,以及对男人的支配欲,倒让我心里十分受用。

女人也许应该分两类,一种是雄性的女人,一种是雌性的女人。雄性的女人更野性,更有支配欲,但仍然是女人,甚至是更有味道的女人。我的三任前妻都是这一类型的女人,肯定和我的这种认识有关。我显然忽略了结婚之后的长期相处中,一个男人将如何选择自己的"角色"。做这种女人的男人,首先要在角色上做出让步,得让自己在很大程度上是另一个性别——女人,要像女人一样学会妥协,学会从属。如果能做到,或者天生就喜欢妥协和从属,天生有女气,就会平安无事,甚至不缺少幸福。如果相反,就随时可能爆发战争,直至离婚。有时候我觉得妥协和从属没什么不好,一切听她的,大事小事都由她安排,我专心写我的小说练我的字,何乐而不为。有时候我又觉得难受,觉得不对劲,心里突然会生出反抗和捍卫的冲动。大部分时间已经忍过来了,某一个瞬间却爆发了,于是前功尽弃。现在想来,魔鬼正是"反抗和捍卫的冲动",忘不了自己是"男人"。尤其是亲戚朋友眼中的男人,孩子眼中的男人,不能不"反抗和捍卫"。按理说,有了前两次婚姻的经验,第三次我应该习以为常了。但是,意外的是,我的第三任前妻才是支配欲最旺盛的一个。她的支配欲体现在生活的方方面面,在家里吃饭,她要坐餐桌的主位;两人一起逛街,她要走在前面,她既不会牵我的手,我也不能牵她的手;一同开车出去,方向盘在我手里,加速减速左转右转如何停车要听她的;甚至做爱,必须是女上男下,她还要始终睁着眼睛。两个人都睁着眼睛做爱实在是可怕,我只好"选择"闭上眼睛。有时候看见我睁开了眼睛,她会尖声命令:"闭上眼睛,听见没有?"或者稍稍温柔一些:"快抱紧我抱紧我,快闭上你的狗眼睛。"我这么数落她很有些对不住她,我的真实意思其实是,她还是很有女人气的,那是另外一种女人气,一般人消受不了的女人气。我如果能做到不把狗屁"角色"当回事,我们两个也会是很好的一对。我们的离婚连我们自己都感到十分突然,因为事先毫无预兆。为了一件很小的不算事情的事情,我们吵了起来,一个喊离婚,另一个说,赶紧离,越快越好,马上就出门去了民政局。出发的时候,她问,开谁的车?我说,开你的。她说,开你的。我说,开你的。我的坚持含有嘲讽,她的坚持不乏妥协。因为,后来我们如果两个人开一辆车出门,总是开她的车,由她开,这样免得吵架。前往民政局的路上她坚持我开车,我心想,已经晚了。这么说来,我们的离婚仍然算是美丽的,至少有一种残忍之美。

我认为小学同学蒲霞这种女人是很适合帮忙的。正如我的第三任前妻,乐于助人,现在我仍然时不时找她帮忙。这样的女人,热情、有行动力,又的确是女人,细腻、坚韧,可以在需要的时候显得柔情似水,两种品质加起来,办事能力超乎想象。我打算请蒲霞在七步做一个调查,把民国到解放这段时间的七步军人,尤其是有一官半职的军人,做一个详细统计,越详细越好,最好有照片,有事略。

我给蒲霞发了短信,告诉她我在七步。她马上打来电话:"我在婆婆家,后天回七步请你吃饭。"我用玩笑口吻说:"只和你单独见面。"她大笑且撒娇,说:"我有点紧张哟。"我继续开玩笑:"你也知道紧张?小时候把我欺负的!"她也开玩笑:"是不是该你欺负我了?"我说:"当然了!"她问:"你在海棠还是在七步?"我说:"我住在马务巷,这次来有个任务,要保密啊!"她问:"那我怎么请你吃饭?"我说:"你一个人请我,咱们单挑。"她说:"好吧,我不怕你,后天见。"

对于"后天"的到来,我心里竟然有些惧怕。因为,蒲霞对我来说是一个情结。虽然只做了几天同桌,却一直记在心里,久久不忘。被她训斥的瞬间,心里又怕又爱的感觉,可能是我此生最早的性体验。经过七步镇去宁夏的那个晚上,灰蒙蒙的月光地里,心里唯一恋恋不舍的竟是蒲霞。大学时代还一厢情愿地幻想过和蒲霞结婚,但当时的我,只是一个喜欢写诗的乡村气息浓郁的文弱少年,生活在自己给自己创造的爱情乌托邦里,自得其乐,自以为是。小迎、蒲霞,都是我的乌托邦世界里的秘密成员,这就够了,亲了嘴,做了爱,甚至结了婚,有了孩子,就不是乌托邦了。再说蒲霞师范一毕业就结婚了,传闻是奉子成婚。再后来又听说她丈夫骑摩托车直接钻进卡车轱辘,当场被撞死,没多久她又嫁人了。人生在世,有些情结似乎迟早要了结的。后天见面,这个情结要不要做一个了结呢?再说,蒲霞是一个雄性的女人,热情似火,如果她主动,我怎么办?这之所以是一个问题,是因为我真的想好好爱居亦,不再出轨,不再偷情,不再三心二意。

我开上车重新回到大路畔。

我想把等蒲霞的时间用一件事情消磨掉。那个建在山嘴上的、附近没有庄子的堡子,是我的牵挂,我确信在催眠中看到的情景不会有错。我打算把大路畔周围的堡子——所有建在山嘴上的堡子,一个不漏全部勘察一遍。不管堡子旁边有没有庄子,都要亲自看一看。在大路畔的街面上我又碰见了那个戴石头眼镜的老人,我说,想请一个人带我去找一个建在山嘴上的周围没有庄子的堡子,还没提报酬的事,老人就欣然同意。一看老人上了我的车,那伙晒太阳的人中,一个穿迷彩服的年轻人冲我们发出怪声尖叫,并喊,张老师去哪里,我也去。我悄声说,不要他。张老师向他们挥挥手,说,去北京。穿迷彩服的年轻人突然向我们追过来,我一踩油门,就离开了大路畔。我把事先准备好的三百元塞给张老师,说,这是给你的报酬,别嫌少。老先生假意推辞了两下,就收下了。

我向张老师再一次强调,要找的堡子是什么样子:建在山嘴上,山是一个小山包,从地面直接隆起,占据了整个山嘴,山嘴多圆堡子就多圆,堡子不大,是一个小堡子,最多能住二十户人家的样子;堡子背后是大山,和大山像母子关系,但中间是完全断开的,附近也没有庄子,堡子前面是一条河,河里有水。

张老师点着头,似乎有了目标。

张老师说:"这附近的河,除了清溪河就是散渡河。"

我说:"清溪河沿岸的堡子可以不看。"

张老师说:"这就不费事。"

我说:"清溪河离大路近,我要找的堡子以前是土匪窝,肯定不在大路边。"

张老师说:"散渡河离这儿不远。"

我说:"好,咱们直接去散渡河,你带路。"

只用了半小时就找到了散渡河。

我这才知道清溪河是散渡河的支流,两河在安远镇汇合之后继续向东,在县城附近流入渭河。以前我一直以为清溪河直接入了渭河。

我们找到的第一个堡子叫杨家堡子。

以姓氏命名,是堡子的一大特点。

杨家堡子的确建在山嘴上,前面是河,后面是山,大小和形状很像我要找的堡子,但小山和大山几乎连在一起,这一点不符合要求。

我说:"还是不对。"

张老师问:"哪儿不对?"

我说:"小山离大山太近。"

张老师为难地说:"这个不对,就没有对的了。"

我说:"麻烦你再想想。"

张老师说:"有了有了,这次肯定没错。"

顺着河谷继续向北,又离开河谷上山,山叫魏家嘴,山顶有三个大小差不多的小山嘴,其中一个山嘴上有堡子,名叫魏家嘴堡。

半路上我就停下车,说:"不对,没这么高。"

张老师问:"你来过?"

我说:"我没来过,听人介绍过堡子里土匪的故事。"

张老师说:"中央红军三过甘谷,我知道很多红军的故事。"

我说:"不是红军故事,是土匪故事。"

我们下了山,又回到散渡河河谷。

又看了一个,还是不对。

再往前就是通渭了,通渭是另一个县。

张老师问:"前面已经是通渭襄南,还去不去?"

我说:"咱们别嫌远,再找一找。"

刚进入通渭的县界不到五分钟,就看见河西岸有一座圆圆的小山,小得像一个入定的老人,身后有大山却不依靠,面前很开阔也不仰望,只是兀自呆坐在那儿,闷声不响,平实安稳,任万物无理而有序,隐晦又清晰。如果山顶有一个堡子,就完美无缺,符合一切要求。可惜,山顶除了几棵小树,再什么都没有。

我说:"去看看。"

张老师说:"有山没堡子。"

我问:"会不会原来有堡子,后来拆了?"

张老师说:"那倒有可能。"

我们从冰上走过去,又走了二三百米,就到了小山脚下。抬头目侧,山高大概有一百米,从低到高围绕着四五层玲珑的梯田,全部种着冬小麦。麦苗贴着地,是忍受寒冷、暂停生长的样子,等春天一到才会发力向上。我们顺着一条盘旋小路爬向山顶,才发现对我这个刚刚开始减肥的胖子来说,爬上去并不容易,张老师也气喘吁吁。终于站到山顶,朝我停车的方向看过去,我心里立即相信,找对地方了。我觉得有没有堡子并不重要,因为,我已经从空气里闻到了堡子的DNA,四周的一草一木里都暗藏着堡子的灵魂、堡子的血液,稍稍细看,更是发现,太阳的血红,天空的纯蓝,和一次杀戮有关,砍头的事情似乎刚刚发生。紧接着就找到了更有用的证据:山嘴是非常平整的一块地,有一个足球场那么大,正好是一座小型堡子所需要的面积。西南角和西北角有明显而完整的夯土层,无疑是墙台和角墩了,土层的开裂处能看出人工夯打的痕迹,一层一层十分明显,裂缝里长着酸枣树,斜斜地刺向天空,粗大的根系裸露在外,显示着苍老的年纪。

我说:"张老师,来抽根烟。"

张老师问:"是这儿吧?肯定有过堡子。"

我说:"没问题,肯定是。"

张老师坐在我旁边,弓着腰,卷自己的旱烟。

我说:"这地方曾经是一个土匪窝。"

张老师问:"真的?我不信。"

我说:"我听人讲过,是一个很厉害的土匪。"

张老师说:"解放前遍地是土匪。"

我问:"甘谷有没有大土匪?"

张老师说:"你上次问过,我说地方多大人多大,天水有胡子团,武山有斧头队,清水有剪刀帮,通渭有黑虎营,甘谷有啥?说不上。"

我说:"张老师,你也太悲观了。"

张老师说:"不是我悲观。"

我说:"人文始祖伏羲不是咱们甘谷人吗?"

张老师说:"穷得只剩下传说了。"

抽完一根烟,我站起来,拍了几张照片。

回去的路上我问张老师:"你认为,人有前世轮回吗?"

张老师说:"有没有都不好说。"

我问:"你希望有,还是没有?"

张老师说:"我还是希望没有,最好没有。"

我问:"为什么希望没有?"

张老师说:"没有就不用再来受罪了,受不完的罪。"

我说:"我也希望没有。"

转眼之间,我们就从散渡河河谷回到清溪河河谷,放下张老师,我立即回了七步镇。我打算见过蒲霞之后再回来,找到那些麦田的主人,了解更多的情况。但是,回到北山客栈的那个瞬间,我才知道我为什么要急于回到七步。原来,回到七步其实是回到一个特殊的地方,一个不可替代的小角落:离海棠很近又不是海棠,半是故乡半是他乡,然后,躲在这样一个因为特殊所以温暖的小角落,默默哭泣。

我哭了,我知道,眼泪是流给我自己的。因为,我在认认真真地怜悯自己,不是一般的怜悯,是极度怜悯。我觉得世界上再没有比自己更值得怜悯的东西了。而且,我还怜悯着另一个自己,前世的自己。两个自己嗷嗷待哺,我唯一能给他们的东西,就是廉价的怜悯。假如能把怜悯哭干,我愿意一直这样哭下去。

当初母亲去世后我也是这样怜悯自己的。是怜悯,不是别的。怜悯自己突然没有妈妈了,怜悯自己虽然四十多岁,却突然沦为孤儿,自己从此将真的变得举目无亲,漂泊无依。当时的我,万万想不到,一个人是如此需要母亲,一个四十多岁的男人仍然需要母亲。当我和一些父母健在的朋友说起这个感受并如实使用了"孤儿"一词时,朋友们一概面含怀疑,眼神飘忽,就差直接说我"矫情"了。接下来的情形更是没人理解:当我开始自我怜悯的时候,我也需要等量的安慰,于是,我只好自己扮演成母亲,疼爱自己,甚至溺爱自己,用母亲的口气和自己说话,用母亲的食物喂养自己。

"给你再找上一个!"

我离婚后,母亲在电话里总这样说。我明白,母亲的意思最简单不过了:给你,再找上一个,你就有爱做,有饭吃,有水喝了。母亲出身卑微,父母是黄河西岸的农民,常年在东岸替人收大烟。母亲在东岸出生后,因为爱哭被送人,在一个大烟贩子家长到十六岁,嫁给了刚好在附近驻防的父亲。在母亲看来,一个男人身边不能没女人

（未必就是婚姻）。离婚后的儿子，事事要自己动手的儿子，还要照顾八九岁的女儿，当然令人操心。"给你再找上一个！"每次想起这句话，我都禁不住想笑。

但我竟然还有"前世"！

那么，前世，我的母亲又是谁？

我不喜欢这样！非常不喜欢！

我觉得这种情形一点不可爱，根本不美学！

我是谁？我是什么？

我狗屁都不是！我连一个确定无疑的儿子都做不了！甚至连"去死"的愿望都变得软弱不堪，不再真实有效，不再可靠有力，因为，死了你还得再轮回再转世，至于你转世的时机和去向，没人会征求你的意见。我是我的累赘，我是我的债务，我是我的罪过，我是我的疑问。我的生命里最尖锐的东西就是"我"！

我不能不怜悯这样的"我"！

哭完，我给居亦打了电话，说着说着，又哭了。我对居亦的爱，让我大感辛酸。正是对爱的需要，让自己知道，自己有多么贫贱。"爱是我们贫贱的一种标志。"西蒙娜·薇依的这句话我一直半懂不懂，此刻终于懂了。

身在澳门的居亦，显然不能理解我的哭。她问我："你是不是喝酒了？"我说："没有，你听我舌头，一点没大。"她仔细听了听，断定我没喝酒，就想马上坐飞机来见我，就像当初，在半夜十二点之前从澳门到珠海，在拱北的地下车库和我做完爱,又赶回去。我急忙说:"和你说说话就好多了,我没事,你放心。"

5

蒲霞来短信说,她下午五点来旅舍接我,然后去一家农家乐吃烤全羊。她还用玩笑语气说:你是大名人,很多崇拜者想见你,我可不敢独自享用。我非常恼火,恼火的原因是:我已经下决心不见更多的人,我此行的目的很明确,尽可能秘密地想办法揭开我的前世之谜。我把床头柜上的一卷卫生纸抓起来砸在地上,嘴里骂着脏话。这时候,我想起那卷卫生纸是我昨晚从厕所里转移到床头的,"以备不测"。我下去把散开的卫生纸捡起来,卷好,放回到床头柜上,同时又看见了酒店提供的标价十元的避孕套,我还专门了解过它的大小。此刻想起来,真是羞愧难当。我躺在床上,说不清自己是怎么变成现在这样一个人的。我不能说我是一个流氓成性的家伙,但我真的很难专一不二。这是我的天性吗?二十八岁以前的我可不是这样,二十八岁以前我真的没有做过爱。一个我喜欢的姑娘,不愿和我结婚,但愿意把处女之身给我,我毫不犹豫,做出了"高尚的选择",两个人抱了半夜,终究没动真格的。二十八岁以后发生了什么我真的不知道,我需要好好下些功夫,搞清楚其中的原委。我想,从五十岁六十岁开始学着做一个高尚的人应该不晚吧。我闭着眼睛想了想黑沙海滩那个吻,让自己充分相信,我可以开始好好爱一个人了。

下午五点,我下楼等蒲霞。

五点十分,蒲霞来了,但我几乎认不出她。

她像以前那个蒲霞的妈妈或奶奶。

我心里一下子凉透了。

我想,妈的,这也算一种了结!

蒲霞睁大眼睛看着我,大声问:"我的天啦,这还是你吗?"

看来她和我遇到了一样的尴尬。

我说:"你上一次见我,我比现在至少瘦二十公斤。"

她看了看自己,说:"彼此彼此。"

我心里想,除了胖,变了的,更是气质。她身上原来有一种瓷娃娃的气质,三十岁的时候仍然有,但是,现在真的是丝毫没有了。

我和她没开车,一边走路,一边说话。吃饭的地方在南关的一大片拥挤的居民楼里,外面没有任何牌匾,但人出人进,生意兴隆。一路上,我已经说好请蒲霞帮什么忙了。我说,我因为写一部军事题材的长篇小说,需要搜集七步镇旧式军人的各种素材,越详细越好,坊间传闻、信件、文字和图片等原始材料,都是我最希望得到的。蒲霞痛快应承,表示她本人会一家一家亲自调查,还会动员她的学生帮忙。

蒲霞请了八个人陪我吃饭喝酒。

这是老家的习惯，请若干陪客和主人一同款待客人，陪客越多，越显得主人有热情，有诚意。落座之后，我立即就想通了。如果我是蒲霞，也会这样。我们如果早就上过床，就可以不拘礼节了。陪客中，有两三个喜欢写作的人，手头有我的书，带来请我签名。大家真的把我当一个人物看待了。三杯酒下肚，我已经变成一个平易近人、能说会道的家伙了。酒没少喝，肉也没少吃，减肥的事早忘得一干二净。

蒲霞请我给大家写字，我记下了每一个人的名字和要求，答应回珠海后，在自己的书房里认真写好再寄回来。几年前我发过誓，不再当众给任何人写字，我觉得把写字当成一种表演，实在恶俗，让书法这门艺术变得毫无自尊。事实上，大庭广众之下也很难写好字。我把这个意思对大家讲了，大家听了表示理解。

喝到正酣时居亦的微信来了。

"先生，在干什么？"

仅仅"先生"二字，就已经够我陶醉且自律了。我意识到自己应该持续减肥，其实更重要的不是减肥，而是维持一种清新的生活姿态。

我说喝好了，大家也不勉强。

然后，略显醉态的蒲霞送我回马务巷。我们有一句没一句地说着话,两人都是心事重重的样子。天气很冷,蒲霞说,好冷好冷。我顺势把她搂过来,并没有吻她的念头,继续走路。两个胖子搂着走路有些费劲,走了不超过一百米就放开了。到了马务巷,我说,你打车回去吧,冷死了,我就不送你了。她说,好吧。

我不知道蒲霞是否有些失望,反正我觉得很失望。失望的原因明白无误,自从见了现在的蒲霞,原来的蒲霞——十二岁的蒲霞,师范时代的蒲霞,以及三十岁左右的蒲霞,原本十分鲜活生动的记忆,突然变得相当遥远相当模糊了,甚至完全消失了。新的记忆取代了旧的记忆,旧的记忆就好像从来没存在过一样。

这是我半辈子一直学不会的本事。

一位女心理医生曾想过很多办法培养我遗忘的能力,其中一个办法是,由我故意把一杯热牛奶貌似不小心地碰倒在桌上,弄脏了桌上的书本和杂物,然后再由我亲自清理,让桌子恢复成原来的样子后,她问我:"你看,牛奶被擦干净后,是不是就像没倒过一样?"我心里丝毫没忘记刚才的情景,只是说空话应付:"差不多。"此时,一个事先安排好的陌生人进来,转了一圈又出去了。心理医生说:"刚才这个人肯定不知道几分钟前有一杯牛奶被碰翻了,弄脏了很多东西,就算给他讲了,他也不会有切肤感受。"接下来试验进一步升级,牛奶换成墨水,纯黑的墨水,黑色墨水还是"不小心"被碰倒,流向桌子的四面八方,弄脏了很多东西,有些东西,比如一本书,弄脏了无法清洗,只能扔掉。心理医生事先准备了另一本一模一样的新书,放在原有的位置上,对我说:"你看,很简单,旧书弄脏了,换成新的,不是更好吗?"我心里有不同的想法,但不说出来,笑着向她点点头。墨水比牛奶的破坏性更大,对患者的心理冲击更强,经过再三重复,治疗效果很明显。再后来,心理医生又把准备好的红色墨水拿出来,问我:"这是什么?"我说:"红墨水。"她说:"不,不是红墨水,是血。"我心里已经有点恶心,头也有点晕,但还能忍耐。心理医生知道我晕血,帮我拧开瓶盖,把瓶子放在一堆书的边上,鼓励我亲手拨倒它,我下了半天决心,终究不行,表示认输。心理医生说:"那好,你负责清理。"我还没表态,她已经把瓶子拨倒了,"咣当"一声,红色漩涡如同火山喷发,强大气流扑面而来,我两腿一软,晕倒在地,像死过去一样,在沙发上躺了半小时才恢复正常。心理医生说,我的血晕和幼年记忆有关,幼年的恐惧体验没有及时消除,带到成年,变得更加顽固。我想不起,我是从哪一个具体的事件开始害怕看见血的,好像生来如此,和回忆症一样,从小就有。不仅怕血,也怕像血的东西,比如,小时候不吃红瓤的西瓜,不吃血肠、血面条,后来不吃果酱,不喝红色饮料。杀猪杀狗宰牛宰羊的现场,我是绝对不会去凑热闹的,当然我也从来不干开膛破肚这一类家务活。但我自己的身体偏偏容易出血,不小心碰在墙上树上就会出现明显的淤血,有时候身上明明有伤痕,却怎么也想不起受伤的原因。婚后不能不学着炒菜做饭,不小心切到手指就会流血不止,专门去看过医生,才知道血小板过低,凝血功能不足。后来吃了一年的花生皮,有明显好转。而晕血的毛病和看见红色就焦虑的习惯还在。据说晕血的人,女人多于男人。一个女人晕血,会显得娇柔弱小,令人怜惜;一个男人晕血就完了,就无法像一个真正的男人那样,舍我其谁,指点江山。试想,杀鸡刮鱼这样的事,都得女人做,这个男人还算什么男人。后来我渐渐醒悟,一个男人还是需要一些霸气,甚至需要时不时有意识地显示显示不讲理的一面,这样,女人才会有所忌惮,才会更多地挖掘她的潜能,显示她柔美的一面。

有一次,我和第二任前妻吵架,我批评她太强势,她说:"你的意思是我像个男人对不对?"我以一个我能想象的表情表示认可,她慢腾腾地说:"没办法,你不做男人,只好我做了,这家里总不能没有男人啊。"她的话噎得我半天说不出一句话来。我并没有生她的气,我只是觉得,她的话太他妈准确了,准确得近乎残酷,准确得像泄露了不该泄露的天机。我立即明白了一个道理:在一个性格强势的女人面前做男人,并非没有可能,但是,一般的强势就像鸡蛋碰石头,根本没用;自古华山一条路,我如果想在她面前表现得像一个男人,我如果想被她尊重,其实只有一个办法可用,那就是大胆使用暴力。一句脏话的价值可能超过十句情话。一个凶狠的巴掌比再三的抚摸还有用。随后我真的试验过,效果十分明显。有一次当我罕见地骂了一句"操你妈"时,她的眼睛在一瞬间几乎熠熠生辉。她说:"哇塞,你最近像个男人了。"我能听出她的话并不是嘲讽,而是由衷的夸奖。

又说远了,回头再说蒲霞。

既然新蒲霞已经取代了旧蒲霞,那么,我和蒲霞之间肯定不会有什么事情了。原来的冲动,是以旧的记忆和旧印象为前提的。如今的蒲霞,说实话,已经完全激不起我的欲望。这说明男人不见得能和任何女人上床。男人的挑剔有时也许胜过女人。美感是爱慕的主要诱因,这是没办法的事情。当然,性饥饿除外。

6

如何找到那些麦田的主人?

我发现我正在为此而发愁。愁了大半天我才明白,回到老家后我对距离的恐惧感不知不觉又恢复了。我从来没有打听过别人的情况,反正我对距离是有恐惧感的。越是在老家就越明显。我会认为,十里路——也就是从海棠到七步的距离,是远和近的分界点。超过十里就算远,十里以内就算近。从银川到珠海,我的住所和单位之间的距离,都在十里路以内,找房子买房子的时候,距离是一个重要的标准。如果超过十里,就很容易迷路,就会产生明显的畏途心理。如今在珠海,上下班的距离刚好五公里,骑车子半小时左右,开车十分钟左右,心里的感觉就很正常,很安全。我很难想象北京上海广州这样的城市,上下班用在路上的时间往往超过一小时甚至两三个小时。显然,回到老家后,我对距离的恐惧感不知不觉变得严重了。如何找到那些麦田的主人?这是一个毫无难度的问题,我却在发愁,认真地发着愁。没有谁会不计成本,把麦子种在十里八里之外。麦田的主人一定在距离麦田最近的一个村子里,不会超过五里路。找到村子就能找到麦田的主人。麦田附近不会没村子,可能比较隐闭,肯定不会太远。我又开着车,一踩油门就是十里八里。从七步镇到大路畔,再从大路畔到小山旁,时间刚好相等,各用了二十分钟。

虽然我事先已经嘲笑过自己,还是觉得有点远。我独自登上小山。坐在山顶,看着东侧的散渡河河谷。我再一次确信,催眠状态下看见的情景,毫无疑问就是此处了,不可能是另外的地方。坐在这儿的时候,身上的每一个细胞都觉得,没错,没错,是这儿,是这儿。而且不再怀疑,身为土匪的那个人,和骑马挎枪的那个人,是同一个人。只是前者年纪更小,身材更瘦,虽然被称作大哥,但还是一个翩翩少年。后者则已经是功成名就、衣锦还乡的样子,模样富态,气质雍容,是标准的军爷。

连续抽完三根烟,我还是不愿站起来,下山去打听麦田的主人。我好像也无力站起来,别说站起来,就算狗一样爬,也不行。对于上一世曾经是土匪头子这个事实(虽然还需要更强有力的证据来证明),我既怒火中烧又无可奈何,两种情绪旗鼓相当,相互抵消,就形成了我此时的精神状态,清醒,但无力。我伸开四肢仰躺在麦田里,想永远这样躺下去,不回海棠,也不回珠海。对于寻找前世这件事我突然感到厌倦极了,我相信世界上最无聊的事情恐怕就是不屈不挠寻找到自己的前世了。

半空中突然传来歌声:

哎——哎——
哥哥你走了弯路喽
妹妹我心里头刀子嘛搅开喽
啊哟的哟呀
妹妹我心里头刀子嘛搅开喽

哎——哎——
人家都说咱两个好呀
哥哥你有啥心事给妹妹慢慢讲喽
啊哟的哟呀

你有啥心事给妹妹慢慢讲喽

这是一个十分柔美的女人的声音,而且就是我老家这一带特有的调子。和陕北的信天游不同,和青海宁夏的花儿也不同,被称作"打山歌"。"打"就是唱的意思,但比唱更随便,相当于一声叹息,一声吼叫,歌词通常很简单,不厌其烦翻来覆去地打就可以。刚才的声音难道是我上一世的女人的声音吗?真的,真的,我上一世当然应该有女人。我上一世的女人会是谁呢?想起女人,我的精神好了很多。

我站起来,准备下山去找村庄。

我有信心在半小时内就找到麦田的主人。我只需要先找对村庄,离麦田最近的一个村庄。据我所知,西部各省至少有一样事情做得不错,村村通公路,而且都是漂亮的水泥路面。我开着车,沿着公路找一个村庄,有什么难的。再说,村庄一般建在河边,正如海棠、七步和大路畔一样。不在大河边,就在小河边。

我凭直觉先向散渡河的南边找。五分钟后,遇到了第一个岔路口,我果断地拐向西去的小路。很快我就发现,小路和一条小河始终并行。上了一道坡,再向南拐过一道大弯,看见了一个新奇的建筑:哥特式风格的白色尖顶,尖顶上有竖长横短的十字。渐渐看清,山后面的确有一座教堂,规模很小,可以称作袖珍教堂。教堂的后面是村庄,老式瓦房、新式平房和高高低低的小楼房混合在一起,和其他地方的村庄没有区别。我直接来到教堂前面的空地上,看见教堂顶上有"万有真源"四个字。

一个老者向我微笑着走来。我随他走进教堂前面的一间小瓦房。小瓦房及其中的样子和我们海棠完全一样。他请我上炕,我不客气,脱掉鞋,盘腿坐在炕上有热气的地方。他放好一个小炕桌,再取来小电炉子、罐罐、茶杯、茶叶、冰糖、红枣、枸杞等等东西,都是我再熟悉不过的。这时我改说家乡话,自我介绍说,我是甘谷七步镇人,在广东珠海工作,喜欢写文章,这次专门回来搜集一些素材。他说,你们七步镇和安远镇都是历史上有名的大镇子。我问,这个村子还是甘谷?他说,我们是三不管,甘谷通渭秦安三不管。

喝了几口热茶,先聊了些闲话。

我便知道,老者姓安,是牧师。村子叫安家嘴,位于甘谷通渭秦安三县交界处,归甘谷县大庄镇管。村民百分之百信基督教。有明确记载,光绪十年,一个名叫巴尚志的澳洲传教士从广州出发,一路西行,一边行医一边传教,终于在这一年的夏天来到偏远的大西北。在甘谷县,除了安家嘴,还有五六个村子,要么完全信基督教要么主要信基督教。巴尚志传教的方式是,以师带徒,既看病又传教。巴尚志终生没回澳洲,后来和一个当地女子结婚,老死在安家嘴,墓地就在教堂侧面的山坡上。

我发出由衷赞叹:"不简单!"

安牧师很自豪,说:"我带你去墓地看看?"

我说:"好呀,很想看看。"

去墓地的路上,我终于问:"散渡河边有一个小山包也是你们的?"

安牧师反问一句:"你说马家堡子?"

我急忙说:"没堡子,单独的一个小山包,种着麦子。"

他笑了,说:"没堡子,也叫马家堡子。"

我一惊,问:"为什么?"

他说:"过去有堡子,后来拆了,拆了还叫马家堡子。"

我问:"为啥拆了?"

他说:"堡子里面住过土匪,杀气很重,就拆了。"

我问:"土匪姓马?"

他先重重地摇头,再一笑,说:"说来话长。"

不久就看见了巴尚志墓碑。

很简朴的墓碑,近两米的长方形青石,凿痕半新,说明是后来补立的。碑阳是巴尚志的简略生平:Barratt David Mr.巴尚志,字友三,号实斋,咸丰元年六月二十四日生于澳洲,民国三十四年七月五日卒于中国。碑阴刻着巴尚志的一句话:受苦是值得的,因为,我们从中学会了祝福的事,知道了仁爱为怀。

我说:"这碑文好简单。"

他说:"碑文是巴尚志生前的意思,不要溢美之词。"

我说:"到底不一样。"

这时安牧师侧身指着不远处,说:"你看,那边。"

我看过去,立即认出是"马家堡子"。

他说:"其实直线距离很近,两三里路。"

我说:"从马家堡子看不到这边有庄子有教堂。"

他说:"我们藏在山后面。"

我问:"马家堡子是哪一年拆的?"

他说:"很早了,最少最少有三十年了。"

我突然不敢多问,点上了烟。

稍后,他主动说:"马家堡子的确姓马。最早是几家马姓回民的堡子。后来,回汉之间开始闹冲突,全县境内的回民全跑光了,马家堡子空了二三十年,堡门一年四季锁着。"

我问:"后来就成了土匪窝?"

他又笑了,说:"是呀,土匪天不怕地不怕。"

我问:"土匪头子是本地人吗?"

他说:"不知道是哪儿人,只知道外号叫鹞子李。"

我问:"鹞子李?那就是姓李?"

他说:"应该姓李。"

我心跳加速,想起七步人多姓李。

我强作镇定,问:"村里有人了解鹞子李的情况吗?"

他十分肯定地说:"有。"

我心虚地看着他,等他说下去。

134

他说:"其实,土匪前面,马家堡子里已经有人住了,不是回民,是两家子陕西人。宝鸡一带的陕西人和天水一带的甘肃人是难兄难弟,天水有饥荒了跑宝鸡,宝鸡有饥荒了跑天水,有几年天水到处是陕西的麦客或乞丐,两家子拖儿带女的陕西人,一家姓丁一家姓罗,悄悄住进马家堡子,后来干脆长期住下来了,始终不和外界来往。两家人相互通婚,你生一个女儿,我就生一个儿子,你生个双胞胎,我也生个双胞胎,几十年下来,也是人丁兴旺,渐渐有了二三十口人。可惜,一天的后半夜,来了几十个国民党的逃兵,摇身一变成了土匪,把堡子里的二三十口人,老老少少全杀了。"

我问:"就是鹞子李?"

他说:"是呀,不是鹞子李,还能是谁?"

我问:"这件事你们是怎么知道的?"

他说:"罗家有个女子叫罗丑女,是个瓜子加哑巴,长到二十岁,还嫁不出去。出事的那天晚上,罗丑女刚好睡在堡墙上的望风楼里,亲眼看见两家人,二三十个人被土匪一个一个按在墙底下杀了。奇怪的是,罗丑女被杀人的情景吓醒了,突然不傻了,也不哑了,悄悄拴了根绳子,滑下堡墙,逃到了安家嘴。"

我问:"这个罗丑女,后来怎么样了?"

他说:"后来嫁到通渭襄南的一个庄子了,一直把我们当娘家。"

我问:"有没有后代?"

他说:"有,罗丑女死了之后,才断了来往。"

我问:"襄南的哪个村子?"

他说:"我得打听一下。"

我们又回到教堂前面的小瓦房里,接着喝茶。

我问:"鹞子李一直是土匪吗?"

他说:"后来的情况就不清楚了,在马家堡子只待了一年左右。"

我问:"被除掉了还是?"

他说:"说不清,反正没音信了,马家堡子后来又空了。"

我问:"当时的鹞子李多大年纪?"

他说:"巴尚志是牧师,也是大夫,去堡子里给鹞子李看过病。据说鹞子李很年轻,像个娃娃,能说会道,棋下得好,下棋飞快,三下五除二,像打仗一样,一般人招架不住。巴尚志的棋下得也不错,但不是鹞子李的对手。"

我问:"给土匪看病不害怕吗?"

他说:"巴尚志认为,有可能把福音带进马家堡子。"

我问:"带进去没有?"

他说:"应该没有,时间太短。"

我问:"鹞子李骚扰过安家嘴没有?"

他说:"没有,土匪最讲究兔子不吃窝边草。鹞子李还经常请巴尚志过去下棋。巴尚志的棋艺后来有长进,两个人渐渐互有胜负。"

我问:"有罗先生的照片吗?"

其实,我希望能顺便看到鹞子李的照片。

他说:"有,只有一张。"

他去窗户那边取来两本书,一本是《圣经故事》,一本是《银溪故事》。他说:"银溪是刚才你看见的小河,是散渡河的支流。"我接过来,首先翻看《银溪故事》,第一页就是巴尚志的照片,中式长衫无法掩饰明显的异域特征,高鼻梁,大眼睛,眼神清澈。全书记载了巴尚志从澳洲到广州,再从广州到大西北的传教经历,以及高家嘴教堂几次重建的细节和"文革"期间宗教活动被迫中止的过程等等。

我问:"有没有别的照片?"

他说:"'文革'期间都烧光了。"

我问:"罗先生说过没有,鹞子李的长相身材?"

他说:"据说,鹞子李长得很标致,不像粗人,脑瓜子好使,能说会道,说话和下棋一样快,一张嘴就有气场,手下的人很听话。"

我问:"他对基督教有兴趣吗?"

他说:"据说鹞子李主动请教过巴尚志,为啥不远万里来到穷乡僻壤传教?巴尚志介绍的时候,鹞子李听得很仔细。"

我问:"只有巴尚志见过他?"

他说:"除了巴尚志,还有罗丑女。"

我下了炕,准备回去了。

此行收获很大,远远超出预想。

我拍了些照片,准备告辞。

安牧师说:"你等等,我问一下罗丑女在哪个村子。"

他离开教堂,快步走向后面的人家。他很快回来了,递给我一张纸条,上面写着:

通渭县襄南镇令家窑

我开上车,沿着曲折的银溪下了山。路过马家堡子的瞬间,我一踩油门快快开了过去。我害怕看见它,或者是,反感看见它。我想让自己仅仅是一个为了写小说搜集材料的人。但是,在接近大路畔的一瞬间,我吃惊地发现,我已经很自觉地把"土匪鹞子李"和"正在开车的这个人"看作同一个人了。当我谴责自己不该如此的时候,木已成舟,无法更改,他和他——前世的我和此生的我,以最快的速度合而为一,不分彼此。但是,鹞子李真的就是我吗?鹞子李如果确定无疑是我的前世,我为什么必须继承这笔烂账?如果只能如此,我们的爱情甚至我们的生命,岂止是贫贱的证明!

我灰溜溜地回到了七步镇。

我觉得我必须发一次疯了。不是小小的发疯,而是大大的发疯。我终究没有去发疯,也许因为我离家太近。事实再一次证明,故乡是一个道德存在。故乡的近在眼前,让我有能力约束自己。这么说来,故乡的存在是不可或缺的。或者人的一切权利都可以剥夺,拥有故乡的权利不能剥夺。以色列和巴勒斯坦的问题原来如此简单如此明了,那就是:回到自己的故乡,拥有自己的故乡。恐怖分子为什么着魔于一道显然不合算的算术题——以一己的生命为代价,去杀掉数倍于自己的"敌人"?而所谓"敌人",其实是任何人。因为,他们不过在发疯,和我此时的冲动如出一辙。我们认为他们是傻瓜,他们自己却觉得,有一万个理由支持他们去发疯。外人看不见他们发疯的根源在哪儿,他们自己能看见。因为,记忆在他们的生命里。他们发疯的根源往往不在近处,而在远处,在几十年前几百年前,甚至更远。正如我想发疯的根源在前世。正是记忆(包括传说),让我们成为不同的人。

我的问题就在于好不容易治愈了折磨我半生的回忆症,然后又屁颠颠地自信满满地以一个健康者的姿态回到故乡,试图打开记忆的闸门,找到那些藏在黑暗中的记忆——那些上帝已经允许忘却的记忆。原以为我已经学会了一个本事,可以记得也可以忘记,事实证明,我实在是自以为是。我想起了曾经看过的一部长达十小时的纪录片《浩劫》,镜头里偶然露面的采访者(导演)克劳德·朗兹曼刚开始还是个年轻人,后来竟然两鬓斑白。那些从希特勒的集中营里幸存下来的人,过了几十年,仍然没学会笑和幽默。他们所有的人只有一个表情:苦难者的表情,苦难者可以不慌不忙不哭不闹,但苦难表情是变不了的,因为,集中营里的灾难他们是没有可能遗忘的。对外人来说,事情已经过去了几十年,对当事人来说,事情永远发生在昨天。那些同样幸存下来的有勇气面对镜头的纳粹警察们,又是什么情形呢?他们也有完全一致的表情:沮丧,羞怯,可怜巴巴,经受着没完没了的审问和折磨。还记得那天和朋友连夜看完纪录片后,我记了日记,主要意思是:幽默,喜剧,笑的艺术,并不会平均地产生在地球上的每一个角落,一些人群注定了只会哭,只会愁眉苦脸,要求他们笑和幽默,是无理的行为。另一个意思是:口述历史这种文体是一种值得重视的文体,当事情过了之后,再请当事人在今天的语境下谈论记忆中的事情,他们的表情、眼神、口气,他们遗忘了什么?记住了什么?忌惮着什么?回避着什么?这些无关紧要的东西和他们正在讲述的东西,有着同样重要的价值。

　　总之,我发现,说我的回忆症已经痊愈,为时尚早。我的回忆才刚刚遭遇真正的挑战。可以记住,可以忘却——我是多么盲目乐观。

　　那边,蒲霞也行动起来了。

　　下面是她接连发来的四条微信:

李占山烈士

性别:男。

籍贯:七步镇西关村。

牺牲时级职:中尉排长。

牺牲前所在部队:1师49团5连。

牺牲地点:山西中条山。

遗属:侄孙见泰等。

李成龙烈士

性别:男。

籍贯:七步镇西关村。

牺牲时级职:下士班长。

牺牲前所在部队:新22师64团迫炮连。

牺牲地点:缅甸腊戍。

遗属:侄孙女桂莲等。

牛福奎烈士

性别:男。

籍贯:七步镇马务巷村。

牺牲时级职:上等兵。

牺牲前所在部队:1师49团5连。

牺牲地点:山西中条山。

遗属:孙子全娃等。

李虎林烈士

性别:男。

籍贯:七步镇中街村。

牺牲时级职:上等兵。

牺牲前所在部队:1师49团5连。

牺牲地点:山西中条山。

遗属:孙子刚刚等。

看来蒲霞以为我要写一部宣传故乡的书,类似于报告文学,或者是,她以为小说和报告文学差不多,所以好心地先把一些烈士的资料发给了我,而且上述四人都有照片。一看照片,我立即就知道他们不是"我"。但是,四人中有三人牺牲于中条山,所在部队又都是1师49团5连。这说明,这个5连可能有不少七步镇人。我提醒蒲霞,接下来优先搜集和1师49团5连有关的资料,是否烈士并不重要。

7

我很羡慕那些想发疯就能发疯的人。我知道我很难真正发疯,不只是因为离家近,更是因为我生来"禀性柔和"。这是真话,我记得我从小就不说脏话,一个农村孩子,没人要求你,你却不说脏话,并不多见。农民们说脏话是家常便饭,有些脏话其实是好话,比如,"婊子娃娃""日你妈""短寿的""混账""混水""死儿""猪辈"……这些脏话都可以反着听,比一般的好话表达了更强烈的意思。小时候,我母亲就经常充满疼爱地骂我:"日你妈。"我父亲就经常笑容满面地骂我:"你混账!"但是,我从来不这样骂人,哪怕是当好话使用。因为这种性格,在学校,我受尽欺负。同学们经常四五个人合起来把我朝四面拉扯,正如古代的五马分尸。我的一个优点至今被同学们夸赞不已:"能挨打得很,横顺不吭声。"我这种人用一个字说就是,瓢,和瓢相反的是威。我母亲经常看着我说:"这娃瓢的很,长大咋办呢?"我写过一部中篇小说,题为《灰汉》,主人公是一个很瓢的娃娃,里面就有我的体会。

1975年到了宁夏青铜峡叶盛乡地十村之后,每到假期总要跟着大人天天干农活,冬天的活主要是赶着牛车从圈里向地里转粪。使唤牛是一门技术,有专门的一套语言,我老家也养牛,但两边的语言完全不同。专门的语言,加上凶狠的脏话,再加上鞭子,牛才肯听话。这几样我都不会,我的牛要么根本不走,要么走得很慢,好像知道赶车的人好欺负,故意在使坏。队长跑过来批评我,我实话实说,并特别加了一点撒娇的口气:"牛不听我的话嘛,我有啥办法。"队长当时只骂了句脏话:"日你妈。"我以为,和我老家一样,这是大人疼爱孩子的话,想不到,第二天大清早,开工前,先开批斗会,我是唯一的被批斗对象。队长把我揪出来,让我站在高台上,加油添醋地讲了昨天的事情,说我是"阶级斗争新动向"。社员们都低着头不吭声,我并不悲伤,因为,队长明显撒了谎,我瞧不起他,我只是感到很孤独——那是我一生中第一次明确地品尝到孤独这种滋味。我心想,我在母亲的故乡挨斗,而母亲在我的故乡,双方都不知道对方在做什么。后来我舅舅找到队长,用全村人都能听见的大嗓门说:"那才是个十二岁的娃娃嘛!和阶级斗争有狗屁关系!"我舅舅就是这样一个人,一字不识,但心性单纯,敢作敢为,这种性格让他在村子里颇有威望,历次运动也从来没有把他牵进去。还是由于这个原因,"文革"期间,没有任何官方文书,他却敢于把我们几个人接过去,安插在生产队。随后我的任务就变了,变成我梦寐以求的事情:放马。只放一匹马,一匹枣红色的老马,名叫瞎马(马的右眼是瞎的)。宁夏平原处处是农田,只能一人牵着一匹马去田间地头找草吃,始终不丢缰绳。我几乎天生会骑马,我只要骑在马上,任何马都"很听话",随便给一个小小的暗示,马就能听懂,和牛完全不同。放马的时候我对孤独又有了新体会,觉得孤独是好东西,而且我还在田野里给孤独找到了恰当的比喻。我认为,当蜜蜂落在花朵上屁股一压开始采蜜的时候,花蕊才意识自己曾经是多么孤独。有些花蕊也许终身孤独,假如没有被蜜蜂发现。而人的好处是,人可以随时意识到自己的孤独,人还可以发出疑问:"不知我的蜜蜂在哪儿呢?"

学习写作很多年之后的某一天,我突然认为,1975年冬季的那个早晨,应该算我写作的开始,因为,一个"文学自我"在那一天苏醒了。我认为,孤独的自我就是文学的自我。孤独和文学的关系正如花蕊和蜜蜂的关系。

而我的软弱性格一直有增无减,越是读书学习,越是变得软弱无力。大学时代看过《甘地传》,甘地的精神令我十分着迷。他粗服蓬发的样子,在我看来,是最舒适最完美的样子。那之后我开始有意识地拒绝暴力,崇尚"软弱"。渐渐的,软弱不再是一种性质,而变成一门哲学。"软弱"二字,构成了一门哲学。在一个充满强硬和暴力的世界,软弱是文明和智慧,是另一种力量。和软弱相近的东西,如不近女色,吃素,一并被我喜爱并接受。所以,大学时代我瘦得像一根豆芽菜。深夜,我和一个女子围着校园湖转了十圈八圈,都不知道拉拉人家的手。当然也有不敢的成分。当时的校园里,因为拥抱亲嘴被处分甚至被开除的例子很多。我一个同班同学就因为在楼梯上拥抱,被加班的老师撞见,而背了留校察看一年的处分。总之我认为,软弱恰好是我的禀赋,更是我通过阅读和学习自愿拥有的一种品质。每当我自诩为一个"软弱的人"的时候,我就觉得呼吸流畅,身心自由,非常舒服。

现在冷静回想,才明白,当时之所以喜爱软弱,其实是一种低姿态,与自私、自卑和自我保护心理关系更大。不强,不色,不肉,实在是最低限度的自杀。

坏就坏在,软弱会成为习惯。

日常生活中,当你习惯于软弱处世的时候,麻烦就接踵而至。别的不说,单说我的三任前妻,人家恐怕并非天生强势,而是因为,你软弱,人家三人做出了相同的条件反射。在更软弱面前,软弱会自动成为强势的一方。

如今我五十多岁了,才开始学习拒绝,学习强硬,倒也不晚。前不久碰到一个我曾经追过的女人,她竟然夸我:"有男人气了。"

女人对男人气的喜爱正如男人对女人气的喜爱,像一种生物本能,难以理喻。我们隔了二十年偶然见面后,几乎不用暗示,毫不迟疑地各脱各的衣服,双方都像末流的向导一样带着另一位,走向一个滥俗的大众化的景点。上床了,足够炽热,也足够平淡。终于把"上床"这一课补上了。这一课似乎必需补上。事后,她说:当年你有这么好,我肯定嫁给你。我说,我还是过去那个我,有啥好的。她说,现在的你,好有男人味。我说,狗屁的男人味,当年还是个小伙子,初出茅庐,羞羞答答,当然没有男人味。她说,不,当年你已经三十多岁了。我说,男人三十多岁,还远远没长大。她说,反正不一样,你不懂我懂。我说,所谓男人味女人味,可能是这个世界上最浅薄的东西。

我和她再没有第二次。

误以为会没完没了,结果却没有。约起来很方便,一个电话而已,但再也没约过。好像那次还算不错的补课,无意中伤着了什么。

我还是想发疯。

或者说,我的前世想发疯。

我有一种被前世附体的错觉,很难受。

但我真的没能力发疯。

实话实说,我能想到的发疯总是和居亦分手,我心里冒出一句话:"我们分手吧。"显然,这话是说给居亦的。我禁不住在想,如果她问原因,我就说我不是一个值得爱的人,我有一个可怕的前世和一个不怎么样的前半生。她如果傻乎乎地还要黏着我,我就向她吼叫,骂她傻瓜!我终于可以强势一回了。借此我也才意识到我的三次离婚,原来不过是三次发疯。离婚,分手,可能是对发疯的曲折模仿,而我始终不自知。我另外找了好多借口来装饰自己的离婚,其实却另有奥秘。事实上我一直都有不可自禁的发疯冲动,偏偏我又反感暴力,憎恶粗野,不能在需要的时候说出需要的狠话硬话,也砸不了电视、摔不了锅,于是我只好一而再再而三地分手,离婚。我要借机向三位前妻道歉。耶稣说:主啊,饶恕他们,他们不知道他们做了什么。我也不知道我做了什么。

好在,我舍不得和居亦分手。

除了分手,还能做什么?

最起码可以找一个人好好倾诉一番。

原来倾诉也是一种暴力。

倾诉是找一个合适的人,用没完没了的唠叨向对方施暴。连这部小说,实际上也是施暴。对亲爱的读者诸君的施暴。但我已经欲罢不能了。

实际上我从小就不习惯倾诉。在海棠小学被同学"五马分尸",从来不会和家里人讲。在七步小学如果头疼不是那么严重,肯定不会说出来。牙打掉往肚里咽,对我来说一点不难。我从来没有过因为无处倾诉而憋得慌的感受。

不过,此刻我真的好想倾诉。

当然是向一个女人倾诉。向一个能做爱的女人倾诉。倾诉完就做爱,做完爱再倾诉。倾诉不尽或难以诉说的部分,交给做爱。这个女人必须是我愿意为之敞开心扉的女人,必须是一个能看到苦难的女人,不会轻易嘲笑我,没有高高在上指点迷津的习气,只有爱,只有包容,只有母亲一样的宽大情人一样的细腻。

这个人是谁?

当然非居亦莫属。

我曾经拒绝居亦跟我来老家,现在,我又想马上看见她。我想,我们可以一直住在七步,不去海棠。现在的七步古镇是一个旅游胜地,人来人往,处处有陌生面孔,两个人住在旅舍就像度假。反正,我的前世已经不需要花太大功夫就可以水落石出。曾经是土匪,杀人如麻,这一点已经无需怀疑。接下来要搞清楚的是,进入马家堡子之前和离开马家堡子之后,"前世的我"是什么情况?我幻觉中的军人接近三十岁,微胖,是功成名就城府在胸的样子,但是,巴尚志看到的那个人——鹞子李,是一个翩翩少年,可能先当兵,后带着几十名士兵逃出来,摇身一变做了土匪。这种情况在当时很常见,军阀之间,土匪之间,总有人突然"拐带"走一些人,另立山头,或者加入新的力量。"拐带"这个词,我是从有关资料上看到的。民国前后的中国,这样的事情司空见惯。

我给居亦打了电话。

"我完了。"这三个字并不是我预先想说的。

"怎么了先生?"她问。

我说:"我上辈子作恶多端,这已经确定无疑了。"

她问:"你找到证据了?"

我说:"找到了,催眠状态下看到的情景绝对是真的。"

"那怨得了谁呢?"她淡淡地说。

这句话四两拨千斤,太顶用了,我甚至觉得不需要倾诉了。一句"那怨得了谁呢",被她轻轻松松说出来,已经让我泪眼婆娑。

她似乎看见我在流泪,喊:"先生,先生!"

我说:"我觉得我没资格爱你!"

她说:"我要去看你!"

我心里窃喜,问:"真的?想来吗?"

她说:"我好担心你。"

我问:"担心我不爱你了?"

她说:"才不呢,我担心你待在前世回不来了。"

我说:"那就赶紧来吧。"

8

仅隔了一晚上,蒲霞就发来了关于1师49团5连的较为详细的材料:1师是胡宗南的嫡系部队,师长李铁军是胡宗南黄埔一期的同学。49团的团长是甘谷县七步镇人,名叫李则广。该团的下级军官和士兵主要是天水人,以甘谷人和徽县人居多。仅七步镇人就有四十多人,集中在5连,中条山战役中5连官兵全部阵亡,无一幸存。团长李则广从中条山回来后申请退伍,历次运动中都免不了被揪斗,1962年冬天的一天,在一次批斗会上被意外砍头而死。原因是,他主动承认了大家不知道的一个事实:他做土匪头子时,曾下令一次性杀死原居住在马家堡子里的几家子人,共二十七人。砍掉他脑袋的人正是二十七个死者的一个家属。李则广的照片很多,各时期都有。其中一张很像我催眠时看到的鹞子李。而另一张,很像我从小在幻觉里看到的那个骑枣红马的人。

我的确有一个前世,我的前世是李则广。七步镇人李则广。我每每在七步镇之所以头疼欲裂,原因明摆着,简单极了——我是被砍头而死。砍头的瞬间,太快,我还没工夫体会到疼,就已经身首分离。于是我只好用接下来的一生来偿还上一世的疼痛。四十岁以前,每年的生日前后,头疼的原因也不言自明。

我推测,真实情况可能如此:

李则广先参了军,做了一两年军人后,拐带着一些人马,逃出来,另立山头,做了土匪。由小土匪变成大土匪之后,又带着足够数量的土匪,接受西北王胡宗南的整编,重新做了军人。胡宗南是蒋介石的嫡系,投靠胡宗南等于投靠蒋介石。胡宗南在天水有行营,他的第一师当时驻防天水,第一师第一旅守备天水附近的徽县。当时的旅长正是李铁军。李则广离开马家堡子之后,可能转移到徽县一带继续做土匪。应该在这个时间点上李则广做了胡宗南的得力干将李铁军麾下的一名军官。官职大小由他带去的人马和武器的数量决定。可能是副团长。不久李铁军升任师长,李则广升任团长。

我是军迷,对胡宗南的情况相当了解,我的推测有没有道理,需要更多材料来证明。所以,我告诉蒲霞,接下来只搜集和李则广有关的材料。包括李则广的父母兄弟老婆子女,包括他被砍头的细节。总之,是一切材料。

事情到了这一步我反而变得异常冷静了。一瞬间我明白了很多事情。至少,我明白了,这辈子,我为什么如此软弱。喜欢软弱,把软弱打扮成哲学,实在是给自己台阶下,事实却是:我生来软弱,只能软弱,无法不软弱。

前世强悍,今生软弱!

前世和今生,两者之间有一目了然的逻辑关系。问题是,这个逻辑到底是事物自身的内在规律,还是由谁在暗中掌管?或者是生命自己做出的本能选择?反正,从有记忆开始我就是一个软弱怕事的人。不仅仅是精神软弱,身体也软弱。还记得在海棠小学读书的那几年,全校学生经常围着村子跑早操,我总是感到双腿发软,跑着跑着就会跪倒在地。本来就是平脚板,加上腿上明显没劲,软得像面条。有一次,恰好跪倒在我家门口,引起了整个队伍的混乱,很多同学趁机嘻嘻哈哈从我身上踩过去,令我头破血流,差点死掉。我在家里歇了几天,不愿再去上学,被我父亲强行送到学校。当着我的面,父亲恳求学校允许我不跑步。一个五类分子的话当然不会得到重视。我还是要每天跑步,每隔几天就会被男生女生嘻嘻哈哈踩踏一次。连低年级学生都敢顺便踩上我几脚。

为什么我容易被那种雄性气质的女人迷住?为什么漂亮女人和适度的泼辣系在一起,我就心跳加速,热血沸腾?为什么我奇怪地偏爱会吸烟的女人?现在可以肯定,秘密如出一辙:我所喜爱的,不过是自己身上缺乏的东西。

后来为什么当了作家?

秘密应该也在这儿。

还记得,当初想当作家的时候,我心里最向往的并不是作家的成就,也不是作家的名声,而是写作这种行为明显的避世性质——作家可以不和繁杂强悍的外部世界打任何交道,一个人躲在家里,仅仅靠一支笔,就可以生存。

1980年夏天,我参加了高考,考试结束后我按规则报了志愿,报了五所学校,但每一所学校只报了"中文"一个专业。一所学校可以报多个专业,我只报中文,一心要当作家的意图昭然若揭。成绩下来了,我的总分足够上一所普通大学,但语文成绩只有五十二分。估计作文只得了十分。关于达·芬奇学习画蛋的读后感,应该怎么写我心知肚明,就是不愿意那么写。小儿好作惊人语,为赋新词强说愁,我看不上写那种尽人皆知的小道理,故意反其道而行之,云里雾里说了一通,结果自己把自己害了。更想不到的是,我并没有多下功夫的政治几乎是满分,九十四分。于是一件绝无仅有的事情发生了,教育厅把电话打到县招办,县招办又把电话打到县一中,我那始终生活在甜蜜中的语文老师亲自骑了十公里车子找到我家,通知我立即去教育厅一趟。次日一早我就乘车赶往银川,天黑前找到了招生所在地贺兰山宾馆。荷枪实弹的警卫是如何放我进去的,我又是如何准确无误找到招生负责人的,现在一点都不记得了。另一些东西却记得一清二楚,招生负责人是一位面色红润、态度和蔼的中年男子,他用我不熟悉的南方口音说,你政治考得很好,但为什么没报政治系?我心里有答案却说不出口。他又说,我们请你来,就是要征求你的意见,愿不愿修改志愿?我想都没想,就说,不愿意。为什么?他极为吃惊。我心里想,我要当作家!但这话还是说不出口。他提醒我,如果不同意,就有可能落榜。我心跳怦怦,一味嘴硬,说,不要紧,明年再考。他禁不住笑了,给了我一张表让我填。当着他的面,我填完表,递给他。他说,字还不错嘛。然后我就离开了。回家后我从已经拿到录取通知书的一位女同学那儿借来一堆复习资料,收了心,准备复读。一周后却收到了宁夏大学的录取通知书,还是被中文系录取了。入学后,某一日在校园里碰见了那位宽厚长者,他也认得我,父亲一般摸着我的头说,喜欢你小子的倔强。他还小声说,我是政治系系主任。十年后我在宁夏广播电视大学任教,他来做我的校长。当时我已经是一个文学新人,发表了一些作品,势头看好。他经常毫不掩饰地对人们说,如果不是他,东声就当不了作家。他常把请我到贺兰山宾馆改志愿的故事讲出来,将我一门心思要当作家的情状描述得绘声绘色,像一段相声。

从十八岁发表处女作,到仍然愿意多写一写的今天,已有三十多年,虽然成绩平平,但也令人满意,仅仅被写作这件事始终拴在家里,不用涉足江湖,不必做时代的弄潮儿,安心过一种"软弱的生活",真是再好不过了。至于知名度,至于文学贡献,我从来不认为它们有多么重要。反正,我很难让自己相信,我至今仍旧在写作,是为了出更大的名,是为了有更大作为。我对这个世界的最大奢望早已实现:衣食无忧,尊严半存,可以躲在某一个角落里专事写作,为七八位读者写作而不是更多。

当然,直到此刻,我才有能力说说"这个作家"的真面目。我的写作如此平庸无力,却从来不懂得反思和反省!我长期沉湎于自我迷恋和自我陶醉却不自知!不客气地说,我像一个被我本人软禁起来的人,唯唯诺诺,瞻前顾后,写了一些根本不需要思考和选择的故事。回过头,我清晰地看见每一个文字是如何从我心中流出的。包括每一个标点符号。它们全都是知难而退、逃避勇气的结果。三十年里,我还算勤奋,但是,我写了一堆全无个性庸常极了的作品。将它们统统付之一炬,毫不足惜。

我突然有了很强的紧迫感:在居亦来之前,尽快把李则广的情况完全摸清,然后,彻底结束这一次没事找事的"前世之旅"。

我要尽快找到罗丑女的后代。

这次我选择走另一条路,不经过大路畔,而是经过我老家海棠。海棠后面的北山上有一条路,可以前往通渭的榜罗、常河、襄南等地。那是更近的路,而且我从小就熟悉。我另一个姑姑家在通渭榜罗,我姐姐家在通渭常河,这两个地方我小时候常来常往。两边的距离一样,都是三十里路。而常河的东边就是襄南。

在北山顶上,我停下车,点上烟,眺望山下的海棠。这是从来没有过的体验,令人陶醉:在故乡的周边像个鬼影一样转来转去,却不回去。故乡既然是一个道德存在,有时候只能绕着走。我估计绕着故乡走的人肯定不少。

我想起了父亲,而不是母亲。记得当年父亲去世后,从他的墓地回来的弯弯山路上,我有一个异常清晰的感觉:头皮突然轻了许多,就好像原来的头皮浸满水分,现在,水分完全蒸发了。那是一种轻松极了的内心体验。那条山路足够长,对,正好十里路。在不长不短的十里山路上,我隐约明白,头皮为什么突然轻了。原因是,父亲去世了,天空变轻了。这说明天空里面属于父亲的那一份重量减去了。原来父亲是天空的一部分。父亲不只是父亲,更是一种审视的眼神。眼神在高处,所以是天空的一部分。换句话说,父亲和故乡一样,也是一种道德存在。有父亲在,一个儿子就总是生活在道德焦虑中。更何况,那个阶段我正在闹离婚。那是我的第一次离婚。当时我梦见父亲在我身后,追赶我,要打我,父亲手上仅仅拿着两根细长的柳条。他那么生气,却拿着两根连苍蝇都打不死的柳条。更好笑的是,我明明看见那是两根没用的柳条,心里依然紧张,跑向远处的时候,依然心惊肉跳。我离完婚不出半年,父亲就去世了。父亲去世后,我所干的坏事不见得比以前更多,但是,父亲去世后,我觉得自己才算是长大成人了。这样说父亲真是大逆不道,但这是真的,是真话,我从来都不敢说出来,不过,以前也说不了这么清楚。

母亲和父亲不同,母亲是爱本身。母亲的爱,很容易成为溺爱。母亲几乎就是我们自身。我离婚时,母亲一样不同意,但是,母亲用眼神说了更多的话。眼神里面的语言,比嘴巴说出来的语言更加真实,更加丰富。由此看来,我对母亲的无尽回忆,是因为我更爱母亲,至少这是原因之一。应该说,王龄的分析稍稍有些牵强。或者说,回忆症患者如果打算没完没了地回忆谁,会自动找一条合适的理由。

  哎——哎——
  哥哥你走了弯路喽
  妹妹我心里头刀子嘛搅开喽
  啊哟的哟呀
  妹妹我心里头刀子嘛搅开喽

  哎——哎——
  人家都说咱两个好呀

哥哥你有啥心事给妹妹慢慢讲喽

啊哟的哟呀

你有啥心事给妹妹慢慢讲喽

我再一次听见了这个声音。

难道是我前世的女人在唱歌吗?

这时,居亦的微信来了。

她说:先生,出大事了,我父母也想一起去你老家转转。他们说,咱们见过面之后,他们就会单独去拉不楞寺嘉峪关敦煌等地走走。

我问:他们是不是专门来揍我的?

她说:哪会,他们绝不会干涉我个人感情的。

我问:你那么自信?

她说:没问题,我早给他们说过了。他们看过你照片,很喜欢你。

我说:他们真的揍我,我可要还手的!

她说:你同意了?

我说:亲爱的,同意了,买好票告诉我。

她说:好的,注意安全。

我设好了前往襄南令家窑的导航,立即出发了。我发现我的全身在暗暗发抖,连牙齿都在发抖。我相信自己深爱着居亦,我爱她,这是没有疑问的。我的心不会欺骗我自己,但是,我真的没那么自信。仅仅因为爱而自信,我做不到。至少,我的自信不足以让我镇定自若地等待居亦父母的到来。无论如何,我都觉得自己像一个小偷。我手上有一个好东西,我不相信那不是偷来的。同时,我还在自觉地做着换位思考,如果我是居亦的爸爸,会怎么样?我一定会把东声这个混蛋捉住痛扁一顿,甚至有可能杀了他;如果我自己下不了手,不排除雇凶杀人。我女儿只比居亦小三四岁,我认真想过,我绝不允许相同的事情发生在我女儿身上。如果我女儿告诉我,她爱上了一个和我年纪差不多的男人,我会二话不说,立即堕落为我曾憎恶过的我父亲那样的"老式家长"。我一点不比我父亲"更年轻",不比我父亲更懂得尊重子女的权利和自由,所以我觉得好懊丧。

  襄南镇刚好有集,街上人满为患,一辆外地牌照的车,怎么打喇叭都没用,我熟悉这种情况。我只好停下车,先去理发店里染发。我知道居亦的父母比我大七八岁,居亦也说,我显得比她父母年轻多了,但我还是觉得自己太老太老。染发的时候,镜子里的那个老态龙钟的家伙,颓丧的样子着实把我吓了一跳。

  然后,我从街上买了一些烟酒。

  我很顺利就找到了令家窑。

  问了好几个人,没人知道罗丑女这个名字。

  我说:"人肯定不在了,陕西口音,曾经是瓜子,后来好了。"

终于有人想起来了,把我带进一户人家。

没错,是罗丑女的儿子家。

我回车上提来那堆烟酒,做出走亲戚的样子。一个老婆子迎出来,我说:"我是从甘谷那边安家嘴过来的。"她一听就明白,带着我进了堂屋。堂屋侧面的炕上躺着一个头发乱蓬蓬的老汉,头冲外,看不清脸,有一股子难闻的味道飘了过来。老婆子费了很大劲才叫醒他,他支起身子看看我,眼神有点木。"快不行了。"老婆子说。我用最大的嗓门对他说:"我是记者,我来了解一下罗丑女的事情。"他听明白了,咕咕哝哝说:"我妈,死了整二十年了。"我说:"我想了解,她老人家当年是怎么从马家堡子里逃出来的?"老先生这次竟死活听不明白,多少有一点装糊涂的意思。这时又进来几个人,是老先生的儿子孙子,他们显然觉得老先生的样子有些丢脸,硬把我拉出来了。

关于半夜冲进马家堡子的土匪,他们人人都知道一些,争先恐后要对我说,但他们的描述是我从小就熟悉的,适用于所有土匪。

下述内容是比较可信的:

  事情出在民国二十一年一月的一个后半夜。

  土匪头子其实是一个国军连长,一连人刚刚从战场上退下来,死伤过半,垂头丧气,剩下的人临时决定效仿绿林好汉,自立山头。

这个连的番号是×团×营5连。

连长训话的时候说,咱们5连从今天开始改叫鹞子帮。以后人马多了再想办法回军队去精忠报国,这年月,没人不喜欢人马和武器。

连长还说,打算留下来跟着我做土匪的,每人送我一样礼物,不要猪头羊头,要人头。一人一颗人头,写上自己的名字。这堡子里只有二十七颗人头——到底是二十六颗还是二十七颗?咱们是五十一个人,不够割,可以记账,明天出去带一颗人头回来就行。人各有志,打算回家种地的,把枪和马留下,现在就可以走人。

结果,有三个人要走,一出堡门就传出三声枪响。

留下来做土匪的人都吓得发抖。

罗丑女,身为一个又傻又哑的姑娘,在堡墙上看到如此多的内容,有些解释不通。但是,后面这些内容的确不像胡编乱造。比如,在中条山战役中,全部阵亡的那个连为什么也是5连?我相信,后来的5连是特意保留下来的一个连。再比如,一人一颗人头,虽然骇人听闻,却和我在催眠状态下看到的情景相似。

我这是看热闹不嫌事大。

某些瞬间,我真的忘了我在调查自己的前世。

前世的过错及责任应该由谁承担?

我不能不发出这样的疑问。

既然一个人在投胎转世之前先要喝孟婆汤,说明上帝造人的游戏规则十分透明,老鼠的责任老鼠承担,猫的责任猫承担,不能突然又说,猫的前世是老鼠,所以猫还要承担老鼠的责任,如果真是这样,喝孟婆汤的意义在哪里？著名的人类学家,享年一百岁的克洛德·列维·斯特劳斯说:"人有一种放弃自己责任的倾向。"我很同意他的看法,我自己也有这样的倾向。但是,他所说的"人"显然指"只来一次的人"。至于再三转世的人如何承担前世以及前世的前世的责任,没见他有过论述。

我坚信,孟婆汤不是白喝的。

临走的时候,罗丑女的一个孙子把我叫住,态度变得很神秘,悄声说,让你看一样东西。我等他去取。不久他回来了,手上有一个精致的小鼓,两面都是鼓,一面略大一面略小,腰很细,一只手能握起来。鼓皮发白,鼓帮也发白,能隐约看出鼓帮上原本有图案,现在只剩一丁点斑驳的色彩。我的判断是,一个老鼓,有些年纪了,上百年有了,没什么了不起的。甘谷通渭这一带的人在过年过节耕种丰收的一些重要日子里喜欢敲锣打鼓跳舞唱歌,各种各样的鼓我见过不少。小时候我也玩过鼓。

他说:"你仔细看看。"

我再看看,说:"不像驴皮牛皮。"

他说:"当然不是。"

我问:"猪皮?"

他一笑,说:"人皮!"

我心里一惊。

他说:"拆马家堡子的时候找到的。"

我问:"土匪留下的?"

他说:"肯定是。"

我说:"马家堡子里不是住过好几批人吗?"

他说:"我奶奶没见过。"

我要走,他说:"这个鼓有人出一千元,我们没卖。"

我说:"我拿走,给你一千一。"

他说:"再加一百。"

他跟我去车旁边,我从车里取上钱给了他。

我顺着原路回了七步镇。

一路上,车子稍微一弹,人皮鼓就会发出冷幽幽的轻响,甚至风一吹也会响。后一种声音里,有一种阴暗的优雅,令人心惊肉跳。

回到七步镇,我突然很想尽快找医院献一点血,否则我的身体有可能会马上炸掉。我一直都有献血的习惯,我虽然晕血,讨厌看见血,但在一些关键的时刻,必须放一点血心里才觉得舒服。母亲去世后,料理完丧事,我回到珠海所做的第一件事就是去医院献血。三次离婚,办完离婚手续后,我都立即去了医院,献了血。每次最少献三百毫升。当然,献血的时候始终扭着脖子,绝对不看自己的血。献完血,重新走在大街上,虽然略感疲劳和虚弱,但心里一下子安宁了,平静了,就像一棵只知道长大长高的树,突然放下伸向天空的枝丫,松脱下来,才发现,生命中还有另一种享受。

在医院,收到了居亦的微信:

后天下午三点十分到达兰州中川机场。

我没有马上回她。

我告诉医生:"加一百,献四百毫升。"

医生说:"三百就可以了。"

我说:"我献血,听我的。"

9

关于李则广,蒲霞发来如下材料:

> 李则广,七步镇人,生于1913年正月29日,卒于1962年12月23日,享年五十岁。曾两次从军,第一次是1931年,马廷贤占据天水时应征入伍,很快升为连长,接着拐带了一小股队伍逃出来,在甘谷通渭一带做了土匪。第二次是1935年,在徽县带着一千多名土匪接受胡宗南的整编,任副团长,后升团长。
>
> 中条山战役吃紧时,蒋介石要求胡宗南派兵增援,胡派了两个师,用李则广的一个团打头阵。打头

阵的原因有二：一，土匪的兵，的确能打硬仗；二，土匪的兵是后娘养的，低人一等。李则广有两个老婆，第一个是童养媳，海棠人，没生育，后自杀。第二个是李则广在徽县一带做土匪头子时带回来的，有知识，会看病，曾是一位营长的老婆。营长多年没消息，以为战死，才跟了李则广。和李则广育有五儿二女。李则广的子孙在改革开放后干得不错，有富翁，有大学老师，有迁居海外的，有在家务农的。李则广有两个姐姐两个弟弟一个妹妹，妹夫是安徽巢湖人。李则广父亲（外号金三爷）是七步镇有名的盐商，家境殷实。李则广的一个弟弟是革命干部，曾任湖南溆浦县委书记。

我谢了蒲霞，没要求她继续帮忙。
我想等接待完居亦父母再说。

10

在机场看见居亦的一瞬间，我发现我在可怜她。我可怜她的理由同时浮现：那么好的一个姑娘，竟然爱上了这么老的一个家伙。尤其是这样一个前世作恶多端的家伙。顺便我也在可怜居亦的父母，他们竟然有一个傻到爱上我的女儿，还陪着她不远万里来看我。

我站在半遮半掩的出口，等他们取上行李。传送带开始旋转起来的时候,居亦大胆向我飞吻,她父母就站在她旁边,而且正在眺望出口这边,寻找另一个飞吻的家伙是谁。我心里本来很羞涩,出于无奈,只好也向居亦飞吻。我注意到,居亦的父母看见我在飞吻的一瞬间,脸上有一种难以形容的波澜,似乎打了一个冷战,但紧接着就恢复了正常,远远向我释放来涵养很好的善意。两个人完全一致地笑眯眯地看着我。居亦的母亲是一个很漂亮、很有回头率的葡萄牙女人,不知哪儿又有些中国人的味道。居亦的父亲个子很高,超过一米九零,背有些驼,但精气神很好。两人站在一起,即使毫无交流,也能看出是幸福的一对。幸福安宁的生活和医生职业生涯(居亦父亲是骨科医生,居亦母亲是儿科医生)显然雕刻了他们的生命,让他们脸上的皱纹都是舒展的长线条。在他们的注视下,一切仿佛立即变得单纯而平常,令人放心。

他们开始往外走了。

居亦加快步子,走在前面。

我迎过去,和她抱了抱,并向她父母点点头。

之后我说:"欢迎你们!"

她父亲说:"不好意思,来做电灯泡了。"

我来不及吃惊,仓促回应:"只要不是核辐射就好。"

居亦大笑,说:"哈哈,绝了!"

我接过居亦的拉杆箱,转身要走。

居亦小声说:"先生,你还没亲我呢。"

我只好停下,侧身亲她。

她仰着头,像在澳门,在黑沙海滩。

这时,她父母已经知趣地快步去了人流前方。

这个短短的吻似乎比黑沙海滩那个长长的吻还有味道。

我把这个感受告诉她了。

她说:"胆小鬼!"

我不搭理她,去追赶她父母。

我们离开机场,不出高速,直接去天水方向。

我一边开车,一边做着向导。

路过武山的时候,我说:"附近有个温泉,叫汤池寺,原来有寺,现在只剩温泉,水质特别好,润滑细腻,咱们今晚可以住在这儿。"

居亦和她父母都有浓厚兴趣。

于是,就找到入口。我停好车,拉着居亦的箱子,和居亦来到酒店大堂时,居亦的母亲已经在登记房间,只等我和居亦出示身份证。我急着去付款,居亦说:"先生,听我妈妈的。"结果,她母亲登记了两间最好的房子,池子直接在房间里。

好在两间房子并不是隔壁。

我和居亦关上门,不约而同地趴在床上大笑不止。笑完,她问我,你笑什么? 我说,你父母的样子好像真的不把你当亲生女儿看待,大大方方把你推给我,还亲自开好了房间。说完我又笑,她趴在我背上,还在笑,笑得全身都在乱抖。笑完,我问她,你笑什么? 她说,我笑,我笑——从下了飞机到现在好像都不真实,三个大人原本可能打一架的,见了面却装得和和气气。听她这么一说,我又觉得哀伤了。替我们这些"大人"哀伤。一个人长大了,大到像我们这种年纪,有儿有女,儿女都开始恋爱了,自己还觉得没爱够,事情真他妈够难堪的。由难堪我又一次想到了"贫贱"二字,只是,和以往不同,此刻,我觉得这贫贱有了一点富饶的味道。这贫贱竟然如同赏赐。居亦在我的背上似乎感受到了我的安静,因为,她也突然安静了。安静让我们想起了另一样东西,我很暴力地把她翻在下面,用我重重的身体把我的尤物压在下面,然后像老鹰吃小鸡一样一点一点吃她。从远路上来的人好像不是她,而是我。可不是吗? 我是从前世的马家堡子赶来的。我听见外面冷风萧瑟,掠过干枯的树枝,恍然觉得那风是从民国二十一年刮过来的。

后来,我们转移到了池子中。

池子在另一个房间里,池子的外侧傍着一条冒着热气的小河。小河分了一小股水给我们,然后继续流向前方。我和居亦一同下了水,在池边小坐片刻,再走向水中央。水质的特别之处显然不只是恰到好处的温度,更是不同凡响的质感,细腻,润滑,轻轻吸食着皮肤里的油渍。我们要抱在一起,却发现有些困难,因为,水有明显浮力,让身体忽上忽下,试图抓住对方时,不小心又会滑开。和水之间的这种游戏感让我们心跳加速,我们终于在某一瞬间找到了平衡点,然后半紧半松地抱在一起。从深处渐渐转移到池子边上的性爱,突然以一种别样的力量震动着我们,甚至是冲击,神奇的冲击。我们合而为一,似乎寸步难行,又似乎在顷刻之间已经神游万里不知所之。还是爱恋,还是亲密,但不同于往日的爱恋与亲密,和某种新生的无边无际的敬畏有着隐秘的联系。当高潮来临的时候,我和她一致感到震撼、慌乱,发出难以自禁的小动物般的短促叫声。之后我们好像变了,变得有些落落寡欢。其实,我们沉浸在刚才那种被冲击的回忆里,不能自拔。

"每次路过都想来,这次终于来了。"

我想用这句话把走远了的居亦拉回到现实中。

她脸上有泪痕,拒绝说话。

我摸摸她好看的鼻子,说:"你也得了回忆症。"

她久久地偎依着我,不说话。

我问:"你在想什么?"

她说:"先生,你刚才的表现令人叹为观止。"

我心里一笑,原来,她在想这事。

我说:"不是我,是你!"

她说:"是你!"

我说:"是你!"

我们这么说,半是耍贫嘴半是真心。

"是你!"

"是你!"

好像还有第三方存在。

后来我们回到大床上,一丝不挂,继续躺着不动。

"我父母怎么样?"她问。

"两人都是大气象。"我说。

"何以见得?"

"两人身上都有一种别处见不到的平淡安静。"

"其实他们挺活宝的。"

"见了他们,我相信天作之合是有的。"

"那咱们呢?"

"咱们不是。"

"怎么不是?"

"咱们比天作之合还高一个档次。"

"灵魂伴侣?"

"灵魂伴侣"的说法暴露了她不可避免的孩子气。

我心想,是呀,毕竟还是孩子。

我又想,可是,谁又不是孩子呢?

她问:"是不是灵魂伴侣? 你还没回答我!"

我随便说:"比灵魂伴侣还高。"

我又抱紧她,没完没了地亲她,连同她的孩子气。

随后我们和她父母约好一起出去吃饭。

吃饭的时候,她父亲对我说:"刚才我们研究过地图了,这儿离天水已经很近很近,明天麻烦你送我们到天水,然后就不用管我们了。"

我坚持要尽地主之谊。

她父亲说:"不,你们也别做我们的电灯泡。"

我没话说了,看着居亦。

居亦红着脸说:"我同意我爸的意见,相互都别做电灯泡!"

我很久没看见居亦脸红了。

居亦母亲说:"各玩各的最好。"

我说:"车留给你们。"

居亦父亲说:"我们两人都不会开车。"

我略有些吃惊。

居亦说:"真的不会开,他们拒绝开车。"

我问:"为什么?"

她父亲抢先说:"没什么特殊原因。"

她母亲却说:"谁说没有!"

她父亲竟然也脸红了,说:"去去去。"

她母亲用揭底的调皮口气对我说:"他是骨科医生,经常给车祸中断骨的病人做接骨手术……"

我说:"明白了。"

居亦问:"妈妈,说说你为什么拒绝开车?"

她母亲说:"我真没特殊原因。"

次日早晨,把居亦的父母送到天水,等他们住好酒店,四个人又一起吃了饭,我和居亦就离开了。在前往兰州方向的高速路口,我指着另一个方向说,那么走可以到重庆。居亦很惊讶,问,有多远?我说,其实还很远,坐火车得二三十个小时吧。居亦不吱声,情绪有些异常。我说,找个时间我陪你去重庆。她带着情绪问,去重庆干什么?我说,想办法把你生父生母找见。她说,根本找不见的,除非他们找我。我问,为什么?她说,福利院没有任何我生父生母的可靠信息,只有一张纸条,上面写着:因家庭原因,无力抚养小孩,请好心人收留。纸箱子里除了我,就是一张纸条,还有三百块钱。我问,纸条在吗?她说,在。我问,谁把你送到福利院的?她说,一个清洁工。

回到七步,为了让居亦高兴起来,我立即带她去看海棠。她已经表示过,她最想马上看见的就是海棠,我小说中的海棠。

我开车上了北山,停在北山顶上。

我指着山下的村庄,说:"那就是。"

她看了看海棠,然后把目光从山下移上来,慢慢移到我脚上,再移到我身上,最后停在我脸上久久不动,母性十足,充满爱恋。

我说:"你肯定觉得我能从这么个小山村混出来,太不容易。"

她并不避讳地点了点头。

我说:"你刚才的目光像母亲在疼爱自己的孩子。"

她靠在我身上,再三抚摸我的手背。

我笑了,说:"你这样,我的回忆症又会犯的。"

她半懂不懂,我就解释:"我为什么总是模仿母亲的厨艺自己喂养自己?其实还有很重要的一个原因:从小缺爱。至少从十二岁开始就缺爱。跟着哥嫂从甘肃到了宁夏,父母还在甘肃,哥嫂当时还年轻,毕竟和父母不同。"

居亦拉我坐下,暗示我慢慢说。

她看出来了,我想倾诉。

我坐下,给她和我都点上烟,说:

"你愿意听,我就多说一点,你要是烦了就吭声。宁夏平原有黄河,天下黄河富宁夏,自然条件比我们好多了,所以,他们也很高傲,给我们起了一堆外号,山狼、老山汉、山贼什么的。回到家是哥哥嫂子的冷脸,出了门是村里人的冷脸。你可以想象当时的我是什么样子。一开始我们借住在别人家里,那家人有三间房子,面南的一间最大,面北的一间最小,面东的一间不大不小。我一个人住在面北的一间里,我哥我嫂,还有他们的第一个孩子,住在面东的一间里,主人一家住在面南的一间里。"

"主人一家,其实就是夫妻二人。男人没有父母兄弟,四十多岁了,一直娶不上老婆,后来才娶了一个十八九岁的傻婆娘。傻婆娘名叫奴羔,大眼睛大嘴巴大鼻子,不算丑,却有一脸傻相,嘴唇厚厚的,下嘴唇总是耷拉着,说话咕里咕哝,就像含着半口水。但是,又不是全傻。"

"全村就奴羔不把我当外人,她会冲我笑,会亲切地喊我的名字。我不喜欢回家,在村里四处游荡,她只要看见我,就会疯狂地喊我的名字,说,东声快回家。有时候她还会跑过来拉我,我心里感动,表面上却忘不了她是傻子,总是要急忙打开她的手,甚至掐她。但是,她一点不生气,见了面还是笑呵呵的。听得出,她对我笑,和对别人笑有些不同。她对我笑的时候,是把我当孩子看待的,笑声里含着一点点母性,憨憨的,笨笨的,让我想起母猪婆。在她丈夫面前,她像个孩子,在我面前,她像个大人。她丈夫是个大好人,对我们很好,对她也很不错,不让她干任何活,好像只要她活着就行,能陪他做爱就行。他们做爱的声音很大,尤其是奴羔,会放开嗓门大喊大叫。不怕你笑话,大了几岁后,我开始做春梦了,奴羔就经常出现在我的春梦里。半年后我们搬到了另一个村子,后来再没见过面。上高中的时候,听说她过河的时候掉进河里淹死了,我还偷偷掉过眼泪。总之,缺爱的感觉就这样一直延续了下来,虽然结过三次婚,都没有补上。或许应该这么说,三个前妻可能都是爱我的,只是她们给予我的爱,和我对爱的需求有些距离。因为,在爱这个问题上,我是有亏欠的。而第二次第三次婚姻又有新问题,我女儿,我和第一任前妻的女儿,一直跟着我,由于我本人有过寄人篱下的经历,一朝被蛇咬,十年怕井绳,我总是谨防在女儿面前,成为当年的我哥——被妻子扶持的我哥。我明确申明,我的底线是怎么都可以,不能让女儿觉得,爸爸再婚之后这个家不再是她自己的。可是,要守住这个底线其实很难很难。事实证明,当我们强调底线的时候,恰恰预示了底线是很容易失守的。我不想批评别人,也不想推脱自己的责任,但是,有一个体会是可以说说的:爱是世界上最难的事情,因为,爱不只是态度,更是能力,如果爱牙齿都需要学习,爱一个人就更需要学习了。不知道说清了没有?刚才是不是提到了回忆症?没有吗?反正躲不开回忆症,回忆症的根源其实不一定那么远,那么神秘。回忆症的根源就是爱的缺乏,爱的饥渴。当我日复一日地模仿我母亲的厨艺喂养自己的时候,表面看来我在回忆我母亲,事实上,我在自己疼爱自己、怜惜自己,我既是我自己,又是我母亲。你说有没有一点道理?这是我刚才才认识到的。"

居亦早已是眼泪汪汪。说实话,我绝非喜欢看人哭,也绝非认为,爱哭是好女人的重要标志,但我真的觉得,居亦的哭美到极致。

过了一会儿我又说:"我向你保证,自从上了大学,一直到今天,几十年的时间里,我一次都没想起过奴羔,奴羔这个人就好像根本没存在过一样。就算我是一个严重的回忆症患者,也从来没有把奴羔视作可资回忆的一个人。可见回忆症本身也是势利眼,它同样会挑三拣四。

回忆症其实并不会回忆所有的事情。"

居亦说:"奴羔,我记住了。"

我说:"她丈夫,那个大好人,后来也得癌症死了。"

居亦问:"他们有孩子吗?"

我说:"有一个儿子,听说很正常,后来的情况就不知道了。"

居亦脸红了,问:"总不是你的孩子吧?"

我举起手吓唬她,要撕烂她嘴巴。

她却把我的手指吞进嘴里,做出爱死了,非得把我吃掉不可的样子。我心里很臭美,因为看得出她真的爱我,她对我的爱完全是真情流露。她其实否定了我刚才的观点:爱是需要学习的。在她这儿爱只需要流露。她的例子,让我又认为,爱,和有没有爱有关,和会不会爱无关。有就有,没有就没有,装是装不出来的。爱是流露,如此而已。刚才她用五个指尖弹琴一样抚摸着我的手背,肯定不是学来的。

我说:"爱,回去吧?"

她问:"你叫我什么?"

我说:"好话不说两遍。"

她说:"应该是好话不说三遍。"

我说:"那好,我再说一遍。"

但我想了想,还是没说。历史上的事情,不会出现两次。

我站起来突然跑远了。

居亦撵过来追我。

我像年轻人一样在前面跑,并大喊大叫。

居亦在后面也在尖声喊叫。

然后,我们又腻歪在一起了。

我们在七步镇又待了两天,四处看了看,然后就一同回海棠了。我想起海棠那几个富人,开铁矿的,承包工程的,贩运药材的,反正是有钱人,要么明着换了老婆,要么暗中养着一个到多个小三,海棠人早就司空见惯,我何必自作多情呢。我带着居亦回到海棠,连介绍都免了,因为人们都很知趣,没人会问她是谁。

居亦来了,居亦在我身边,关于我的前世李则广,我打算放在一边,不再理会。李则广是李则广,我是我,我们之间如果有联系,不过是不同能量之间的联系罢了,此能量已经转换为彼能量,正如麦子已经转换为面粉,甚至是面粉已经转换为粪便。

春节过后,我和居亦乘火车去了重庆。先开车到兰州,还了朋友的车,和朋友玩了两天后再从兰州乘火车前往重庆。无意中我们再一次路过了已经作别的甘谷,以及看不见的七步和海棠。火车在甘谷站停了几分钟,有不少甘谷乘客上来,用大嗓门说着我熟悉的家乡话。前面几个站也有乘客上来,嗓门都没这么大。

显然,我和居亦都有微妙感受。

列车重新跑起来之后,我说:"据说张之洞和袁世凯选兵练兵,有迥然不同的眼光和要求。张之洞的要求是,军人不仅要勇敢善战,还要有文化;袁世凯的要求是,除了勇敢,军人还应该具备两个特征,一个是笨,一个是老实。我们甘谷——其实是整个天水,整个古秦州,自古以来就是夷夏交战的前哨地,也是历代朝廷的重要兵源地,主要原因可能是,我们这儿的人在长期的战乱和动荡中形成了一种特有的性格,正是袁世凯,也是历代统治者喜欢的类型:笨,老实,勇冠三军,视死如归。"

居亦则礼貌地转移了话题,说:"这次在七步和海棠才真正理解了你为什么说,小说的前世不在过去,在未来。也理解了布尔加科夫的观点,小说并不来自纯粹的自我,而是相反,从自我中解放出来,才能进入真正的写作。"

我说:"居博士,你接着说。"

她又说:"这次在海棠,我看到了两个东声,一个是回到故乡的东声,一个是在故乡流浪的东声,两个东声相互对立,矛盾重重。"

我说:"你没找到小说中的海棠。"

她说:"找到了,又没找到。"

我说:"海棠是一个被迫成为海棠的地方。"

她问:"怎么讲?"

我说:"我出生于海棠,这已经是被迫的,上一世我出生于十里外的七步镇,这也是被迫的。写作需要一个稳定的观察点,它只能是海棠不能是别处,所以,海棠又是被迫成为海棠的,海棠再三地被迫成为我小说中的样子。"

她说:"我觉得,从故乡和作家的关系这个角度来看,所有的作家可以简单地划分为两类,一类是和故乡平行的,作品不高于故乡的作家。一类是流浪在外的作家或者在故乡流浪的作家,比如贝克特,是用法语写作的爱尔兰人,卡内蒂,是犹太裔英国人,还有布罗茨基、奈保尔等人。你呢,你认为你是哪一类作家?"

我说:"我愿意成为后一类。"

她说:"你并不是明显的后一类,但是,你的很多人物身上,都有淡淡的流浪汉气质,比如《北京和尚》里的可乘,《一人一个天堂》里的杜仲,《灰汉》里的灰汉,《芳邻》里的懒汉,这些人物身上的气质其实很难归类,至少不是标准的流浪汉气质,而是一种独有的未曾归纳过的气质,我称之为受难气质。不是西方意义上的受难,不是基督教意义上的受难,是一种中国式的受难,东声式的受难。"

我说:"我喜欢你的分析。"

她问:"我的博士论文可以这么写吗?"

我说:"这是一个不错的角度,但它和我的写作没关系。"

她微微脸红了。

我说:"准确地说,我小说中的人物,是在我的叙述里出生并长大的,他们不是来自我的设计,不是来自我的写作大纲,而是来自我的叙述,来自我和叙述之间的复杂关系。我的小说既不是我的自白,也不是我人物的自白。"

她问:"没有任何一个有原型?"

我说:"就算有,也说明不了多大问题。"

她说:"嗯,我有些明白了。"

我问:"你和范荷生交流过没有?"

她说:"和他谈过大致意向,这次来海棠,思路更清楚了。"

我说:"好啊,没白来。"

她说:"上次你都不带我来!"

我说:"研究我,实在是委屈你了。"

她说:"跟我没关系。"

我们这样说着话,不知不觉过了天水,进入陕西地界,接着又过了宝鸡,然后转向宝成铁路。后来我困了,睡了一大觉,醒来后首先看见了居亦的背影,她凭窗而坐,看着外面。田野里的景象已经完全不同,遍地油菜花,成片的黄色和成片的绿色交替出现,就像白天和夜晚交替出现,给我的错觉是,这趟旅行将是完全敞开的,和我的回忆症一样一旦开始就不会结束,时间和空间暗暗合并了起来,成为时空长廊。时间和空间将会无限期地延伸下去,乘客们只要保证活在列车上,同时视力和记忆不出状况,就会看到春夏秋冬将轮番出现,此生和前世,以及前世的前世也将轮番出现,命中注定所有该遇到的人一定会遇到,所有该再次遇到的人一定会再次遇到。很多原以为只会出现一次的人生插曲迟早会再次出现,向你证明这个世界上原本没有插曲,所有的插曲都是因为时空有限,或者记忆有限,而被错误地以为是插曲。如果我们足够有耐心,生命中的一切插曲终将变成正式的剧情,一切遗憾都有得到弥补的机会,一切欠账呆账三角债终将了结,所有的伤口将不治自愈,所有的梦境将变成现实,我母亲将会重新成为我母亲,我的三任前妻将会变成我的情人,小迎、奴羔等人将会成为我的红颜知己,马家堡子里的回民和陕西人将会成为我的同学、邻居或者熟人,而居亦将会永远陪在我身边,和我做爱,和我聊天……

居亦知道我醒了,问:"醒了?"

微微上扬的语调多么好听,令人心痒。

我说:"你的故乡马上到了。"

她问:"我哪有故乡?"

这似乎是她凭窗远眺的思维成果。

我不敢接她的话,此刻和她谈故乡要多加小心。

她故意模仿着我的口气,说:"重庆是被迫成为我故乡的。"

我说:"人人一样,原本并没有故乡。"

她嘟着嘴说:"你有,我没有!"

我还是不敢接话,故乡,一时成为险象环生的话题。

她继续看着窗外,一脸专注和忧伤。

我说:"你现在的表情,以前没看见过。"

她转过身对我说:"我想抽烟。"

我过去搂住她,对她耳语:"亲爱的,你忘了,列车上不能抽烟。"然后,我暗暗顺着她的角度看外面,让自己的目光从相同的景物上持续扫过,但我明白我的目光有多轻浮。无论怎么努力,我都没办法体会她此时的感受。

在重庆,我们什么事都没做,只是逛了逛街,吃了吃火锅,大部分时间都待在酒店里,不是做爱就是聊天。原本说好要去福利院(居亦记得地址:复兴镇祥云街159号)看看,顺便打听一下有没有她生父生母的消息,可是,到了重庆她又反悔了。她突然有一点发疯的架势,向我提出一大堆无法解答的傻问题:

我为什么刚生下又被抛弃?

我为什么不可以从来没有出生过?

如果轮回转世的逻辑属实,我们的出生不是为了报恩就是为了还债,生父生母生下我又抛弃我,到底是报恩还是还债?还是欠债?

如果轮回转世的逻辑属实,上帝是不是太不把人当回事了?

为什么生父生母必须高于养父养母?

卷三

1

新学期开始了,和以往一样,我每周要上三次课,一次三节,周一周二周三,连续三个下午上完。不算清闲,也不算紧张。课是旧的,学生是新的。不能不说的是,我发现,看学生的时候我有了一双新的眼光,我可以做到不靠任何意志力就能轻松容忍旷课、迟到、早退、玩手机、睡觉、说话这类习气,只要还有几个人在听课,还有几双眼睛在闪光,我就感到由衷的欣慰和满足。至于孩子们身上的那些习气,谁知道是在什么时间什么空间,在什么人身边养成的,我又何必心急火燎地要他们在我面前立马改正呢?这类习气固然不好,我因此而火冒三丈,因此让学生难堪难道就好吗?我意识到过去很多年在学生面前正如在女儿面前,我是颇有些家长作风的。家长作风的心理基础是,认为自己有理有权有资格有足够的善意向别人发号施令。其中,有足够的善意——这个自信起了根本作用。潜台词是,我对你发火(甚至施暴),是对你负责。我明白得有些晚,但是,我很高兴,五十多岁了还能改变,还能进步!

另一个值得一谈的事情是,每学期刚开始,都免不了要填各种各样的表格。每次都是那些内容,姓名、性别、民族、党派、年龄、籍贯、职称、学历、工作简历、科研成果、婚姻状态等等。我曾经提过意见,我说:没有新内容就不必重新填写。但说了也是白说,后来我明白,其实每次填表都是对隶属关系的重新确认,在官方是必不可少的。具体办事的行政人员也会借此享受使用权力的快感。通过这样一份越来越长的人生清单向单位证明你有能力承担这份工作,理由正当,正如老师对学生(或家长对孩子)发火(或施暴),自信出于善意。有趣的是,填到一半时就不再生气了,反倒觉得自己也有必要借助这样的统计学方法和问卷调查的方式看清自己是什么样的一个人。

然而,这一次,对表格,正如对学生一样,我也有了"新的眼光"。当我整理着刚刚填写完毕的表格时,突然觉得自己好可悲,好可怜。我十分清晰地意识到,我的生命是被这些表格决定的。这些表格里只有过去没有未来。过去变成一份越来越长的清单,过去越来越充实,越来越有分量,越来越有影响力。那么,未来呢?未来呢?未来只需要不请自来,未来来了就会迅速成为过去,或者成为空气或者成为履历表上的一点痕迹,所以,未来是一个"伪命题"。我们的生活,是向过去投降的生活,向履历投降的生活。所以,有一种恐惧,人们至今都没有认识到,那就是对过去的恐惧,对履历的恐惧。正是因为这个原因,很多人会伪造学历伪造履历伪造社会关系伪造后台老板。

今天看来,喝孟婆汤至少有一个好处,让我们少填了无数表格。不敢想象,没喝孟婆汤就转世了,仅仅填表格一项,会耗费多少人力物力。何况一份太长太长没完没了的清单一定会成为成长的负担,让生命不堪其重,裹足不前。如果真是那样,人类的进步会大大减慢。这样看来,孟婆汤是全世界最值钱的一服汤药了。

基于以上认识,我不禁问自己:人的前世难道仅仅在过去?会不会像小说,人的前世,哪怕是一部分前世,不在过去,而在未来?

"有可能!"我急忙回答自己。

必须承认,这个答案对我这样一个回忆症患者(或后回忆症患者)来说实在太有意义了,王龄没有完全治愈的病,被这个答案治愈了。

我接着对自己说:

"不要再热衷于回忆了。"

"不要再关心狗屁前世了。"

"告别李则广,回到东声的生活中去。"

"用你的未来而不是用你的过去,好好和居亦相爱。"

"好好写你的小说,小说的前世在未来。"

"你有足够多的未来用来减肥,写作,恋爱。"

"不要急于考虑养老的事情。"

"不要急于打算落叶归根。"

这些自己说给自己的话,句句都是当头棒喝。我重新开始减肥,跑步,写作。居亦每隔几天就从澳门过来一次,陪我一天两天。实在没时间过来,我们就约好同时从各自的住地出发,去拱北海关地下停车场见个面。我们两个好像同时爱上了在那里做爱。我们已经是一对难分难舍的恋人了,做爱的兴奋感和魔力因此有所降低,做爱变得平凡普通了,之所以喜欢在地下停车场,在窄小的车里面,原因很简单:在寻找出轨的感觉、偷情的感觉。任何恋爱,迟早都会变成爱的履历爱的历史的延续。继续相爱的理由,是曾经相爱,过去相爱。未来由过去决定。这原本没有疑义。但是,没有疑义也就没有激情。爱情更是激情。我们仍旧会时不时忆起黑沙海滩的那个吻,以及汤池寺的那次做爱,就足以说明,我们的爱情已经变得乏味。虽然可怕,却是事实。我这么说,并不意味着我打算和居亦分手,我保证,绝对没有,我只是发发牢骚,向生命发发牢骚。爱是我们贫贱的证明,再一次想起这句话时,我其实很不服气,我甚至有点厌恶人类智慧了!

这样的新生活过了两个月就出状况了。还记得那个人皮鼓吗？我把它用一个硬纸盒子保护起来，放在旅行包的一角，从老家带到重庆，再从重庆带到珠海。我没有告诉居亦，它是人皮鼓，以免她受到惊吓。回到珠海，清理旅行包的时候，我把它拿出来，放在客厅的某个柜子里，再也没有动过。一天深夜，我梦见自己骑着马，在散渡河河畔一路狂奔，然后爬上一道很陡的高坡，进了马家堡子，山门两侧各悬着一个人皮鼓，不用敲就会响，马一叫，鼓就响，响声不大，像一个宏伟声音的尾音。

从梦中惊醒之后，我立即去客厅，从柜子里取出人皮鼓，发现南方的湿润天气让皮子变得十分柔软了，皮子的细腻纹理清晰可见。

我把它带到卧室，放在床头。较小的一面朝上。刚放好，还没转身，就有一只拇指大的蟑螂从我身后蹦出来，在我眼前滑出一道黑色闪电，一眨眼已经蹲在了鼓面上，一动不动。原以为是可以吃的，现在发现只能闻一闻了。静止了半秒钟，又发现旁边有人，急忙跳下来，疯狂逃走，钻进床下。我没有像往常那样追打蟑螂，而是近乎痴呆地坐着不动，回忆着刚才的情景：蟑螂以完整的身体做鼓槌，把寂寞的人皮鼓敲响后，迅速跑掉。"嘣"的一声，或是"嘭"的一声。要么是一声，要么是连续的两声。

说实话，这声音把我吓得够呛。

原本就是静静深夜，这声音响过之后就更静了，像剧场里的静或校园里的静,总之,像热闹场所的静。我认为我的灵魂,在这种可怕的寂静中出窍了,就像是被周围的静吸出去了。我这么说并不是夸张,而是在描述当时的真实情形。我看见一团淡灰色的球状气体从我的身体里飘出来,斜斜地升向空中,撞在右上方的墙拐角——房顶和两侧的墙形成的白色夹角,先是被撞得变了形,成为三角形,弹了一下,才又恢复为球形,接下来,房间里均匀的气压把它逼在那儿,让它静止不动。我仰头看着它,一直在发呆,或者不是在发呆,而是失去了大部分知觉,真的成了一副空皮囊。我和它对视了足有两分钟,一开始没觉得和自己有关,后来鬼使神差地想起了"灵魂出窍"这个词,便半信半疑地闭上眼睛,做出凝神聚气的内在努力,发现身体里有一种眩晕感正在缓缓缩小,先是草帽那么大,再是巴掌那么大,最后成为黑色药丸的样子,小而坚硬,突然就遁形了,不知是掉下去了,还是升起来了,反正说没就没了。再睁开眼睛时球形的气体也不见了。

"嘣"的一声?还是"嘭"的一声?反正,真的好听极了。好听,又孤单。孤单,又好听。孤单的印象远超过好听的印象。那是我从来没有听见过的音符,一个单一的孤单的音符。我不能不在灯光下仔细察看人皮鼓,寻找它之所以发出如此奇妙的声音的原因。可能的原因是,人皮鼓的皮——刚才被蟑螂敲击过的这一面,是女人的皮,而且是年轻女人的,甚至是处女的,皮肤的纹理实在太细腻,还隐约看得见没有承受过重压的完美无缺的脊椎痕迹,脊椎左侧有一颗黑痣,女人自己可能至死都不知道有这么一颗痣。另一面的皮,则很有可能是大男人的,毛孔明显,又粗又厚。那么,我猜想,如果是双面鼓,制作工艺可能会特别考究,基本标准是,一面是女人的皮,一面是男人的皮。那么,死一个女人,就得死一个男人。人皮鼓的制作极可能是一门复杂的艺术。

我把它重新收了起来。

它现在不是鼓,是两个人,一男一女两个人。

我不能不把它收走,藏起来。

我不想武断地说,这面人皮鼓就是李则广亲手制作的或者李则广命令手下制作的。这么说的时候,我对李则广的袒护正如对自己的袒护。虽然我说过李则广是李则广,我是我,我们之间的联系是此能量和彼能量之间的联系。

那天晚上,我失眠了。第二天晚上还是失眠。和回忆症严重的时候一模一样。第三天晚上,前半夜睡着了,后半夜说不清是不是睡着了。半睡半醒的状态以前也有过,但是,这一次实在是惊心动魄。我觉得,我身上的每一个器官都像计算机的摁钮。眼睛、鼻子、嘴巴、耳朵、肚脐眼、生殖器、膝盖、脚趾,上上下下的所有器官,都像一台精密计算机的摁钮,被一个看不见的巨人摁来摁去。巨人似乎在打一个小儿科的游戏,却又分不出胜负。游戏的双方,是我和李则广,或者,是新我和旧我,或者,是此生的我和前世的我——任何一种表述都不完全准确。权且用"旧我"和"新我"来表述。旧我和新我始终扭打在一起,短兵相接,像印象中的蒙古式摔跤,两个人紧紧抱在一起,滚来滚去,说不清在打架还是在狎昵。一会儿旧我赢了,一会儿新我赢了。或者是,我以为新我赢了——我对新我有些偏心。或者又是,旧我和新我营私舞弊,故意不分出胜负哄我骗我。没错,这时,又出现了"第三个我"。旧我,新我,第三个我。因为角色增多了,所以,也就出现了算计、隐瞒、私情、排挤、嫉妒、恼怒等等极为熟悉的灰色情绪。它们被计算机处理得十分清晰明了,真实无欺,不可否认。我和我之间,不仅有缝隙而且缝隙不小,大有藏污纳垢养奸姑息的可能。每一个我还有自己的小我,于是大我小我加起来,成为一支队伍。他们暗中成为我的卧底、叛徒、打手、小偷、汉奸、帮凶、告密者、偷窥者、吸血鬼、同僚、同志、同学、同事、朋友、导师、徒弟、恋人、老婆、意淫对象、混淆视听者、护士、秘书……总之,是我和他人之间的一切社会关系。我必须马上申明,以上表述,绝对不是在模仿先锋文学的语调,而是对事实的客观描述。如果篇幅允许,我可以说得更加详细。

我意识到,使用计算机的巨人后来发现这台机器有毛病,硬件和软件都有毛病,有些摁钮失灵了,有些又过于灵敏,就扔下不管了。

我终于可以坐起来了。

我坐起来就像从黏稠的泥潭里坐起来。

能够坐起来已经是奇迹。

我下床找水喝,发现自己四肢发软,气喘吁吁。我想,这次我真的是病了(事实再一次说明,我至今都没把回忆症当回事),我需要被拯救,而不是被治疗。接下来,我不敢睡着了。能睡着也不敢睡着。失眠可怕,睡着更可怕。我来到书房,打算写那部长篇,但一个字也写不了。因为,计算机的键盘让我恐惧,让我想起刚才的情景。我又来到客厅,打开电视。昨晚上看过中央台的新闻联播,现在还是昨天的新闻联播,现在是重播,正在说伊拉克,巴格达,什叶派社区遭到炸弹袭击,数十人死亡。看到有人死亡的画面,我只有一个感受——死亡是甜蜜的,死了多爽,死了一了百了,多么干净,多么彻底。我心里甚至觉得奇怪极了,人们为什么那么害怕死?死了有什么不好?

天亮后,我和居亦通了电话。

但我说不出话来,只张嘴,没声音。

"亲爱的先生,怎么了?"她问。

她第一次喊我"亲爱的先生",这几个字虽然有显著的治疗效果,我还是发不出声,不知是没体力,还是嗓子哑了,还是别的原因。

"先生你说话!"她急了。

"我……我……"我还是说不了别的。

"你怎么了?"

"我……我……"

我突然明白了,我说不出话的原因应该是,我心里没有别的词汇了,只剩下这一个字:我,被千万个我纠缠了半夜而幸存下来的我。

我的听觉幸亏还是正常的。

"在家等我,我马上过去。"居亦说。

"好……"这个声音在我心里,并没有说出口。

"在家等我!"她强调。

我开始在家里呆呆地等居亦。我应该开车去拱北接她的,但我没有,除了等,我也不会做任何事情。而且我是坐在家门口等她的,完全合乎一个傻瓜的标准。她来了,似乎不是从澳门来的,而是从马家堡子里来的。她看着我,直傻笑,好像她也傻了。她拉着我的手,回到屋内。我剥开她的衣服,找到她年轻俊俏的乳房,把头埋进去。她压紧我的头,好像她比我更需要这样。我们随即去了卧室。大白天,卧室里亮堂堂的,她过去拉上窗帘,还是很亮。她脱光自己,然后再脱我。我们抱在一起,我发现,我完全没有做爱的兴趣。我细看她洁白极了细腻极了的肌肤,仿佛是第一次看见。我还特别观察她的身后有没有一颗痣?好在没有,和前面一样洁白细腻。直到此刻,她才真正意识到我有问题,因为,我迟迟没有勃起。她转过身去,用脸、用鼻子、用嘴、用头发、用一切办法逗它,它都纹丝不动。她说,它罢工了,这是它的权利。我心想,我可没有罢工的权利,但我没兴趣和她斗嘴。我用手势要求她转过身,重新把脸埋在她双乳间,心想这就够了。

"是不是又失眠了?"她问。

我心想,她以为最大的问题无非是失眠。

"现在睡,在我怀里睡。"她说。

她像搂着孩子一样搂着我,一边不停地抚摸我。她的手指里有本能的纯熟和灵巧,轻而易举让我睡意大增,我立即就犯迷糊了。

不知过了多久,我醒了。

但是,我醒的过程还是十分痛苦。

我是好不容易才醒过来的。

我是经过了百般挣扎才醒过来的。

所谓百般挣扎,极像从自己的皮里挣脱了出来。人出来了,皮留下了。突然,我能说清楚了。醒过来的痛苦,完全像从自己的皮里挣脱出来一样痛苦。所以,我听见居亦在我耳边焦急地喊,先生,先生……如果不是居亦喊了几声,我恐怕都醒不过来。醒来之后我看见我还在居亦怀里。我暗暗庆幸自己"醒过来了"。

接着我又闭上眼睛,想弄清楚刚才到底发生了什么。很快我就弄明白了,刚才,我的感受,的确很像是,从自己的皮里挣脱出来的。

为什么有这样的感受?

自有其中的原因。

近来我特别打听过:如何剥人皮。

资料多有提及,方法很多,最可怕的是剥活人的皮。常见的方法是像脱衣服一样把皮从骨肉上一寸寸扯开,人虽然血淋淋,却还活着。至少要活一天,否则刽子手要被立即处死。剥下来的整张人皮,像一只大鸟,展翅欲飞。人皮晒干后,被重新缝合,里面塞上稻草,仍然是那个人。

鲁迅在《病后杂谈》中用过一段源自《安龙逸史》的资料:可望得应科报,即令应科杀如月,剥皮示众。俄缚如月至朝门,有负石灰一筐,稻草一捆,置于其前。如月问:"如何用此?"其人曰:"是揎你的草。"如月叱曰:"瞎奴,此株株是文章,节节是衷肠也!"既而应科立右角门阶,捧可望令旨,喝如月跪。如月叱曰:"我是朝廷命官,岂跪贼令?"乃步至中门,向阙再拜。应科促令仆地,剖脊,及臀,如月大呼曰:"死得快活,浑身清凉!"又呼可望名,大骂不绝。及断至手足,转前胸,犹微声恨骂。至颈绝而死,随以灰渍之,纫以线,后乃入草,移北城门通衢阁上,悬之。

剥完皮,人即死,被称作"孙可望式剥皮"。强调人不能立即死的,被称作"张献忠式剥皮"。最有创意也最残忍的一种则是"水银式剥皮"让活人成功地"脱壳而出"，变成一个没皮没脸的人，也没有耳朵、没有鼻子、没有眉毛、没有胡子，如同剥了皮的萝卜。

我之所以能写小说，大概就是因为我有不错的体悟能力。当我知道剥人皮的方法后，我的身体在下意识中体悟了一把被剥皮的过程。

"先生你怎么了？"居亦问。

我的语言能力还没有恢复，但我发现我有"晨竖"。虽然当时还是中午。居亦通过我的目光及时发现我"可以了"，面露欣喜。

我感到我被她深深包裹。不是小小的某个地方，而是全身，是除了头的大部分身体。我很希望她能把我的头也包裹进去，但是，就是不行。我疯狂地击打她，用从来没有过的粗野。我不是在做爱，而是在挣脱。她用极为吃惊（主要是惊喜）的眼神看着我，她的目光表明她原来对我的喜爱是有保留的。她真正喜欢的是此刻的我。最后时刻，我感到很痛苦，又幸福又痛苦，有多幸福，就有多痛苦，两者完全成正比，都在持续升级。结束痛苦的方法是同时结束幸福，这又让事情变得左右为难了。

终于结束了。

结束之后，只剩下好，只剩下满足。痛苦被迅速原谅。痛苦和幸福共同构成了肌肤的伟大感受，痛苦似乎是其中必不可少的成分。

我觉得自己基本正常了。

我取来人皮鼓,向居亦坦白:"这鼓是人皮做的。"

我又说:"很可能是李则广做的。"

我故意没用"我"这个词。

居亦的脸吓红了,说:"骗人吧?"

我说:"真的。"

她转过身,不敢看鼓。

为了安慰居亦,我换了口气,说:"当然,是不是李则广做的,有待进一步调查。罗丑女的后代说,是拆马家堡子的时候发现的。"

居亦说:"就算是李则广做的,和你有什么关系?"

我说:"李则广是我的前世。"

居亦说:"人必须为自己前世负责,这是荒唐透顶的逻辑。"

居亦这样愤慨,是少有的样子。

"按照这个逻辑,我被父母抛弃也是应该的,责任在我不在父母。"她又说。

我抱紧她,轻轻拍打她的后背。

"假如这个逻辑成立,我一点也不喜欢这个世界。"她一把推远了我。

她急急地去找烟。我也想抽烟。

她回来,嘴上叼好两支烟,一并点着,把其中一支给了我。

我好喜欢她嘴上叼着两支烟的样子。

两个烟鬼安静下来抽着烟的时候,就像一对同仇敌忾的父子,准备抽完烟提上枪去打仗。我们共同的敌人突然变得比任何时候都明确,那就是狗日的命运!我上一世曾是作恶多端的土匪,她这一世一露面就被抛弃在路边,谁知道上一世做过什么自讨苦吃的事情。这一切只能称之为"命运"。称作命运,就意味着"认命"。因为命运是世界上最专制最极权最冰冷的东西,是绝对的暗箱操作,是一个只管"给定"不问其余的神秘机构。当我们准备向它宣战时,却不知道战场在哪儿,目标在哪儿。

半小时后,我的糟糕状态又回来了。虽然醒来后比睡着时好很多,但精神状态仍然不对,意志薄弱,注意力涣散,走路发飘,身体里居住着一百个我,一千个我,一万个我,个个都成了精。

2

我以抑郁症为理由向单位请了假,因为我的确上不了课。失眠,或者睡着后变成一架妖邪计算机的情形,一直没有改变。客观上也没办法上课,勉强站在讲台上,总是神志恍惚,表达错乱,还时不时咬自己舌头,好像舌头比原来大了一圈。我的回忆症原先也一直对外称作抑郁症,以前也请过假,单位并不奇怪。

居亦顾不上为自己的身世伤心,想方设法挽救我,召集王龄、范荷生等朋友和我吃饭喝酒,请她父母给我介绍基督教,陪我出国旅行等等。

我跟着居亦父母去澳门的教堂听过课,和数百人在一起祈祷,人们齐声祈祷时自然流露出的那种卑微的样子让我大为感动,我哭得一塌糊涂,几乎抽了筋。但我想起我也曾经在观音菩萨面前掉过泪,那是一尊很少见的麻脸观音(我在中篇小说《北京和尚》里写过),不知是烧制的问题,还是特意烧成那样,反正,见惯了端庄妍美的观音,突然看到那么普通平凡甚至有缺陷的观音时,眼泪一下子夺眶而出。说老实话,我也曾多次跟着朋友进过清真寺。还记得在甘肃东乡一个偏远的清真寺里,当我听说这个清真寺是穆罕默德的堂叔从西亚日夜兼程,一路远行,几年后来到此处,一手创建时,眼泪也曾"哗哗哗"往下流。我不能说假话,我对上述三个宗教都有好感,基督、佛陀、穆圣都是我的导师,我要深深地感谢他们。我也知道,很多基督徒是十分可爱的人,比如居亦的父母;可爱的佛教徒也数不胜数,可爱的伊斯兰教徒同样很多,但是,我还是认为我的问题和任何一种宗教无关。我对居亦的父母诚实地谈了以上想法,他们深表理解,一点也没有失望。

我要说,我爱他们。

我和居亦后来去国外转了一圈,时间不短,来回三个月。在居亦母亲一个美国朋友的帮助下,我们去波士顿图书馆,专门看了馆藏的人皮书。是一本人物传记,1837年出版,书中的主角是当时著名的大盗乔治·沃尔顿。他被执行死刑后,又被割下皮肤,后来做了他的传记的封面。我们接着又去了哈佛大学图书馆,看到了另一本人皮书,名叫《灵魂的命运》。作者是法国作家阿尔寒纳·乌塞,内容主要是对人类死后世界和灵魂之谜的思考和猜想。此书的封面也是人皮,取自一名女精神病人的遗体的背部。此人死于中风。哈佛大学曾对该书的封面做过化验,证实的确是人皮制成的。

全部行程是居亦安排的,她用心良苦,我当然理解。我也真是开了眼界,第一次知道,全世界几乎每一个国家都曾有剥人皮的记载。最大规模的人皮书制作出现在欧洲。18世纪,欧洲就流行"人皮书装订术"。用杀人犯的皮肤装订犯罪卷宗,在相当长的时期内曾是一个重要传统。

为什么制作人皮书?一是为了满足制作者的残暴心理,二是为了惩戒,三是为了纪念。目前全世界约有一百本人皮书,大部分在欧洲。

我们后来从美国去了英国。

在英国,我求饶:"居亦,不看人皮书了好不好?"

我十分严肃地叫她"居亦"。

居亦也很严肃,说:"既然来了,还是看一下吧,一次看够,要不然你总以为只有中国人才会剥人皮,只有七步人李则广才会剥人皮。"

我说:"不看了,看够了,我想看欧洲的建筑,听欧洲的音乐。"

居亦说:"我还想看,你要陪我!"

我说:"真想不到,你是一个老谋深算的老太婆。"

居亦脸红了,说:"你说对了。"

我问:"难道不是?"

居亦说:"老实告诉你,我在执行一个神秘组织的拯救计划。"

我说:"叫我戳穿了,你就明说吧。"

居亦说:"这趟旅行是我和我爸我妈还有范荷生、王龄共同设计的。"

我说:"阵容强大呀。"

居亦说:"我回去要能交差才行。"

我说:"你可以交差了。"

居亦说:"不行,你还得听我的。"

我说:"除了看人皮书,别的都听你的。"

居亦说:"那好吧。"

我们在英、法、德等国转了转,就去了居亦妈妈的故乡葡萄牙。在一个名叫辛特拉的小镇,她妈妈的家族有一座别墅,专门空出来让我们住。别墅在半山腰,有泳池,有酒窖。据说,把我目前在珠海的那套楼房卖掉,再添一点钱,就够买这套半山别墅了。还可以找到更便宜的别墅。但我不打算去太远的地方流浪。我的癖好是在家门口流浪。我仔细想过,就算手里有闲钱,无需处理珠海的房子,我也不会来葡萄牙。这说明我还不是一个彻底的流浪者。这也暗示了作为一个作家,我的成就终将有限。

辛特拉是一个小小的山城,这一点倒是很像重庆。袖珍版的重庆。当我说出这个意思后,居亦浅浅一笑,没有接话。居亦此行越来越像一个称职的医生,心里只有她的病人,她自己的问题则变得无足轻重。在居亦的陪伴(其实是监督)下,我有接近三个月时间在辛特拉这个再好不过的地方治疗抑郁症(应该是回忆症的后遗症)并减肥。长篇小说暂时不写,唯一任务就是变成一个健康的人,然后回国。

我们每天的生活大致如下:

早起跑步一小时;

早饭之后看一部电影,并加以讨论;

午休一小时;

下午游泳一小时,去酒吧泡两小时;

晚饭只吃一些水果;

晚上各自看看书,然后休息;

每两天做一次爱。

值得一提的是,居亦的硬盘里有不少情色电影,各种国籍、各种肤色、各种戏码的情色电影,有三百多部。我也看过一些情色电影,但和居亦相比,我几乎是白痴。居亦说,她曾经给本科生开过一门选修课,名叫"情色电影赏析",选课的学生必须先在一份承诺书上签字。承诺书的内容是她亲自拟定的:"选修本课程引起的任何心理不适和身体不适,与学校无关,与任课教师无关。"另外,她要求,上课时学生必须穿正装,要打领带。我问,为什么必须穿正装?她说穿正装是为了确保话题的严肃性,开这门课不是开玩笑图新鲜,而且学生也要上台给大家分享到处找来的小黄片,没有严肃性就很难进行下去。居亦有一个重要观点:性是整个人生的隐喻,性里面包含着文化差异、性别差异、男女地位、人性压抑、自我实现的障碍、个人的隐秘需求等等,几乎包含了所有的人生问题。她还有一个观点,主要针对女生:取悦自己。我不明白,她向我解释:

"在两性关系中女人向来是更羞涩更被动的一方,取悦自己,就是接纳和喜爱身为女人的自己,大胆说出自己对性的渴求。"

"不仅如此,女人应该探求自己的欲望,主动寻找满足的方式。"

"人类对性的渴求,和对食物的渴求没有本质区别,为什么可以随口说出饿了、渴了,而不敢大胆说出,我想做爱了?尤其是女人?"

我承认,听了居亦的话,我反而不会做爱了。原因很简单,做爱的时候,我变得忧心忡忡,我要在乎很多问题:我的男性身份、文化身份、哪些言行可能触犯了禁忌、调情是否涉嫌轻浮是否含着性别歧视、做爱的力度是否合适是否涉嫌暴力……我甚至很容易就会突然掉链子,做着做着,思想深处不小心开个小差,就阳痿了,就像从天外飞来一把锋利的刀子,准确地越过所有的障碍,击中要害。更要命的是,突然掉链子竟然成为一个习惯,哪怕不开任何小差,也会在某个时间点上如期而至。

这对我和居亦都是沉重打击。

于是,我们不再看也不再讨论情色电影。居亦的硬盘里还有不少别的电影,比如《西西里的美丽传说》《去年在马里安巴》《红色沙漠》《法国中尉的女人》《假面》《爱德华大夫》《海上钢琴师》《野草莓》等等。大部分我们过去都看过,现在重看,尤其在"掉链子"事件后重看,又不一样。

我们有很多感受,其中一个共同感受是:当我们对整个人类抱有信心的时候,对自己的信心对个人的信心,对男人和女人的信心,也有明显提升。尤其是,我们都认为人类是一个有缺陷的存在,我们应该对人类缺陷抱有警惕,但不要试图拿起手术刀,把人身上的所有缺陷剔除,只剩下好的、讲理的、文明的部分。有缺陷的人类,仍然值得尊敬和热爱。甚至可以说,更多的奥秘藏在人类的缺陷里和绝望里。康德说:"只有把希望放在括号里,才能真正审视绝望。"我们对康德的话有了全新的理解。天天说希望,其实是一件可怕的事情,把希望放在括号里,谈谈绝望,不是很好吗?

另一个共同感受是,性的平等是动态的此消彼长的平等,床上的屈服是甜蜜的屈服,有可能来自男女任何一方;床上的野蛮是温柔的野蛮,女人也有野蛮的时候。两性关系的美学和小说美学很相似,那就是,意义是用暗示、幽默、含混达成的。小说语言的任务是激发联想,构成蛊惑,而不是提供信息,解答疑问。小说里有一种整合的意义,必须在看完整部小说后才能勉强知道,任何一个局部单独看都是欠准确的。两性关系,尤其是床上的两性关系,也有局部和整体的微妙关系,正与邪的微妙关系,卑下与高傲的微妙关系,征服与示弱的微妙关系,所以才叫"风月"。好小说里,也不能缺少"风月"。有性不一定有风月。小说的任务不是说正确的话,而是说在此时可以说的适当的话。小说里没有正确,只有适时和适当。是否适时和适当,由复杂多变的语境决定,由上下文的关系决定。这正是小说区别于其他文体的关键所在。性爱也是这样,没有正确,只有适时和适当,无法预知,只能见机行事。正如我们无法和一张裸照做爱。一个女人和她的裸照(或视频),完全不同,这种不同是无法用任何办法弥补的。无法弥补的东西,就是她的生命:她身体深处的细微颤动,她身上独有的敏感区,她的血压,她的体温,她的心跳,她的眼神,她的特殊癖好,甚至她身上那些远离性器的遥远角落,比如,她的脚尖她的耳垂。反过来也一样,一个男人,不只是健壮就够了,不只是能坚持半小时一小时就了不起。一个出色的男人,是在用自己的风月,在用自己的诚实,在用自己的生命做爱,而非别的。当这样的两个人,忽而跌入寂灭,忽而跃上巅峰,忽而纠缠不清,忽而如影随形,就像一次伟大的历险。性爱是历险,正如小说是历险。任何历险都一言难尽。

后来我们又说起了情色电影。

我问居亦:"你第一次看情色电影是什么时候?"

居亦说:"十九岁的时候。"

我问:"哪儿找来的?"

居亦说:"我爸我妈都是情色电影的专家,他们从世界各地买,我上了高中之后,这些电影就开始貌似无意地和其他电影放在一起。"

我问:"学生对你的课反应如何?"

居亦说:"别提了。"

我问:"怎么了?"

居亦说:"开了一学期就不开了。因为学生总是迟到早退,或者请假。要不就是低头看手机。上了一学期课,我才知道老师不好当。"

我说:"看样子到处都一样。"

居亦说:"不过,我可能太容易失望了,我爸鼓励我再开。"

我说:"我也要鼓励。"

居亦说:"其实,收获还是有的。有一次我请一个男生先上台,问,哪个女生愿意脱掉他的衣服?当然要剩下短裤。班里最漂亮的一个女生跑上来,大大方方脱掉男生衣服,只剩下短裤。同学们喊:男生占到便宜了。我问大家:为什么不是男生受到侵犯?同学们面面相觑,才意识到,男女双方都需要尊重和平等。"

我说:"我的经验是,课堂上只要有三双眼睛里闪着灵光,课就可以讲下去。"

居亦说:"那么我回去再开?"

我说:"当然要开。"

居亦说:"这次再开,肯定好很多。"

我问:"为什么?"

居亦说:"受过岗前培训。"

我说:"到底谁培训谁还很难说。"

居亦说:"我甘拜下风。"

很快我们就到该回去的时候了,我的抑郁症(回忆症后遗症)大大好转,减肥也取得了显著成果,在先前的基础上又减掉二十公斤,体重由九十五公斤降到七十五公斤,所有的衣服都不能穿了,居亦陪我买了很多新衣服。

当我看着镜子中的自己时,连我自己都相信,奇迹出现了。明显变瘦,又穿着时髦的新衣服的我,是过去从来没有过的样子,是一个五十岁的小伙子。脸上的皱纹都看不见了,我故意摸摸额头,皱纹不翼而飞,思维活跃,爱欲强烈。奇迹是从未来出现的。一个名叫居亦的女孩带着我,去未来找回了我的前世。"永恒的女性引领我们飞升!"这是歌德的话,怪不得歌德八十岁还在谈恋爱。我才五十岁,我像镜子中那个家伙一样,是一个帅小伙,他从未来走来,他从未来带来的气息让我心跳,令我振奋。他打算和一个二十几岁的女孩永远爱下去。他和她都说不清,谁爱谁更多一些。他们还从来没有谈起过结婚生子这类事情,他们只知道相爱,已经爱了五十年,还要再爱上五十年。

"先生,这才是你!"居亦说。

我得意忘形,在居亦面前走着模特步。

"瞧这动作,这才是东声。"

居亦很少叫我的名字,"东声"二字就像第一次被人叫出。

我愣愣神,以为东声是另一个人。

3

从欧洲回来已是2016年秋天。

居亦一边读博,一边第二次给本科生开"情色电影赏析"的选修课。我继续以抑郁症为借口在家待着,耍赖不去上班。事实上,也真的很难说,我的抑郁症(回忆症后遗症)已经彻底好了。坦白地说,我没有一天不想起李则广,包括马家堡子,包括5连,包括李则广从徽县带回来的那个女人,包括李则广的死。有些表现仍然有回忆症的嫌疑,比如,我再三地梦见(或者是半梦半醒中的冥想)我在马家堡子里出出进进,有时候我是最早的主人,姓马的回民;有时候我是两家陕西人中的一员,姓丁或姓罗;有时候我是年轻的土匪头子李则广……我甚至梦见过人皮书。我是人皮书中的主人公,名叫李则广,我的故事相当传奇,后来被捉拿归案,并被执行枪决。我本人留下遗言,愿意捐献部分皮肤,用来制作关于我的故事的人皮书……人皮书里的故事大部分忘记了,还记得其中的一些片段。这也再一次说明,我的回忆症作为一种病,已经痊愈了,只是还保留着一些回忆习惯和思维路径……在刚才提到的那个梦中,我记住的部分是这样的:

  我是李则广。我是师长而不是团长。是少将而不是上校中校什么的。我从外面回到七步镇并不是骑着枣红马,而是坐着绿色吉普车,带着两名警卫。回到家,看见两个老婆,第一个老婆躲在家人后面,可怜巴巴的样子。第二个老婆,是我从徽县带回来的,是徽县县城最漂亮的女人,读过鲁迅的书,会看病,中等个,单眼皮,厚嘴唇,有点像奴羔,只是没有奴羔脸上的傻相,尤其是下嘴唇不耷拉。看见她的一瞬间我心里温暖如火,觉得自己的人生还是相当成功的,既做了军爷,又娶了好老婆……

但是,意想不到的事情发生了,和父母家人吃过饭,简单聊了些家常后,我就急着和第二个老婆(不记得她的名字)回房间休息了。我们好像很久没见面了,急急忙忙就宽衣解带。我和她之间有很深的感情,我要把战火中积蓄下的太多的疲惫,包括对她的相思之苦,完完全全交给她,交给她的身体,就像终于找到一个能卸下重担的地方。双方都觉得很享受,接下来我好轻松,也好累,立即就睡着了。不知睡了多久,醒来后,发现老婆不在身边。我本能地想起一样东西,手提箱里,一份事关重大的秘密文件。赶紧下去打开手提箱,却找不见文件。我脑子里"轰"的一声,断定老婆是共产党的卧底。我看了一眼桌上的手枪,这时脚步声响过来,她回来了。

"你去哪儿了?"我质问。

她神色慌张,说:"上厕所了。"

我问:"真的吗?"

她看出我已经怀疑了,赶紧要把房门推住。

"把电台交出来!"我说。

"哪有电台?"她显然在故作镇定。

她的眼神瞟向桌上的手枪。

我抢先抓来手枪,指向她脑门。奇怪的是,现实中我是右撇子,梦中却是左撇子。我用左手灵巧地举起手枪,向她开枪,连开三枪。

她跌倒了,连同她的慌乱。

她很容易就死了,并没有流血。

而且,她跌倒的瞬间,显得更加纯洁,比以前任何时候更美更纯洁。她既是她又是她的象征,她为她的信仰而死,这让她在倒下的一瞬间由平凡变得伟大。我心里好悲伤好悲伤,只有悲伤,没有怨恨。我发现,我对她的爱并没有因为她的背叛而减弱,而是奇怪地增强了。我甚至有一丝埋怨,为什么不对我说一声?说不定我也可能做她的同志。我不能不开枪,因为我是党国的堂堂少将。而那份文件非常重要。

父母家人和两个警卫都赶来了,他们不知道发生了什么。我蹲下来,从她的衣袋里摸出那份文件,对警卫员说:"赶紧离开。"

我看见我的第一个老婆站在人丛外面,有些幸灾乐祸。

我只是扫了她一眼,始终没和她说一句话。

我听见我的父母开始大声哭泣。

匆匆离开七步镇时,我心里依然只有悲伤。我的左手沉甸甸的,很难受。枪的后坐力还保留在手心里,十分清晰。只是在警卫面前不敢表现出来,好像我也是地下党。那悲伤在梦醒后持续发酵,连续几天都是腰来腿不来。

**这个梦让我忍不住又给蒲霞发了短信,请她打听:
李则广的军衔是少将还是别的?
李则广的老婆是不是地下党?是不是被李则广打死了?
李则广是不是左撇子?
隔了两天,蒲霞来了消息:**

> 我打听了,李则广是上校团长。李则广的第二个老婆有文化,懂医术,但不是地下党,一直生活在七步,八十多岁才去世。李则广的弟弟李则贤是地下党,当时是七步镇地下党支部的支部书记,一手策划和组织了安远起义,被叛徒出卖后,幸运逃脱。七步的另外三名地下党被天水专员兼警备司令高增吉亲自带兵抓获,枪毙在七步以西十庄沟内,所以十庄沟桥叫烈士桥。李则贤的身份暴露后去了延安,解放后在湖南工作,曾任湖南溆浦县委书记。据说,之所以在湖南工作,是为了远离身为国民党军官的哥哥李则广。李则广死了之后,李则贤才开始回家。弟兄二人解放后始终没有见面。
>
> 李则贤死后,骨灰埋在七步。
>
> 李家后人回忆说,李则广不是左撇子。

> 李家没任何人是左撇子。

我不禁嘲笑自己,平时很少看谍战类型的电视剧,无形中的耳濡目染还是有一些的。梦里面把前世的老婆想象成地下党,和真的一样,第一时间就毫不犹豫地举起手枪,打死刚刚有过肌肤之亲的老婆,是教科书式的大义灭亲。之后的悲伤倒像一个作家的梦了,悲伤到了心肌绞痛的程度。梦想自己是少将,这一点不难理解。如果只是一个上校团长,人家恐怕用不着安插一个枕边的地下党。看来梦境也是讲究逻辑和细节真实的,既然老婆是地下党,老公只是一个校级军官就不太合理,至少是少将才说得过去。一个作家的梦境也有其特殊性,有小说特有的气质。比如老婆被打死的一刻,心理活动很逼真,很有层次,认为老婆在跌倒的瞬间显得更加纯洁,比以往任何时候更美丽。还想,她为什么不向我说一声?说不定我也可能做她的同志,这充分显示了人性的复杂性。

我明白了,对李则广的事情我心里一直很矛盾,既想知道又怕知道。既想躲远,不闻不问,又有难以自禁的窥探欲望。这一次我不能自欺欺人了,我和李则广之间的这笔隔世旧债应该认真清理一下了。既然躲不开,不如直接面对。李则广到底是什么样的一个人?他的功过是非到底如何?不如下决心彻底搞清楚。

卷四

1

我几乎是不由自主地开车回到七步镇,仍旧住在马务巷的北山客栈。站在阳台上,秋风习习,相当惬意。清溪河里有大半河水,水量比去年明显增多,说明这些年的退耕还林大有成效。秋天不冷不热,山明水秀,是一年中有限的若干次旅游旺季之一,北山客栈里据说已经客满。左左右右的楼梯上脚步声喊叫声一直响个不停。

我打算先去街上随便走走。

在马务巷和盐务巷的交叉口碰见一个大胡子的卖唱艺人,敲着双面的手鼓,唱着我从小熟知的道情。道情是我们那一带土生土长的说唱艺术,其主要特征就是"用艺术乞讨",可以说,它是一种"乞讨艺术",说文雅一些,是一种"流浪艺术"。最早的道情艺人是道士和僧人,不好意思空着手行乞化缘,所以边说边唱,以悦耳的传经说道换取人们的一点施舍。有人解释,道情的"道"和"传经说道"的"道"是同一个意思,我倒觉得这样的解释过于牵强。"道情"二字不宜拆开,道情就是对世道人心的路边感叹,哪儿有路哪儿就有可能听到道情。称作道情,主动把自己和大雅之堂隔开,主动声称自己并不是了不起的艺术,自己不过是街头巷尾的说说唱唱而已。而且,"道情"二字里含着一种低微的自信,言外之意是:我只满足于卖唱乞食,四处流浪。

实话实说,我老家是一个出乞丐的地方,改革开放的前十年,海棠村至少有三分之一的人,在全国各地流浪乞讨。他们绝大部分是唱着道情乞讨的。唱着道情乞讨,心里有一种由来已久的流浪勇气,难为情的程度会大大降低。海棠村最早致富的人家,无非是两类人:一类是有机会在外面包工干活的,一类是有勇气带着道情沿街乞讨的。我一个堂哥,很早就把一院土房子换成时新瓦房了。那时候,包工头们还来不及翻修房子。我记得,我堂哥挑着满满当当的担子一闪一闪地回到村子时,大家的态度半是鄙夷半是羡慕。我堂哥之后,就有一批人带着道情上路了。

我十二岁离开老家后,常常会在完全想不到的某个遥远的城市或乡村碰到道情艺人,一听声音就知道是很近很近的老乡,那种苦口婆心的诉说声调和卑以自牧的流浪本能,会令人突然双腿发软,两眼潮湿。我想,正是因为这个原因,"爱是我们贫贱的一种证明",西蒙娜·薇依的这句话,我心里的理解会更深刻一些。我自己虽然没有要过饭,事实上从十二岁就开始了流浪。1975年至1978年,在宁夏青铜峡我舅舅的那个村子,我们最初的生活来源是夏天拾麦穗秋天拾稻穗。那时候还是生产队,收麦子收稻子,是很多人排成队一起干活的,麦田和稻田都很大,人们一边收割,一边捆扎,当时就用马车拉走了。我哥我嫂带着我,我们三个人被特许跟在人们后面,夏天拾麦穗秋天拾稻穗。还记得,有人会故意丢下一些麦穗(或稻穗)的。被施舍的温暖和被歧视的辛酸,常常掺和在一起,令人心情复杂,悲欣交集。现在想来,那实在是一种流浪者的心情。那种难言的感受似乎跟随了我一辈子,至今依然浓烈。

道情和秦腔一样,也有稳定的曲牌和唱腔,唱词则是有旧有新,有才情的道情艺人可以根据现场情况随口现编,以唱为主,以说为辅,基本形式就像眼前这位老人,盘腿坐在地上,边说边唱,双手不停地击打鼓面或者鼓帮。

> 官送官来民送民
> 和尚送的出家人
> 把这些有情有义不要讲
> 崔莺莺又送小张生
> ……

等附近没人的时候,我凑过去,给老汉面前的破草帽里放了两张十块钱,再给他递上烟,恭敬地给他点着,借机和他攀谈起来。

我问:"老人家,你这鼓是驴皮鼓吧?"

他说:"行家啊,听得出来!"

我说:"我不懂,瞎猜的。"

他说:"最好的鼓就是驴皮鼓,有弹性。"

我问:"听说还有人皮鼓?"

他说:"人皮鼓,姑嫂寺有,别处没有。"

我问:"姑嫂寺有?"

他说:"除了和尚尼姑,没人喜欢用人皮鼓。"

我说:"还有人皮唐卡。"

他说:"谁敢把人皮唐卡挂在家里?反正我不敢。"

我问:"你信道还是信佛?"

他说:"都信,都不信。"

这时一个举着彩旗的年轻导游带着七八个外国人过来了,远远就看得出,他们被这边的道情吸引了,我便急忙起身告辞。我站在几十米开外,仍然不愿走远。听不到老人唱什么了,甚至也听不清击鼓声,但能感受到,有清晰的节奏感从凉爽的空气里传过来,让街上的所有行人不由自主地踩着同一个步点。我又往前走了走,再回头时,就只能看到老人击鼓的样子了,双手忽而交叠忽而分开,有时击打鼓面,有时轻拍鼓帮,有时还击击手掌。潇洒时,双手高过头顶,连眼睛鼻子耳朵都变成节奏和音符的一部分;细腻时,看不见双手的舞动,整个身体向前爬去,像河边的垂柳被大风压倒。

道情的灵魂不是别的,是流浪,而且是从遥远的大汉大唐一路流传下来的,但不是大汉大唐的大音稀声,是边夷地区的酸曲小调。我从来没有这么肯定地认为,甘谷人有犹太人一般的流浪本能,道情是独一无二的流浪艺术,道情的灵魂就是道路和出走,出门而去,游徙四方,流浪天涯,是甘谷人血液中的天性。我本人生命里那种小程度的流浪冲动,那些不期而至的颓废情绪,竟然在道情里找到了源头。

我立即回到旅舍,找出人皮鼓。

我学着老人的样子又说又唱,双手击鼓。

> 官送官来民送民
> 和尚送的出家人
> 把这些有情有义不要讲
> 崔莺莺又送小张生
> ……

突然,我不相信我的前世李则广会剥人皮,会有制作人皮鼓的雅兴。我不相信李则广有那么坏,也不相信任何人有那么坏。不相信姓马的回民有那么坏,不相信两家子寄居在他乡异地的陕西人有那么坏。这是道情给我的信心。什么都没有的时候,他们还有流浪,还有乞讨,他们甚至可以把流浪和乞讨变成艺术。

我再一次来到安家嘴,找到安牧师。我问他,当年巴尚志进马家堡子和鹞子李下棋的时候,是否看见过山门两边挂着人皮鼓?安牧师说,从来没听说过人皮鼓的事情。我说,罗丑女的孙子送给我一个人皮鼓,说是拆马家堡子的时候找到的。安牧师说,马家堡子是我们安家嘴人拆的,当时我也在,没听说有人皮鼓。

我又去了通渭襄南的令家窑。

罗丑女的胖孙子一眼就看出我瘦了,问我怎么瘦下来的。

我笑着说:"说了你也不信。"

他向我鞠了一躬,说:"快告诉我。"

我说:"管住嘴,放开腿。"

他一听,真的有些失望。我了解他的心情,所有的胖人都相信别人减肥成功,一定有秘诀,少吃肉多走路这样的建议,等于没说,因为太简单。简单的东西总是被人们轻视。你说出来人家不仅不信,还会觉得你在骗人。

我问他:"上次那个人皮鼓是不是马家堡子里的?你说实话。"

他脸色一变,说:"我手上还有东西。"

我说:"先说人皮鼓。"

他不说,表情犹豫。

我说:"人皮鼓已经归我了,我只要你说实话。"

他说:"是从一个破庙里收来的。"

我一下子放心了,点上一支烟,就像是给李则广点上了烟。

他说:"我还有个东西,你看不看?"

我向他点头,吐了一大口烟。

他取来一个很旧的青釉小碗,我用双手捧过来,看见碗内刻着一首诗,也是传经说道的口气:世人临逼几时休,从夏复至秋,忽然面皱与白头,问君忧不忧?速省悟,早回头,除身莫外求,价饶高贵作公侯,争如修更修。

他问:"是不是女人的口气?"

我又看了一遍,说:"差不多。"

他说:"耀州窑里的东西。"

我说:"我不懂。"

他伸出三个指头,问我:"要不要?"

我说:"我是外行,我也不是搞这个的,三百我就顺便拿走。"

他小声说:"三千。"

我说:"三千不算贵,但我不能要。我不是搞这个的。"

我要走,他拉住我,让我出个价。

我还是说："三百。"

他不给，我也真的不想要。第一，我真的不懂，辨不出好坏；第二，我也不喜欢碗里面的诗。我们这一带民间文学自古以来全是这种口气，劝人们成为哲学家——速省悟，早回头，莫外求，修更修。苏格拉底用自嘲的口气说："要想成为一个哲学家，就必须娶一个不讲理的老婆。"借着苏格拉底的话，我也理解了这类民间文学的无奈。长期生活在动荡不安中的老百姓，除了成为哲学家，其实别无选择。

回到七步时，我觉得头皮轻了许多，头顶的天空比原来更轻更亮了，和父亲去世后的感受极为相似。李则广和人皮鼓无关。李则广肯定没少杀人，但是，他没剥人皮，这一点是基本可以肯定的。在我看来，剥人皮比杀人更不能接受。因为，剥人皮是残忍。杀人是凶狠。残忍和凶狠略有不同，甚至大有不同。残忍是有组织有计划有方法地对人进行摧残和折磨，比如，同样是死刑，五马分尸就比腰斩更为残忍。比如，同样是暴力，冷暴力比肢体暴力更为残忍。同样是武器，生化武器比常规武器更为残忍。纳粹大屠杀，一开始是用子弹射击，后来想出了"更人道的杀人方法"：用毒气杀人。犹太人以为他们进了浴室，但是，进去后才发现浴室的莲蓬头只会释放毒气。爱森斯坦的电影《墨西哥万岁》里，庄园主的家兵杀害贫民的办法十分"富有创意"，先在一块平地里挖了数十个坑,每个坑相距七八米,坑的深浅够一个人站在里面,肩膀以上露在外面就可行,然后把准备杀的人推进坑里,用土埋起来,被埋者的头还在外面,大家你看我我看你,不知道接下来会发生什么。没多久,杂乱的马蹄声响了过来,几十匹骑着人的马开始在人头之间来回狂奔,厚重的马蹄一遍一遍地踩着人头,直到所有的人头都破了碎了,脑浆四溢,令马蹄打滑。我坚信这个创意绝不是爱森斯坦本人的发明,而是实有其事。《墨西哥万岁》里有一半是纪录片,另一部分是各种素材的合成。整部影片是爱森斯坦死后四十年由他的助手整合而成。我以为,这部电影中的杀人方法,是最富有才华和智慧的,同时也是最为残忍的。

残忍常常和才华、和智慧成正比。

1975年,父亲母亲把哥哥嫂子和我打发到母亲的故乡宁夏回族自治区青铜峡县叶盛乡地十村,表面看来,显示了他们的勇气,事实上没这么简单。父亲去世后,母亲又活了十年,2005年,母亲在我银川的家里生活过几个月,我想起我们曾聊起过这件事。

母亲说:"敢让你们走是因为地十识字人少。"

我没听懂,等母亲继续说。

母亲笑了,一直不开口。

我再三恳求,母亲先是"嘿嘿嘿"笑,准备开口时竟然脸红:"识字少的人心眼也少,坏起来坏不过识字多的人。这是你爸的说法。"

我这才明白母亲为什么脸红了,因为,我是识字人。

我问:"怎么从来没听我爸说过?"

母亲说:"说过,你忘了。"

我说:"想不起说过。"

母亲说:"你爸说,海棠人认事真。"

我说:"认事真,这话说过。"

母亲说:"表面上只能这么说。"

我说:"认事真,把三亩地里的玉米棒子,集中在一亩地里,造成亩产过万斤的假象,的确是认事真。这种事,宁夏地十的确没有。"

母亲说:"地十人老实。"

地十是母亲的老家,我多看了母亲两眼。我老家海棠,包括李则广的老家七步,都被称作"文风之地",既尚武,又崇文,自古以来读书人就不少。海棠出过好几个举人,七步出过两三个进士,在整个甘谷县甚至甘肃省,都颇有名气。识字人是不是比不识字的人更歹毒?我不敢苟同父亲母亲的观点,但是,有一个事实是,在特殊的年代,海棠的干部的确更"左",常会超额完成各项指标,亩产万斤都是那些识字人搞出来的,把各处的玉米棒子掰下来,用绳子集中绑在路边的玉米秆上,用来应付检查,并拍照,照片上注明:海棠村玉米亩产上万斤试验田(该照片由我收藏)。而宁夏地十那边几乎像世外桃源,他们除了喊我们是"老山汉""山狼""山贼"之外,绝没有任何人"做文章",没人把我们和"地富反坏右"强拉在一起。大清早,队长在家门口开会,说我是"阶级斗争新动向",连队长自己都不信,队里的男人女人大人娃娃都是半信不疑的样子。

如今,想起母亲脸红的一幕,已经遥不可及。想起父亲的家长作风和偶尔的幽默天真,更是遥不可及。不管怎么说,1975年的父亲和母亲,能够排除万难,坚决把我送到宁夏读书,终究表明他们对识字人是有信心的。

2

回忆症患者常常是一根筋,会抓住个别事端回忆个没完。刨根问底是另一种回忆。关于人皮鼓我还想知道更多的东西:寺庙制作人皮鼓有何目的?无论从工艺上还是从伦理上,剥人皮都是一件麻烦事,寺庙是如何完成的?

我决定去七步的姑嫂寺问问。

姑嫂寺是尼姑庵,在甘谷武山通渭三县很有名。据说最早的两个尼姑,一个是小姑子,一个是小姑子的嫂子,而小姑子是武则天的一个女儿,因为非议母亲而获死罪,又因为太漂亮,刽子手在执行死刑时无论如何下不了手。刽子手打算把公主偷偷放出去,刽子手的一个徒弟主动请求,半夜骑马把公主送出长安,结果出了长安,爱上了公主,再也不想回到师傅身边,和公主沿着渭河一路狂奔,从陕西到了甘肃,再从渭河河谷到了清溪河谷,最后在七步镇停了下来。嫂子是随后一路找过来的。这个传说到底是真是假?这次也可以一并问问。十二岁以前我一次也没来过姑嫂寺,从海棠走,至少十五里路,来回三十里,对孩子来说的确太远。加上父亲母亲向来对烧香拜佛的兴趣不大,没人带头。大年初一的头香和正月十五的庙会,大哥二哥三哥他们会去,我总是耍赖不去。后来也始终没进去一看,结婚后父母亲倒是多次催我去拜拜送子观音,我也没去。姑嫂寺主要供奉送子观音。据说山上原本就有一尊送子观音的石像。武则天的女儿拜完送子观音,不想继续前行了,决意就地筑庙,出家为尼。刽子手的徒弟则和随后赶来的嫂子结婚了。

  姑嫂寺在七步南面的南山上,从七步走不过四五里路。我走去又走回,来回十里,刚好完成了当天的走步任务。整个南山已全部退耕还林(包括海棠),没出十年效果已经相当可观,可以算是林木茂密了。最大的树,树干和我减肥后的腰一样粗。多半树叶已发黄,和早晨的阳光混合在一起,难分彼此。一路上碰到很多游客,有去的,有回的。回来的人脸上的表情并不失望,说明对姑嫂寺这个景点还算满意。我心里竟也颇感慰藉,这说明我已经把自己看成七步人了。想一想,难免有些惭愧。

进了山门,我首先找到了送子观音的石像,石像不算大,大概是真人的两三倍,藏在浅浅的石窟里,石窟前面的建筑虽然老旧,但应该是后来补建的。送子观音仍然不失端严,但端严里更令人印象深刻的是爱恋,被稍稍克制了的爱恋。她怀里是一个展翅欲飞的男婴,两人的目光既像俗常母子,又有超凡气质。

我把各处粗略看了一遍之后,又来到门外,找到了料定会有的石碑。石头一看就是新的,再看内容,果然是若干年前的重修碑记。

关于那位公主,碑记语焉不详:"相传唐朝皇室一公主因出言不慎而获死罪,刽子手视其貌美,临刑不忍,许其离宫出逃,遂夜辞长安,沿渭水北岸一路西行,而至陇原,筑庙于七步古镇,后有嫂寻踪而来,二人相伴修行,功成圆寂。"碑文中没有注明建庙的具体时间和姑嫂二人的姓名,那位刽子手徒弟则只字未提。另一些内容,一是历次地震或兵燹中,姑嫂寺"多显庇护之功",并详加列举;再是几次重修的经过,尤其是1983年的大规模扩建,"捐资助工,应者如云",附有捐资人名单。这份名单以李姓为最多,其次是杨姓、张姓、陈姓、东姓。我看到了我父亲的名字,我是说此生的父亲。当时我还不知道前世父亲的名字。不过看到了李则广的弟弟李则贤的名字。

有一点是我原先不知道的:姑嫂寺最初的规矩是,一尼一俗,小姑子是尼,嫂子是俗,俗是尼的"护法",一般懂些医术，会接生。这个规矩一直保留了下来，只是尼和俗的数量持续在增加，目前的尼俗加起来有二十多人。

我找到一个年纪稍大，略显胖的尼姑（我对胖人更有信任感），主动介绍，我是海棠人，在广东珠海工作，这次回来想了解一些姑嫂寺的故事。老尼姑一听便很感兴趣。她和蒲霞的想法肯定一致，以为我是打算替家乡做宣传的。

她把我带到一个会客室，给我倒了水。会客室里并没有明显的寺庙特征，墙上挂着书法和山水画，还有唐卡。并没看到人皮唐卡。

她还找来另一位尼姑接待我。

她介绍说："这是我们的住持。"

我和住持握了手，并做了自我介绍。住持也偏胖，高颧骨，眼神很亮，让人想起"睿智"那样的说法，如果不笑不说话，很像男人。

我说："师傅，我想了解一下咱们姑嫂寺的历史。"

她有些异乡口音，可能是武山人。

"小尼知道的也不多。"她谦虚，竟然用了"小尼"这个词。

我说："有劳师傅。"

她笑着，看着我，等我问话。

"听说咱们庙里有人皮鼓？"

"旧社会有，现在没了。"

"旧社会有过?"

"据说第一个人皮鼓就是公主的。"

"公主动手做的还是?"

"公主圆寂的时候留下遗言,把自己的一部分皮剥下来做成鼓,千人打万人敲,替她母亲消罪。她的母亲据说就是女皇武则天。"

"剥人皮可不是剥羊皮,听起来有点吓人。"

"做人皮鼓是发愿消罪的一种传统方法,本人在生前肯定会留下明确遗愿。不过,解放后就算有遗愿也不做了,宗教也在与时俱进。"

我笑了。

她也笑了。

我又问:"人皮唐卡是啥情况?"

她说:"人皮唐卡是另一种发愿消罪的方法,后来也不用了。"

我说:"我明白了。"

她说:"据说其他地方还有,我们这儿早就废除了。"

我说:"与时俱进还是好。"

她给我添了水,然后又坐下。

"先有姑嫂寺再有七步镇,还是相反?"

"不好说,两个说法都有。"

"七步的第一大姓是李,这个李和公主有联系吗?"

"应该没有,公主是出家人。"

"那么,此李非唐李?"

"此李是此李,唐李是唐李。"

"那么七步镇人只能是嫂子的后代?"

"我认为这种可能性最大。"

"这么说来,那位刽子手徒弟也姓李?"

"有可能,碰巧也姓李。"

"或者是后世为了高攀唐李,改姓李?"

"也有这种可能。"

下山的时候我似乎有些遗憾,替我的前世李则广遗憾(也替我自己遗憾)。七步镇李氏和唐王朝李氏并不是同一个李,都姓李,无限接近一致,但应该不是。公主留下遗言,把自己的皮做成鼓,任人敲打,替篡权的母亲赎罪,说明公主是一个虔诚的佛教徒,没有和那位刽子手徒弟结婚,也没和另一个人结婚。

这位公主的虔诚令人动容,不过,我的感受实际上更加复杂。回到旅舍,取出人皮鼓,看着它,我有了一种全新的态度。我的心里除了怜惜还是怜惜,就好像我手中的人皮鼓正是那位公主的身体。贵为公主,又能如何?一个公主可以最后拿出的东西,和任何人一样,不就是一张皮吗?把皮做成鼓,千人打万人敲,这是怎样的决心?怎样的辛酸?谁有本事能把这其中的绝望和希望像剥皮一样截然分开?

可以肯定,人皮鼓只有宗教用意。人皮鼓做成后,或许从来都不会有人敲打,摆摆样子,发挥一点象征意义就可以了。其意义甚至仅仅是死者自己得到了自我安慰而已。死了,把皮留给后人,任人敲打,什么样的罪过才当得起这样的决心?那位公主,为什么认为她的母亲——如果真是武则天,就有那么大的罪过呢?

我每天都要向居亦汇报,一天都干了什么,有哪些收获。这是我主动要求的,主动接受她的监督。这说明我对自己缺乏信心。我把姑嫂寺的故事给她讲了,她反应强烈,埋怨我上次怎么没带她去姑嫂寺看看?还真是一个问题,我也说不清其中的原因。也许我低估了姑嫂寺的价值。我一向对传说抱有过多的警惕。

总之,排除李则广剥过人皮,这很令我满意。

接下来我可以做别的事情了。

3

现在,我想找到砍掉李则广脑袋的那个人。他有可能还活着,活到九十岁上百岁的人,海棠有,七步应该也有。如果他还活着,我该怎么办?面对一个杀死自己的人,该怎么办?世界上哪一个人曾经遇到过这样的难题?

所以,我更希望他死了。他的后人在就行。

我打电话给蒲霞,告诉她我在七步。

我们马上就见了面。

我说:"砍掉李则广头的人是谁,还活着吗?"

蒲霞说:"你有完没完?"

我喜欢这种爽快,说:"帮忙帮到底嘛。"

她一时很为难,静静想了半分钟,突然一拍桌子,说:"有了有了,李则广的小儿子李汝平肯定知道,杀父仇人,打死也忘不了。"

我给她竖起大拇指。

她先打通一个电话,问来了李汝平的电话。

她看着我说:"李则广的小儿子,已经六十几岁了。"

随后她又打出去一个电话,说:"我是中学的蒲霞老师,问你个事。"

李汝平的声音听上去比六十岁要老:"蒲老师你说。"

蒲霞说:"当年砍你爸头的那个人是谁?"

李汝平问:"问这个做啥?"

蒲霞说:"有个作家想了解你们家的事情,准备写成小说。"

李汝平说:"我家的事不太好写吧。"

蒲霞说:"你放心,不会糟蹋你们的,你爸杀过日本人,你叔是地下党。"

李汝平说:"杀我爸的人早就死了。"

蒲霞问:"后代呢?"

李汝平说:"他儿子名叫丁连福,就是丁铁嘴。"

蒲霞说:"丁铁嘴呀,盐务巷的丁铁嘴?他两个儿子都是我学生。"

李汝平问:"真的要写小说啊?"

蒲霞说:"真的,不骗你,写好让你看。有事我再找你呀。"

李汝平说:"蒲老师随便吩咐。"

放下电话,蒲霞暗显得意,对我撇撇嘴,意思是,你看,搞定了吧。

我说:"蒲老师威信很高呀。"

蒲霞说:"谁叫我是东声的老同学呢!"

盐务巷距离北山客栈最多三百米。

我和蒲霞出去,嫌人多,没走马务巷,拐弯去了河边,沿着清溪河朝东走,再从一个又窄又弯的斜巷里绕过去,直接到了盐务巷的中段。一路上,蒲霞介绍说,丁铁嘴在盐务巷有个铺子,起名解梦批八字看风水,生意很火。

我们到店里时,里面只有丁铁嘴自己,穿一件红色汉服,满身都是《自叙帖》里的狂草。我临过怀素,所以心里一揪,替怀素难过。

蒲霞介绍了我,丁铁嘴竟然说:"知道,厉害人。"

我给丁铁嘴递烟,他摆手,取来厚重幽亮的白银烟瓶,要抽水烟。很多年没见水烟了,我有些馋,等他吃完,我也吃了几口。水烟要用"吃"这个字才准确,"吃烟"一定指吃水烟,旱烟香烟一般用另一个字,抽,抽烟。

蒲霞说:"有个事,问问你。"

丁铁嘴一脸暗含霸道的静气,等蒲霞接着说。

蒲霞说:"关于李则广的死。"

丁铁嘴立即接话:"那个土匪呀。"

蒲霞说:"给作家讲故事,你老人家最好讲详细一点。"

丁铁嘴看看我,欲言又止。

我说:"搜集一点关于咱们家乡的素材。"

随即丁铁嘴断断续续讲了不少:

"其实我知道的也不多,都是听我爸说的。我爸说了一辈子,天天说,月月说,年年说,说完又赶紧提醒我们,不要想着报仇了,时代不同了,再大的仇也不能报了。好像我们听完他的话,会立即跑出去杀光李则广的后代。

"我家从来都不否认,李则广的头是我爸用杀猪刀割下来的。快过年了,在七步小学的操场上,全镇的地富反坏右集中在一起开批斗会,李则广也在,他是国民党军官,少不了他。那天的主题是,每一个家伙主动承认人民群众还没有揭发出来的丑事坏事。轮到李则广的时候,他说,民国二十一年正月的一个后半夜,我带着马廷贤的半个连,把马家堡子里的二十七口人杀光了,从那天开始我正式做了土匪。

"我们一直不知道仇人是谁,告了几十年状都白告了,想不到仇人就在眼前。我爸是七步镇有名的杀猪匠,杀猪劁猪配种都没问题,家里有一筐杀猪刀,大的小的直的弯的都有。我爸一声不吭回家取来最长的一把刀,藏在棉袄底下,回到七步小学。李则广已经讲完回到自己位置上了,听另一个人在讲。我爸杀猪不用人帮忙,一个人就能杀倒一头猪,不过必须先蒙住猪头。所以,那天我爸不声不响从后面走过去,来到李则广的身后,突然抽出刀,把刀子从后往前轻轻一抹,不是用死力砍,是抹,轻轻一抹,刀子从后面进从前面出……吓得讲话的人掉头就跑,整个会场乱成一团。这时我爸说,民国二十一年,这个狗东西杀掉的二十七个人是我的兄弟姐妹。

"我爸真是没白学杀猪。当时,他不在二十七个人里面,就是因为他在七步当学徒,学杀猪。要不然就不是二十七个,是二十八个。

"实际上多算了一个,其中一个逃脱了,一个傻瓜加哑巴,名叫罗丑女。她躲在堡墙拐角的小望楼里亲眼看见二十六颗人头西瓜一样摆了一地,有的还灯笼一样挂在树上,每一颗人头上写着名字,谁杀的就是谁的名字。罗丑女神了,没哭没叫,拴了根绳子滑下堡墙跑掉了,跑到邻近的安家嘴,发现自己不傻不哑了。

"后来罗丑女来七步找见我爸,把事情给我爸说了,免得我爸回家白白送死。我爸当时才十四五岁,还是个娃娃,过了两年才知道去县里告状,告了也是白告,那是个无法无天的时代,满地是土匪。土匪和穷人身上的虱子一样多,去县上告土匪的状,等于穷人向自己的爸妈告虱子的状,人家还以为你是傻瓜呢。

"解放后,我爸才回到马家堡子,从院内东南拐角原先的洋芋窖里找到了一大堆尸骨,分不清谁是谁了。据说,一大堆骨头里唯独没有颅骨,也没有牙齿,更没有金牙。又听说,娃娃的尸骨是齐全的,颅骨牙齿都在。还听说,把骨头一具一具尽可能凑齐之后,发现超过了二十六人,有四五十人。后来挑了二十六具尸体送回我老家陕西太白。我们两家人是光绪年间从陕西省太白县周郎乡西坪村流落到天水这一带的,那一年太白一带大旱,饿死很多人。一开始,我们两家人——其实就是四个人,两对新婚夫妻,姓罗的一对,姓丁的一对。四个人搭伙出门要饭,有时候停下来当几天麦客,然后再走,先是顺着渭河走,然后又顺着散渡河走,就到了甘谷通渭秦安这一带。有人告诉他们附近有个回民的马家堡子,回民跑了二三十年,始终没见回来。四个人就找到马家堡子,大着胆子住进去,一住就是几十年。四个人变成二十七个人,加上我爸应该是二十八个。

"马家堡子一看就是回民的堡子,堡墙上的小望楼是圆形的,顶上还有月牙,像清真寺。我们的先人刚来的时候,堡门锁着,锁子一石头就砸开了。院里有二十几间瓦房,门窗多半脱白,家具基本散架,屋里全是乌鸦麻雀长虫蝎子,箱箱柜柜锅碗瓢盆衣服被子,样样都在,样样都是乱七八糟,乱得让人揪心。一间屋子里,炕上放着一张正方形的小炕桌,桌上放着一本翻开的《古兰经》,翻在第九章,第九章的标题是'忏悔(讨白)'。书里还有很多批注,第一页的右下角写着'马如仓'三个字,旁边盖着一枚小章,也是'马如仓'三个字。最后一页打着格子,格子里写着每一章的序号、汉语名称和阿语的译文。炕桌后面斜摊着一件羊皮袄,羊皮是上等的二毛皮,不过,白毛已经变成黑毛了,里面爬满虫子。总之,看一眼就知道,主人走得太仓促,时间紧急,一刻不能迟缓。

"对了,最能说明问题的是,牲口棚里,有几头牛的尸骨,还有几匹马的尸骨,都是完整的尸体。还有一堆羊的尸骨,可以肯定都是饿死的,骨头蒙在厚厚的灰尘里,从骨头堆里跑出来几十条长虫,一律是白色的,石灰一样白。所有的长虫就像一支队伍,从院子里故意绕了一个大圈子,再跑出堡门,不知去向。

"我听说的就这么多。"

我向丁铁嘴道了谢,又吃了几口水烟,觉得很过瘾。

我说:"你记得很仔细,口才也好。"

蒲霞说:"要不怎么叫丁铁嘴!"

丁铁嘴说:"我爸爸讲了千万遍,不记住都难。"

我问:"那本《古兰经》还在吗?"

丁铁嘴说:"早就不在了。"

我问:"马如仓——如果的如,仓库的仓?"

丁铁嘴说:"就是这三个字。"

我和蒲霞告辞后,蒲霞回了家,我回到马务巷,再回到北山客栈。我立即发微信给一个研究回族史的朋友,请他尽快帮我找找甘肃省甘谷县回民的史料,他们是哪一年因何事件完全离开甘谷的?他们离开甘谷后去了哪儿?

没出半个小时,那哥们就用微信发来一堆资料,我也只用了半小时,就看清了事件脉络:清同治年间,由甘谷(时称伏羌)回民马圣清谋变未成开始,引起汉回交恶,互相杀戮,持续近二十年,以回民完全撤离甘谷而告终。

回民离开甘谷后,主要的去向有二:一是如今同属天水市的张家川回族自治县莲花镇等地,二是宁夏回族自治区泾源县。泾源县曾有一个村子名叫伏羌。我大学毕业后曾在泾源县第一中学任教五年,当时竟然没听说过。

我一时相当兴奋,难以自制。因为这两个地方都不算远,张家川在一百公里之内,泾源在三百公里之内,开车去,不是很简单吗?

寻找同治年间从伏羌县的马家堡子逃出来的马如仓,我脑子里已经不由自主地冒出了这样一个思路,而且非常有信心,想马上就出发。

我打电话把经过告诉了居亦。

居亦一听,立即泼冷水。

居亦说:"不是说好只调查李则广的事吗?"

我说:"马如仓才是马家堡子的主人。"

居亦说:"马如仓又不是李则广赶跑的,犯不着又要去寻找马如仓。"

我说:"我觉得有关系,我想去找。"

居亦说:"最好不去。"

我说:"我想去,开车很容易。"

居亦说:"亲爱的,你难道没意识到,你这是回忆症的病理性反映吗?"

我说:"这次还真的和回忆症无关。"

居亦说:"你的口气就像猫闻到腥味一样,还不是!"

居亦生气了,她的口气我很陌生。

我的愣脾气犯了,一板一眼地说:"我一定要去。"

居亦说:"你非要去,咱们就分手!"

我冷冷地说:"分就分。"然后我就恶狠狠地挂了电话。

我风风火火准备退房,然后连夜赶往张家川。

正要下楼,居亦电话又来了。

"先生,刚才我错了,向你道歉。我认为你把马如仓的下落打听清楚,也是有必要的,不过可以缓一缓。你目前在七步,就先把李则广的事情调查完,李则广的两个老婆什么情况,我好想知道,我怀疑其中一个是我的前世。"

我一听心就软了,我这个人,虽说一向软弱,但本性倔强。三次婚姻,偏巧都遇到了比我还倔强的人,倔不过对方,犟不过对方,对方比我更能破釜沉舟,我只好选择忍让。但是,表面看来忍过去了让过去了,其实一切都还在,只是暂时暗藏了下来而已,积攒到一定程度不就是更大的倔强吗?不就是离婚吗?现在想起来,我的三任前妻,突然变得像一个人了,一个人的三种模样。其实我们四个人都很简单,简单得像动物。正是这种简单,成为改变我们的感情、生活甚至命运的根源,真是可怜。

我说:"宝贝,你说的有道理。"

她在电话里亲了我一下。

我好感动,为她,更为我的"让步"。

但是,精神是另一个动物,它总要寻找到出口,得以释放。当天晚上,在一个从来没有过的梦境中,我以为我永远都回不来了。

梦境是这样的:我貌似家常地从外面回到马家堡子,推开厚重的院门,走到院中央的一瞬间,突然,我变成了马家堡子内的一草一木,变成院内的任何一物,包括墙壁和地面,我是每一样具体的物体,方的圆的长的扁的深的浅的硬的软的,箱子、罐子、椅子、凳子、斧头、镰刀、弹壳、水烟瓶、纽扣、椽子上凿了一半的凿眼、墙底下微微发亮的出水口……总之,是每一种个别的有特殊形状的物体,又是所有的物体加起来的马家堡子。吓人的是,每一个我,和整体的我,都有完全相等的意识,那就是苦等,苦等,一直等,一直等,等主人回来。不把全部主人等回来,誓不罢休。开始摆出苦等的架势是心甘情愿的,但马上发现,已经无法随意终止,自己无权选择终止,就像被囚禁在死牢里,看不到活着离开的希望。就这样一分一秒地没完没了地等下去,半是忠诚半是不甘。正是因为有不甘,才证明每一样东西仍然活着,活在最低的水平里,和死极为接近;但不是死,多少有些希望,相信主人——那些快活的男主人女主人,老老少少会突然回来,他们的声音会突然激活一切,整个院子,院子里的一草一木一砖一瓦就突然活了过来。院里的每一样东西,在时光的侵蚀和风雨的吹打之下,一点一点在软化、钙化,或硬化、腐化,这个过程里,我的精神所经受的折磨是绝对不可以描述的,尤其一些形状反常结构怪异的东西,比如木匠用的墨斗、厨房里的风箱、没有把子的斧头、墙旮旯的出水口、水烟瓶……这些东西发挥各自的特长,曲尽其妙地怀念并等待着主人的归来,同时也更加令我痛苦。

醒来后,至少有一个小时,我的身体和精神还处在软化钙化硬化腐化的状态,不能自拔。不过大部分终究淡忘了,一样东西独独留了下来:透着亮光的出水口。在梦里,我本人既是出水口,又是鲠在出水口的一件不明物体。

某个瞬间我突然想起来了,出水口的后面藏着另一个记忆。那是我在宁夏大学中文系上学的时候,应该是1982年秋天的一个晚上,我骑着自行车进城逛街,逛完街回学校,路过银川西门民族团结碑的时候,有些犹豫,一时决定不了,是绕过民族团结碑直走,还是向右拐走另一条路。我左侧恰好有一个人,也骑着车子,准备右行。我一犹豫,两辆车子差点撞在一起。他回头看看我,问,长眼睛没有？我反击,应该问你自己。他把车头又绕过来,追上直行的我,与我并行,问,你长眼睛没有？借着路灯光我看清他五大三粗,神态蛮野,我根本不是他的对手,但我除了逞强没有别的选择,我只好被动重复他的话,你长眼睛没有？他也看清了我的模样,一个戴着眼镜的文弱书生,所以他越来越牛,他说,反正我不是四眼狗。我说,没见狗戴眼镜的。他没再说话,近距离地盯着我。我也盯着他。我们两个一边顶着嘴一边还骑着车子,相距半米远,竟然谁也没碰着谁。后来,他说,你把狗眼转过去。我显得比平常机灵,冷静地说,我还没看够狗眼！他的反应显得有些迟缓,所以,他说,你敢跟我走吗？我心里发虚,但嘴上不能不硬,我加重语气说,走呀,谁怕谁！过了西门桥,又往前骑了半里路,到了黑乎乎的郊区。他率先向右边的一条土路拐去,我心里一横,竟然真的跟着他去了。继续往前骑,就到了刚才可以右拐但没去的那条路上,再骑大半个小时,就回学校了。我知道我不是他的对手,却鬼使神差跟着他走了。月光显得比刚才亮了,开阔的原野上除了我和他,就是一些摇摇晃晃的树影。记得全是小树,没有大树。在一个比农田大概高出一两米的桥洞旁,他停下车子,我也停下车子。他转过身死死地看着我,绾着袖子。我说,我不会打架。他说,日你妈,不会打架你跟我耍啥牛×?我只好还嘴,日你妈,到底谁在耍牛×?他扑过来,几脚就把我踹倒了。我躺在地上半天爬不起来。他回到车子那边,从车筐里取来绳子(我早就看到他车筐里有绳子),把我的两只手倒绑在身后。我一点都没有反抗,也不再说话。他把我倒扯到桥洞底下,一声不吭地把绳子拴在桥洞一侧的水泥柱子上,说,狗日的好好想想,没两下子就别耍牛×。我笑了笑,不再理他。他看见我笑了,说,狗日的还笑。我又笑了,这一次是故意做出的冷笑。我的冷笑显然加重了他要把我扔在桥洞底下过夜的决心。他爬上岸,骑上车子走了。

天亮前我磨断绳子,回到学校。

我一直羞于把这个经历讲给任何人,哪怕是最亲密的人。

梦里面的出水口其实是桥洞。

我对出水口的痛苦感受正是在桥洞下的感受。

哈哈,哈哈,我禁不住笑了。

我在笑狗日的记忆。记忆,除了笑,我真的不知道该怎么说它了。天亮后我去七步医院献了三百毫升血,又重新变得神清气爽了。

4

李则广的先婆娘(七步和海棠的说法)是海棠人,和我同宗同祖,叫东梅。虽然出生比我早了几十年,仍然比我小一辈。假如我和李则广在同一个时代,李则广应该喊我"姨父"的。老婆的爸爸,女婿称作"姨父",姨父的亲兄弟堂兄弟,都是姨父。姨父多了,是好事,是女婿的"势",正如舅舅是外甥的"势"。我们那一带,来自女方的关系——姨父和舅舅,有极高的地位,据称是母系社会的遗风。

东梅家的人,还算人丁兴旺,开铺子的人居多,村里最大的一个百货铺子就是东梅的侄孙东向东开的,他叫我爷爷还不够,得乖乖叫我太爷。他的名字有意思,东向东,别人的名字,大家叫的时候会省去姓,他的名字大家会故意把三个字叫全,大人孩子都叫他东向东,足以说明他的人缘不错。东向东家的人,几乎没人记得,家里有过一个人叫东梅。一个嫁出去又早死又没有子女的女人,被人忘记也属正常。如果这家人,有一个或者若干人记忆力好,且有兴趣倾听或者记住,并有兴趣讲述,旧人旧事就可以流传一段时间;如果没这样一个人,旧人旧事就和压根没有存在过一样了。关于东梅,东向东是他家里唯一知道一些的。他自己是这么说的:我不知道,别人更不知道。

下面的话,是东向东说的:

"我姑婆和李则广同岁,同年同月不同日,我姑婆比李则广大几天。我姑婆十三岁就引(嫁)到李则广家了,是李则广的童养媳。

"给人家做童养媳,说明人家的光阴比我家好。李则广的爸爸外号叫金三爷,是七步镇最有名的盐客家,最会刮盐熬盐,开着七步镇最大的盐铺子。不知为啥叫金三爷,不是李三爷。金三爷弟兄三个,金三爷确实是老三。

"金三爷家的光阴有多好?我也说不上,只听说他家专门雇着一个长工,整天只做一样事情,把崖边的白土挖下来,砸成大小差不多的土坷垃,磨圆,又不是太圆,磨细,又不是太细——你猜猜,用来干啥?用来擦屁股!听说我姑婆后来回娘家,从来不过夜,为啥?不愿上娘家的厕所。当然,这可能是一个笑话。

"听说李则广从小就不喜欢我姑婆,从来不和我姑婆睡一间屋子,到了晚上,大人赶都赶不出去,只和父母一起睡,不去和婆娘睡。李则广长大后,还是不和我姑婆同房。再后来,李则广就出去当兵了。当了几年兵,从外面领回来一个又漂亮又识字的婆娘,就更是看不上我姑婆了。我姑婆一直没生娃娃,说明李则广从来没碰过她。1937年冬天,我姑婆上吊了。这个时间我为啥记得?因为那一年发生了轰动天水的安远起义,天水专员兼警备司令高增吉带着五百人围住七步镇,抓住了三个地下党,李则广的二弟李则贤是三个人的头头,反而跑脱了。三个地下党当天就被高增吉枪毙了。那件事情之后没几天,我姑婆就上吊自杀了。传说我姑婆和李则广的二弟李则贤不明不白。

"听说李则广和李则贤弟兄二人后来一直不见面,一个是国民党一个是共产党,这是主要原因,另一个原因可能和我姑婆有关系。

"我姑婆的坟在北山底下,前十年没人管,李则广从外面回来后,开始有人上坟了,听说李则广每年都单独去给我姑婆上坟。李则广被人砍头之后,我姑婆的坟,又没人上了。我们也从来不上,老人们在的时候就不上。"

东向东带我去看了东梅的坟。

北山偏西的山坡上,一个单独的坟丘,不算小,长满灌木丛和荒草。东向东有备而来,带着一盒香,还带了几颗苹果,一把糖果。东向东烧香磕头的时候,我站在稍远的地方,真的觉得这个角落很面熟,连附近崖边的一棵野枸杞树,以及树梢上的一只麻雀,它那种蔫头蔫脑的样子,都像是从记忆深处浮现出来的。

"姑婆,给你烧个香。"

东向东的声音让我眼泪汪汪。

不能否认,我的眼泪是因为我意识到我和李则广的神秘关系,更因为,我再一次看见了人这种存在的孤单和脆弱,尤其是笨拙。孤独和脆弱,早就不缺少体会,而笨拙,是此刻才有的认识,像针一样刺着我。动不动就要用死去证明什么,或者去逃避什么,关键的时候,找不到比死更好的东西,这难道不是笨拙吗?

1937年的冬天,七步以三个地下党的被枪毙和一个孤单女人的自杀,与陷入全面灾难的中国东部取得了一丝联系。相同时间,中国东部的南京,面对日本兵的大屠杀,南京人以更大的规模,把人的孤单和脆弱提升到了无以复加的程度。几十万个死,加起来,是令人发指的残忍。同一年,面对日本的侵略,中苏签订《互不侵犯条约》。互不侵犯需要签订条约。同一年,国共两党在陕西共祭黄帝陵。人类做了太多复杂的事情。人类本可以基于对人自身的同情多做些事情。

我在海棠一现身,就走不开了。

在海棠,每天都有人来求字,略微讲究些的,会带着一两瓶酒、两三条烟;不讲究的,则会翻墙破门,死死逮住你的胳膊,"央求"你写。那肯定是全世界最粗野的"央求"了。因为是老乡,又因为求的是字,又不是金银财宝,所以我是没理由不写的。给一个人写了,就要给所有人写。一眨眼几天就过去了。

正是在这样的忙乱中,我不知不觉找到了宽容李则广的理由。我是这样想的,不知有没有道理。李则广虽然早在十三岁就有了童养媳东梅,可是,他并不喜欢东梅(或者因为太小,还没有性觉醒),他一直拒绝和东梅同房,十七八岁就出去当兵了,十八九岁又当了土匪头子。那么,这之前的李则广应该没有碰过女人,没有做过爱,没有享受过性爱和性温柔,凶狠和毒辣是非常有可能的。一个没有爱过的人,或者目前没有生活在爱中的人,会更凶狠更毒辣。我曾经在六个单位工作过,有三个单位的领导,是单身状态,这三个领导就欠些柔软,少些人道。另外,李则广是带着半个连的人突然跑出来另立山头的。十八九岁,还是一个挨不了几扁担的愣头青,什么都是听来的,或者想象的,没学习过怎么做一个土匪就已经是一个土匪了,而且是一个土匪头子。社会上对"土匪"这种人有什么样的想象和传说李则广就有可能做出什么样的事情。杀人,抢人,不讲理,要什么就是什么,人们对土匪的印象无非如此。我从小就知道,陕西人张献忠的外号是"张不问",意思是不问三七二十一,见人就杀。他的手下,马鞍上总挂着一颗颗人头或者一串串耳朵,人头和耳朵是论功行赏的依据。李则广要求手下送给自己的见面礼是人头(文献里称作"首级")而非别的,完全是少年土匪的做派,是凭着想象和印象胡作非为。所以,我认为从这个角度看李则广也是略可原谅的。盗亦有道,很多土匪内部其实有极为严密和细致的规矩,杀人抢人会选择恶人富人,但李则广当时应该还没到这个档次,转移到徽县那边之后怎么样,有待进一步了解。

原谅我,李则广毕竟是我的前世。

潜意识里我有为他洗白的冲动。

卷五

1

留在海棠的几天,我近来的行踪不再是秘密。大家都知道,我正在七步镇调查金三爷家的事情。万万想不到,金三爷在海棠几乎是一个民间英雄的形象,很多上了年纪的人都还记得金三爷,有人还能讲出一点金三爷的故事。至于他的两个儿子,国民党的团长李则广,共产党的县委书记李则贤,大家几乎说不出什么。

于是我对金三爷也有了很大兴趣。

我前世的父亲金三爷是怎样的一个人呢?

下面的内容,有些是海棠人说的,有些是七步人说的,有些是外人说的,有些是金三爷的后人说的,我做了一定的归纳和梳理:

名字:

姓李,不姓金。叫李让。排行老三,父母在世时,已经被称作金三爷,"金"字不是姓,可能是"金口玉言"的意思。说话算数,说一不二,上学不多,但博闻强记,能说会道,三国水浒、天文地理,样样能说出头头道道。

身体:

身高一米八左右,七步镇和海棠人个子普遍不高,一米八是少见的大个子。金三爷个子大,但灵活,从小习武,打架没输过。每天只睡两三个小时,而且不喜欢睡炕,喜欢睡在窄而长的东西上,比如树枝上,板凳上,扁担上。胆子大,不怕狼,不怕鬼,天一黑提一根扁担出去,睡在自家的田间地头,甚至坟地里。

臂力:

双手能把磨盘举过头顶,还能像磨面一样不停转圈。给三十个长工做饭的大锅,锅里的铲子是铁锹,勺子是马勺。锅里盛满了饭的时候,几个壮汉才抬得起来,金三爷一个人就可以。金三爷家是七步雇长工最多的人家,很多海棠人也不嫌远,去给金三爷做长工。种地、挑水、担粪、喂马、刮盐、熬盐、卖盐。

盐客:

盐客就是刮盐熬盐的人,卖盐的人,开盐铺子的人。海棠七步一带,1970年以前,人们吃自产自销的土盐。土盐土盐,的确是从土里面生出来的盐。把地表含盐的一层土刮起来,经过熬制,就成了雪白的盐。清溪河河谷,土质是优良的白土,再加上阳光充足,长年刮风,土里面就容易长出盐。有了合适的土质,再有日照和风,就有了上好的盐。这盐,可以说是日照和风秘密合作的结晶。四十公里长的清溪河谷,普遍产盐,但质量最上乘的盐,出自七步和海棠这一段,前后约二十公里的地段。这一地段的盐,更白净,更冰洁,也更纯香,是一种有香味的咸。有些咸只是咸,并不香。当然,盐的好坏,香味的多寡,有更重要的一个因素,即人的因素,或者说,工艺和技术因素。

金三爷家是七步镇的老盐客家,有祖传秘方,传男不传女,一代只传一人。金三爷是第十一代传人。据海棠人说,当时的海棠人,愿意去金三爷家打长工短工,主要是冲着盐去的,想偷偷学一点金三爷家独有的秘方。结果发现,很多秘方,其实不算秘方,公开了也是白公开,别人学不去。比如,心里要明白什么季节最出盐。早春,日照刚刚由软变硬的时候,积攒了一冬天的盐碱随着水蒸气,从土壤深处浮上来,结在向阳的地表,似土不是土,像盐不是盐,便是最好的盐土。有没有这个知识很重要,能不能"及时刮"也很重要,因为时间一长,咸味就变老,色泽会变黑,香味也会大大减少。能否及时刮,早几天刮晚几天刮,表面看来取决于一个盐客是否有空,是否心细,实则不然,关键在于一个盐客有多么爱盐。足够爱盐,像金三爷这样,一天睡三个小时,无论如何都不会"没空";睡在树枝上、扁担上、崖边边上、坟地里等着刮盐,无论如何都不用担心把新盐好盐放成了老盐黑盐。刮盐的位置一般是约定俗成的,互不争抢。所以,能不能刮到好盐,实际上只剩下一条:是否错过了时机。而足够爱盐的盐客是绝不可能错过时机的。

是不是爱盐?

有多么爱盐?

这样的秘方哪算秘方!

这样的秘方公开了也是白公开,用不着担心被谁学了去。因为,爱其实是最难的。爱不仅仅是态度,更是因爱而牺牲,而持久。

所以,说到金三爷的这些秘方时,海棠人都会发笑,主要是笑自己。不过,大家也承认,对于那些"有心人",听了就不是白听。

况且金三爷也真的有些"秘方",有些至今秘而不宣,有些仍然算是半公开的,比如,把盐水倒入大锅内,开始烧火熬盐的时候,关建在四个字:"紧紧慢慢",时而紧火,时而慢火,有时用硬一些的木柴烧,有时用软一些的细柴烧。再比如,把草木灰泡进水里,放在太阳底下晒上几天,直到成为黏稠的液体,再放几天,等它沉淀为清水,在锅里的盐即将结为盐巴的时候,把草木灰水从沸腾不已的锅心徐徐淋下去,便看见,盐水立即沉寂下去,一方面变得更白,一方面迅速结为小小的颗粒。

草木灰水是真正意义上的祖传秘方。1970年,政府严禁私人刮盐熬盐,全面禁止倒卖私盐之后,金三爷这个秘方才公之于众。

总之,金三爷是七步的头号盐客。他家的盐,在甘谷、通渭、武山三县都很知名,在周边的榜罗镇、安远镇、滩歌镇、襄南镇、洛门镇都有铺子,而且售价比市价每斤高五分,别人是两毛,他家是两毛五,仍然供不应求。

大烟：

金三爷在七步只算中等富汉,算不上大富汉。因为,七步还有做官的,光县太爷就有两三个,另有良田万亩骡马成群的大地主。民国前后,有地的人往往是一等富汉,因为政府鼓励种大烟,甚至有任务,如果不种,要缴纳白地款(又称懒款)。种粮食不种大烟,就算白地。一亩大烟等于十亩粮食,既然政府鼓励,有硬任务,谁不种大烟谁就是傻瓜。有了钱可以换粮食吃,这是最好算的账。实际上政府早就颁布过禁烟令,前有孙中山的《临时大总统禁烟令》,后有南京政府的《修正禁烟条例》,但这些禁烟令都只是说说而已,从来没有得到地方政府的认真落实。老百姓们看得清楚,认为这些禁烟令其实是遮羞布。甚至在制定禁烟令的时候,就已经有欲纵故擒的目的,禁非真禁,目的还在征。事实是,禁烟令之后,经营烟馆者,要多交税。税的名目如:营业税、执照税、戒烟税、烟枪捐、烟灯捐。再说,所谓地方政府,常常是拥兵自重的军政府,老百姓至今耳熟能详的有:白朗、冯玉祥、胡宗南、马步芳、吉鸿昌、杨虎臣、马仲英、马廷贤、毛炳文等，这些所谓的地方政府比任何人更需要大烟，用大烟换军饷，偷偷壮大自己的实力。

金三爷是全镇唯一拒绝种烟的人。

很多人都万分肯定地这么说。

这很让我振奋。我前世的父亲金三爷竟然是整个七步唯一拒绝种大烟的人，我甚至有些不敢相信，为此，我进行了极为严格的走访和求证，七步在民国前后有四十年左右的种植大烟史，四十年里只有金三爷一家不种大烟？

答案是肯定无疑的。

种一亩地的大烟，收益十倍于种粮食。销路又不成问题，除了政府和军队的收购，还有烟馆烟鬼的需求。据说光七步镇就有十几家烟馆。开烟馆的人收入比种大烟的人还好。总之一句话，种大烟强过种粮食。最聪明的农民和最愚笨的农民，都会选择种大烟。大烟并不难种，七步镇甚至把大烟称为懒汉庄稼，前一年的大烟秆和现在的玉米秆一样，不收回家，铺在地里，一个冬天沤烂了之后是最好的肥料。来年继续种大烟，几乎不用多施肥，只要雨水正常，大烟很难不丰收。大烟喜欢生长在有风的地方，清溪河河谷最不缺少的就是风，一年四季都有风，从春天开始刮半年南风，从秋天开始刮半年北风。刮南风时，正是大烟需要水分的时候；刮北风时，丢在地里的大烟秆先枯掉再烂掉,自动成为来年的肥料。自古以来,七步镇人既会务农又会做生意,一方面,他们指望田多地广、粮仓满溢;另一方面,他们也喜欢利润翻番,生意兴隆。既然政府明里暗里鼓励种大烟,七步人自然很高兴,用大部分土地种大烟,留一小部分种些粮食和菜蔬。每年农历六月里总有十天半月,整个北山和南山的山地都是红艳艳的,清溪河两岸的川地同样红艳艳,妖冶轻狂的香味让七步镇的猪和狗都有醉生梦死的味道。一半大烟让政府收走,另一半有三个稳定的去处:土匪、烟馆、烟鬼。种大烟的人都知道,每年的夏秋之交,土匪就开始频繁出没,土匪不抢别的,专抢大烟,所以种大烟等于种平安,哪一年土匪意外没来,反而成了一块心病,心里不踏实。县城和镇上的烟馆收烟的价钱比政府略高,所以,完成政府的任务后,剩下的部分主要卖给烟馆。至于烟鬼,有多少种烟人就有多少烟鬼,种着种着老老实实的烟农就变成了惝惝惶惶的烟鬼,烟鬼们一般要藏够自己用的,免得去烟馆花钱买。

金三爷及其子女抽大烟吗?

人们的回答也是肯定的:不抽。

那么,金三爷拒绝种大烟,原因何在?

人们说,七步镇忧国忧民的人并非只有金三爷一人,但知行合一的,则没有第二个。当时新学已经传入七步镇,拄文明棍、穿白衬衣的人已经随处可见。大家凑在一起,议及"烟祸",常有共识,比如:"种大烟开烟馆,令如今的七步镇多浮浪鄙俗之人,这样下去,就麻烦了。"又比如:"大烟对中国人的祸殃,恐怕一百年才能消除。"可惜的是,在利益面前人们常常是说一套做一套,金三爷除外。

另一个原因,我是这样猜的:

与其说金三爷富有远见,不如说他私心很重。他不种大烟,恐怕有一个潜在意图:我不种大烟,不挣大烟的钱,我家里的人也不许抽大烟。这样的事情想到容易,做到难,在当时的情况下,的确需要金三爷这种性格才可以。

民间至今把大烟称作"黑金"。

金三爷的名字,不是有来历了吗?

"黑金和金三爷有没有联系?"我问一位老人。

老人两眼一亮,说:"有道理。"

我相信,我前世的父亲,人们称之为金三爷,一个"金"字,表达了人们对他的敬重。大部分人做不到的事情,他做到了,所以敬重。恰如"金左手",是对一个人左手的敬重。"金凤凰"是对鸡窝里飞出的凤凰的敬重。

窑子:

有烟馆的地方必然有窑子。七步镇在甘谷通渭武山三县交界处,来往商贩和杂人很多,烟馆和窑子也最多,超过了榜罗、安远等镇子。七步虽然是镇子,气象绝不弱于县城。据了解,金三爷的家教之严,还包括不许子女纳妾,也不许子女逛窑子。金三爷自己带头不纳妾不进窑子。金三爷虽然不缺钱,但只娶了一个婆娘。人们说,金三爷的婆娘任何时候看见都是面黄肌瘦的样子,为什么?金三爷的男人功夫不得了,一次能干两小时,女人直求饶。又不纳妾,翻来覆去只折腾一个女人。

我想到了李则广,金三爷的大儿子李则广,在出门当兵之前,没碰过女人的可能性进一步增大。马家堡子里面的事情,只涉及人头,没涉及女人。那二十几个死者里肯定有女人。但罗丑女并没有看见强奸轮奸这类事情。

记我头上:

金三爷欠别人账,或别人欠金三爷账,向来不立字据。在街上碰见有人暴力讨债,金三爷如果碰见了,会凑过去,说一句:"记我头上。"对方一看是金三爷,只好作罢,问:"金三爷,打个条子吧。"金三爷说:"不用,你忘不了,我就忘不了。"向金三爷借钱借粮借盐,只要不是天大的数字,金三爷一定同意,同样不立字据;你硬要立,他会当你的面撕掉。最被人们津津乐道的一次是1935年9月27日,红一师三团渡过渭河,经七步前往通渭,在七步住了一夜,次日,团政委邓华亲自出面向金三爷借粮。金三爷把家里的全部粮食都拿出来,又花钱从其他铺子里提了几千斤,凑够一万斤,一并交给邓华。邓华打了字据,金三爷看都不看,当时就撕了。1954年,时任东北军区第一副司令员的邓华上将打电话给县政府一个老部下,希望替自己把金三爷的账还了。

县上派人来找到金三爷,金三爷说:"粮食不用还了,把我家的两顶帽子拿掉就行。"两顶帽子,一是金三爷自己头上的地主成分。他土地的面积并不多,但铺摊(盐铺子)大,所以被划为地主;二是大儿子李则广的反动派(反动军官)。经过再三商量,后来把金三爷的成分改为中农,李则广依旧是反动派。

自己的斧不砍自己的把儿:

1935年冬天的一天,金三爷的大儿李则广失去音信多年后,突然骑着马,带着一个女人回来了,另外还跟着十几个同样骑着马的扈从。金三爷那天刚好蹲在盐务巷街边的台阶上看热闹,先看见了马上的女人,心想,啥叫有姿有色,这个女人就是有姿有色。原来姿和色还真是两回事,有一样容易,有两样难。万万想不到这时女人旁边的男人扑腾跳下马,站在他对面,喊了一声:"爸爸!"硬汉金三爷竟然罕见地掉下了眼泪,因为大儿子李则广出门五六年了,一点消息没有,以为早死了。

那伙扈从也都下了马一致向金三爷敬礼。

只有那女人还在马上,面含微笑。

李则广回身把女人从马上抱下来,极为小心地放在地上,拉过来,对金三爷说:"爸爸,这是你儿媳妇,长得不黑,名叫黑燕。"

黑燕明显带着肚子(有孕),喊了一声:"爸……"

金三爷一看,心里马上就明白,老虎不下狼儿子,自己的大儿子为啥一直不和东梅同房,不是人家傻,是人家野心大,眼窝子高。

回到家,李则广带着黑燕见了每一个人,妈妈,东梅,两个弟弟一个妹妹。黑燕把妈妈叫"妈",把东梅叫"姐"(实际上她比东梅和李则广大三岁),把大弟叫"则贤",把小弟叫"则安",把妹妹叫"则玉",让全家上下出气的不出气的全都觉得舒服,人人都有一个错觉,这个女人的声音,好像自带回音。

当时东梅从屏风后面出来,脸色黄恹恹的,李则广问,你怎么了?东梅回答,拉肚子。李则广就喊着黑燕的名字,说,这儿有个拉肚子的,快来看看。黑燕找来半把大米和一张旧报纸,先把报纸弄湿,再把米包起来,放在铜火盆里旺旺的炭火旁烤,直到差不多烤煳了,用嘴轻轻吹气,大米里冒出一层细细的蓝色火苗,像地平线上最早的那一缕晨曦,然后把半煳的大米放进开水里泡一泡,让东梅喝下去。

竟然立竿见影。

大家佩服得不得了。

"是一个祖传的方子。"黑燕说,并不贪功。

半天之内黑燕的名声就传遍邻里。

金三爷高高兴兴出了门,邻居问他:"则广破了规矩,怎么办？"

金三爷说："自己的斧不砍自己的把儿。"

邻居又问："看样子则广的官不小？"

金三爷说："胡宗南的部下，上校团长。"

有人立即请金三爷说情，让李则广把自家儿子带去当兵，金三爷欣然答应。次日李则广离开的时候，果然带走了三十多个老乡。

奴羔：

我看到了几十张黑燕的照片，有早期在徽县照的，有在天水照的，有后来在七步镇照的，从年轻的时候一直到七老八十，都有。我要承认，黑燕长得很像奴羔。和黑燕相比，奴羔的每一个五官只多了傻相，嘴唇尤甚。反过来说，把奴羔脸上的傻相取干净，加上神采，就是黑燕。黑燕读不读鲁迅的书？我倒是专门打听过，没有确切答案。黑燕识些字，偶尔读读书，背过《唐诗三百首》是肯定的。黑燕也是七步少见的大脚女人。据说缠了半年又放了，民国前后，徽县和七步镇都有了"放足会"。

硬气（一）：

只在家住了一晚上，李则广就匆忙离开了，因为部队要离开天水，换防陕西潼关。李则广这次回来主要为了把孕妇黑燕留在家里。

四个月后李则广的大儿子出生。

大儿子刚过完满月就出事了。

事情和黑燕有关。

一天早晨,天半亮,早起的人准备去各家地里干活,或出门做买卖、走亲戚,发现每一个路口都支着机关枪,枪口黑黑的,对准七步镇。七步的主要路口,一是东边,从县城方向过来,前往通渭、定西、兰州,再远则是西宁、乌鲁木齐;一是西边,从通渭方向过来,前往甘谷、陇西、天水、宝鸡、西安,再远则是成都、重庆、上海、北平。另外就是通向南山和北山的路口了,并不多,各有七八个。

"回去告诉李则广家里人,我们是来要人的。"

每一个路口都是相同的话。

掉头跑回去的人,把话带给了金三爷。

金三爷一听就明白,赶紧安排李则贤等人保护黑燕和孩子躲进李八爷堡,随后自己招呼邻居们快快带上家里的细软朝堡子里跑。

七步镇这个路边的古镇,好处和坏处一样多,最大的坏处就是兵灾。所以,一个镇子有上中下三座堡子,关键时刻才知道真不多余。十年前邓锡侯的部队从西边来,五年前马仲英的部队从东边来,两年前马步芳的部队从东边来,随后又从西边来,都是一模一样的架势,烧杀掠抢是最普通的。如果是汉族的部队,牛羊猪狗全遭殃,如果是回族的部队,除了猪和驴,其他都遭殃。如果是败退之师,那就最可怕,沮丧之气几里之外就能闻见,进了镇子会像蝗虫一样把所有可吃的东西舔个精光,连老人都会遭到强奸。唯一的例外是去年那两个团,被称作"共匪",却一点没匪气,士兵全枕着枪一排一排地睡在街上,静悄悄的,拿了老百姓的东西要打借条,吃了老百姓的东西要付钱。

但是,那毕竟是唯一的一次。

既然有堡子,一有风吹草动就往堡子里跑,几乎成了所有人的本能反应。堡子里每家每户都有临时的藏身之所,一家至少有一间房子,吃的喝的铺的盖的,样样不缺,家里的细软也容易带走,但有一个麻烦,牲口怎么办?堡子里没有牲口的位置。所以,祸乱来了,各家的老人们往往坚持要留在家里,照顾牲口。

金三爷的父母过世都早,就算健在,以他的性格,绝不会独独把老人丢在家里,老人留下不走,也不能听老人的。等邻居们全部钻进堡子后,金三爷去路口探了探虚实,根据衣服和神态断定,不是先前借过粮食的那支部队。

金三爷最后进了堡子,顶好堡门。

金三爷立即组织护寨队,准备好土炮长枪短枪弓箭石头,趴在四面的堡墙上。当时各村寨都有自己的乡村武装,有花钱买来的洋枪,也有自造的土炮土枪鸟铳。男娃娃从小就会放炮使枪,很多时候男娃娃去当兵了,实在缺人手,就要靠女人和老人。从二十岁开始,金三爷就是护寨队队长,而且是七步三个护寨队长里最有指挥才能的。金三爷是否当过兵？我问过大家，又扯出另一个故事，稍后会讲。

不久，一只小分队向堡子这边靠近，喊："别开枪别开枪。"

金三爷把手一压，大家暂不开枪。

那伙人渐渐走近，又喊："我们不想杀人，把我们的人放了，我们就撤。"

金三爷喊："这儿没有你们的人。"

底下喊："我们张团长的婆娘，名叫黑燕；团长走的时候是营长，现在是团长。"

金三爷喊："团长嘛，我们见多了。"

底下喊："少废话，快放人，不放就用人头换。"

金三爷喊："把你们团长大人叫来，我有话对他说。"

底下喊："你先跟我说。"

金三爷喊："让你们团长来认认，是不是你们黑燕，叫黑燕的人多了，别弄错了。"

底下喊："黑燕在甘谷县七步镇李则广家没错吧？"

金三爷没声音了，他是想把团长骗过来，先一枪把团长干了。

底下喊："我们团长说了，不怨黑燕，也不怨李则广，因为团长走了好几年没音信。"

金三爷喊："叫你们团长来，我有话对他说。"

底下喊："你跟我说。"

金三爷把黑燕叫来,让她认底下喊话的人是谁?

黑燕弯腰看了一眼,摇了摇头。

金三爷喊:"人已经是我们的,刚刚给我生了个大胖孙子,快去告诉你们团长,让他出个价,等于他让黑燕改嫁了,两边各送一份人情。"

底下喊:"我们只要人,不要人情。"

金三爷喊:"你回去问问团长,让他出个价,让他放心出。"

底下没声音了,真的回去了。

没多久又回来了,手上提着两颗花白的人头,看不清是谁家的老人。

高高的堡墙上突然刮起一阵冷风。

还是刚才那个人,他喊:"你们看清楚,这不是猪头羊头,是人头,老人头。"

金三爷一时坐倒在堡墙上。

底下接着又喊:"从现在开始,我们打算两颗两颗地增加人头。"

黑燕说:"爸,我出去吧。"

金三爷叹口气,说:"看他们架势,不是真要人;真要人不是这种要法。"

黑燕说:"爸,我一出堡门,你一枪把我打死。"

金三爷说:"有我金三爷在,你就不能死,也不能走。"

黑燕突然向金三爷跪下了。

金三爷说:"我的娃,快起来,咱们不怕。"

金三爷把泪汪汪的黑燕拉起来。

金三爷摸出手枪,他不是左撇子,但用左手摸枪用左手打枪,因为,他的右手缺一节食指,金三爷连发两枪,堡子底下连倒二人。

剩下的人扔下人头跑远了。

金三爷朝他们喊:"我的意思没变,两边各送一份人情,让你们团长出个价。"

跑远的人,继续向远处跑。

金三爷转过身来,取下头上的草帽,开始吃烟。

金三爷吃了三口烟,身后又有声音了。

是一个新的声音:"人情来了,我们是借花献佛,还是两颗人头!"

金三爷脑门上滚下两大滴汗珠。

那伙人这次不再走近,而是停在枪打不着的地方。

"放炮!"金三爷命令。

放炮的是金三爷的二儿子李则贤,旁边站着三儿子李则安。

李则贤用少了一节食指的右手点火放炮。

"轰隆"一声,厚厚的堡墙在隐隐摇晃。

刚才那一伙人变成了一包浓烟,正在徐徐散开。

金三爷重新转过身开始吃烟。

有人看见,金三爷的手在微微发抖。

再后来，是七步人的口音："好了好了，孙子们跑了。"

李则安屁颠颠从台阶上跑下去，要去开堡门。

金三爷大声喊："别急，急个屁！"

又等了一顿饭工夫，镇子里和镇子两头始终安安静静。金三爷叹口气，似乎在替刚才那伙人惋惜，说："天底下最胆小的人是坏人。"

随后金三爷又说："可惜，好人的胆子也总是不大。"

没人知道金三爷到底想说什么。

堡门还是被心急的李则安打开了。

吓人的炮声和枪声过后，原有的安静马上回来了，不管七步人是多么惊魂未定，七步镇特有的傻里傻气的安静马上又回来了，原来有多安静，现在还是多安静。人们跑回镇子的时候个个心里都觉得自己命大福大，又能活几年了。路上的四个花白人头令人伤心，但也不要紧，差不多算喜丧，一家子的丧事变成了全镇子的丧事，这样也好。接下来，人们会忙碌三五天，热热闹闹为四个烈士一般的老人送终。在这之前先要把那些异乡人的尸体处理掉，不过很简单，抬到南山下的万人坟里埋掉就好。

万人坟？

对，南山东侧有万人坟。

我想去看。

蒲霞带我去看了万人坟。

万人坟，远不像听上去那么有气势，只是两亩左右的一块坟地,四周有矮墙,墙内并没有一个一个的坟丘。或许是因为地方狭窄,坟丘相互挤在一起或摞在一起,而没有了分别。我问蒲霞,这个万人坟始于何时,蒲霞说不清。不过专门辟出一块地方埋无名无主的尸体,显然很有必要。一个大路边上的镇子,又在一个战祸频仍的地区,附近还有名刹古寺(离姑嫂寺很近),某人想出一个万人坟的主意,是可以想象的。我看见蒲霞在向万人坟作揖,但动作马虎,缺少郑重。我也简略作了作揖。

对于万人坟,我并没有什么特别的感受。惊讶有,只是一瞬间而已。站在万人坟旁边,马上就接受了万人坟这个事实,就好像天上应该有云彩,地上应该有麦苗。如果我在写一部小说,虚构一个镇子旁边有一座万人坟,肯定不敢,因为它看上去很假,像作者故意在危言耸听。但是,如今我站在万人坟旁边,心里却平淡如水。我想,人们会迅速接受一个新的事实。事实和记忆的关系,很多时候是沆瀣一气的关系。我想起心理医生给我做过的那个试验,打翻一瓶墨汁,再擦掉,就和没打翻一样。如果不擦?也没什么了不起。已经打翻了,弄脏了桌子弄脏了书,就像原本该打翻一样。再不可想象的事实,预先以为天会塌下来,但是,当事实一旦出现,记忆往往会以惊人的速度欣然接受;记忆甚至会立即排除第二种第三种可能,觉得其他的可能的确是次一等的可能,和好坏无关,和准确有关。这么想来,健康其实就是对事实和变化的接受能力。能够快速接受一个新的事实新的变化,就是一个健康的人。现在我算是一个健康的人,这真令我高兴。

"好一个万人坟。"我说。

"我一个人可不敢来。"蒲霞说。

"不过,的确离镇子太近,埋在这儿,和先人一样。"我是嘲笑的口气。

"当初可能不近。"蒲霞说。

"当初的七步镇可能只有七步大小。"我故意逗着蒲霞。

"七步是这个意思?"蒲霞问。

"这么简单,就不会叫七步了,肯定有别的意思。"我变认真了。

"你是怎么解释的?"蒲霞崇拜地看着我。

"也不是七步诗的意思。"我说。

"别卖关子了,快说。"蒲霞推了我一把。

"出门七步,遇敌十人,这话你听过没有?"我问。

"没有,真没听过。"蒲霞说。

"万人坟里的人,活着的时候都是敌人。"我蹲在一处矮墙的豁口上。

"这个解释倒有些意思。"蒲霞说。

"出门七步,遇敌十人,是你们七步镇的谚语,没听过?"

"我孤陋寡闻,真没听过。"

我点上了一支烟。

蒲霞也要抽一支。我真的喜欢女人抽烟。

不过我想居亦抽烟才算好看。

接下来我们又顺便看了李则广家的坟地,离万人坟不足一百米,附近还有别人家的坟地,看来南山脚下东侧的这块地,是七步人的坟园,从东到西,至少有两千亩,唯独万人坟是用矮墙圈起来的。无论如何,两者之间这么近的距离,这么不忌讳的样子,令我心里越想越感动。生前是路人敌人,死后区别就不大了。

硬气(二):

1937年的冬天,同样是一个早晨,据说天更黑一些。天水专员兼警备司令高增吉亲自带着五百名官兵,来甘谷县七步镇捉拿以李则贤为支部书记的四名地下党。四个人被他们自己的人出卖,事实和证据都确凿无疑,只需把四个人逮住,并当场枪毙,以儆效尤。所以,五百名官兵分了六路,路东路西各一路,把住出入口,另四路各围住一户地下党的家。李则贤家的面积最大,和周围的人家相比,又大又阔气,后院的牲口棚、草棚、厕所、猪窝、鸡窝,倒是和邻居们的住房差不多。后院的东侧紧挨着另一家人的后院。所以,高增吉的官兵,最多能围住李则贤家的三面,南面和北面是正门和后门,西面是院墙,院墙外是巷子。高增吉本人亲自守候在支部书记李则贤家门口。

李则贤家院子里,突然有了响动。

金三爷一天只睡三个小时,而且喜欢睡在扁担或像扁担的东西上。

李则贤渐渐成为掌柜的,同样早睡早起。

高增吉仓促鸣枪,四处同时行动。

李则贤家,士兵们翻墙而入,打开前门后门,近百人一拥而进。

实际上,李则贤已经跑远了。

金三爷睡觉少且喜欢睡扁担的怪癖终于派上了用场。高增吉的人还没到家门口,他就听见了,儿子李则贤的事他多少知道一些,他们经常来家里开会,他哪能不知道?再说他心里也暗暗喜欢这种情形:两个儿子各有其主,等于上了双保险。平心而论,他更喜欢二儿子李则贤的一方。他们借过他一万斤粮食,一个"借"字,就让他喜欢。几百年过去了,从门前的大路上经过的流匪穷寇,只会抢不会借。

高增吉直接向金三爷要李则贤。

金三爷淡淡地说:"李则贤昨晚没回来。"

高增吉问:"没回来?找见了呢?"

金三爷不理高增吉,大声喊:"会出气的都出来,免得人家翻箱倒柜。"

一家人从东西南三面的房子里出来,排成一队。

金三爷问:"要不要我给你介绍?"

高增吉说:"好吧,你介绍。"

金三爷不慌不忙地说:"我先介绍女人,这是我婆娘胡桂莲,这是我大儿媳妇黑燕,这也是我大儿媳妇东梅,这是我小女儿李则玉。"

高增吉多看了两眼黑燕。

金三爷指着李则安说:"这是我三儿子李则安。"

李则安吓得全身发抖,脚下有一摊尿。

李则玉走过去,把弟弟李则安搂进怀里。

高增吉低头看看李则贤的画像,排除了李则安是李则贤的可能。

这时,另外三个人已经被带过来了。

三人身上都背着绳子,衣衫不整,面容坚硬。高增吉逐一核实了三人的身份后,命令三股完成任务的官兵马上去搜查匪首李则贤。

这时天已大亮。

院内院外有了很多看热闹的人。

高增吉命令,把已经抓获的三个人拉出去,就地枪决。

枪声从七步镇的最西端传来了。

一声。二声。三声。

这边,金三爷已经被绑在院内偏西的一棵不算大的椿树上,光着上半身,一身强健过人的肌肉让高增吉惊讶,而且生出一个主意:多找几个火盆,把火架旺,围住老家伙好好烤,烤上三天三夜,看看老家伙身上的油能盛几碗?

金三爷家有三个火盆,都是漂亮的铜火盆,有一大堆木炭,是刚刚买来准备过年用的。木炭的好处是立即就能点着,有火,没火苗。

三个火盆把金三爷围在中央。

火盆里的火,很快就旺起来了。

高增吉盘腿坐在一个火盆旁喝罐罐茶。

高增吉说:"老家伙的茶不错。"

金三爷笑着说:"不错就好好喝,屋里还有油饼。"

金三爷朝厨房喊:"把油饼拿来。"

黑燕拿来油饼。

高增吉看一眼黑燕,想说话又没说。

金三爷说:"是我大儿媳妇。"

高增吉问:"听说你大儿子干得不错?"

金三爷说:"干得不错有屁用。"

高增吉问:"怎么没用?"

金三爷说:"有用,你们还敢这么欺负我?"

高增吉说:"没办法,一码归一码。你二儿子带人在安远杀了十几个人,抢走了几十杆枪,惊动了省政府,要不然我也不会亲自上门。"

金三爷说:"对不住。"

高增吉问:"李则贤的事你知道吗?"

金三爷说:"不知道,我是大老粗,只会刮盐熬盐。"

高增吉说:"快点把李则贤交出来,要不然我回去交不了差。"

金三爷咧嘴一笑,不吭声。

金三爷的身上已经开始大量冒汗了。

高增吉喝着茶,吃着烟,就着油饼,也做出耐心很好的样子。

"来,再加上三个火盆。"高增吉喊。

有人很快又找来三个火盆,架上炭,引好火,歪着头用嘴把火吹旺。六个火盆围着金三爷和椿树,看不见火苗,但金三爷身上的汗已经泅湿了地皮。地皮原来结了冰,烤热后出了水,和金三爷身上流下的热汗混合在一起。

一只小狗跑过来,用小舌头舔着地。

高增吉低头看着小狗,微微一笑。

高增吉说:"老先生,这狗是你家的吧?"

金三爷并没有意识到高增吉称自己为"老先生",他甚至没任何反应。

高增吉问:"老先生?喂,老先生?"

金三爷睁开眼睛,眼神里全是虚光,问:"我家的炭够用吧?"

高增吉问:"你真的不说吗?"

金三爷笑而不言,两边的眉毛像两只黑蝴蝶在热风里一起一伏。

高增吉说:"老先生,我都看恶心啦!"

金三爷说:"火可以再旺一点。"

高增吉说:"舍不得你呀,老先生。"

又有一些胆大的鸡和猫跑过来争先恐后地啄着地舔着地。

高增吉表情发暗,看来真的恶心了。

这时,黑燕带着全家人跑出来,扑通跪在高增吉面前。

黑燕带头说话:"求你们饶了我爸!"

金三爷睁开眼睛,用哑哑的声音喊:"你们给谁下跪呢!快给我起来!"

金三爷的嗓子眼像风箱一样呼呼作响。

黑燕等人硬硬跪着,不站起来。

金三爷放低了嗓门,但语气不软:"快起来,去把我的棺材收拾好。"

黑燕等人依然跪着,一动不动。

高增吉说:"李则贤是七步镇地下党的支部书记,死掉的三个人加起来比不上他一个,我兴师动众来捉拿他,不能空手回去。"

黑燕说:"肯定弄错了,我兄弟是老实人,天天赶着牲口走乡串户挣点小光阴,甘谷通渭武山三县到处跑,没闲心想乱七八糟的事情。"

高增吉问："你丈夫在哪个部队？"

黑燕说："我丈夫的顶头上司是李铁军。李铁军和中央陆军第一军军长胡宗南是黄埔一期的同学，两年前刚刚驻防过咱们陇南一带。"

高增吉一听，脸色大变，说："好吧好吧，胡宗南和李铁军当然是大人物，我惹不起。今天我是奉命来拿人，多有不敬，请原谅。"

高增吉亲自给金三爷松了绑。

高增吉退兵后的当天晚上，天刚黑，七步镇开始下大雪，少见的大雪，连续下了三天三夜，邻居们想来看看金三爷，都动不了身。

如此硬气的金三爷，从此便很难被人们遗忘。不是什么大人物，没有任何传统意义上的功名，却被大家记住并传颂，实属不易。

2

七步镇（包括海棠），其实是整个天水这一带，人们的确崇尚硬气。硬气，它的另外一些说法是：能豁出去，习惯于放纵和炫耀身体里雄强和勇敢的一面，视死如归，必要的时候以殉职捐躯为荣。"硬气"几乎是我们的图腾。我们同时又很在乎"忠"和"义"，所以我们那儿从来没出过李自成、张献忠这类人物。或许实情是这样的:有时候,不忠不义令人羞愧,有时候,忠和义同样令人羞愧,这个"度"在哪儿?该如何掌握?我的卑微弱小的老乡们实在没能力没水平搞清楚,不如守住一头,宁愿显得欠灵活一些,愚笨一些。在复杂的情势下,愚笨未尝不是一种安全策略和自我保护。

像是一个意外收获,我不小心找到了这种性格的代表。他竟是我的前世父亲。我自己身上所缺少的,或者说我希望拥有的,正是这种气质。我血液里没有这种东西,所以才总是有幻觉。比如被人捆在桥头下的那个晚上,整个过程的前半截,我就是幻觉中的自己。再比如,我在三次婚姻中,总是不满足于被女人管制。一方面我很软弱,一方面我又很厌恶软弱,总想反抗,总想成为幻觉中的那个自己,一句话,总想成为强者。实际上,我身上的弱远不是弱,而是不得已而成为弱,是暂时僭居为弱。弱的位置上应该是强,不得已放上了弱,弱没有一天安于自己的弱,每一刻都幻想成为强。

不说我了,说金三爷。说以金三爷为代表的七步性格(含海棠),这种性格里有没有一点圣徒气质?居亦在阅读我的小说准备博士论文的过程中提出一个观点,认为我的一些小说人物不约而同有圣徒气质,比如《一人一个天堂》里的杜仲,主动报名去麻风院当院长;比如《北京和尚》里面的可乘(俗名张磊),不是因为受了挫折才去出家当和尚,而是出于内心的主观愿望;比如《芳邻》里的懒汉灰宝,在所有人都挖空心思急于发家致富的时候,他却独独把懒惰发挥到极致,待在家里什么都不干,不出门打工,也不种粮食;再比如《灰汉》中的银锁,一个因呆弱而被选为"灰汉"的人……

居亦当初和我讨论的时候,我说:这些小说是我陆续写成的,写之前没有任何规划,而且我写小说并不依赖个人经历,我主张"小说如果有前世,小说的前世在未来"。居亦说:潜意识中可能有看不见的主动性在起作用。

现在,我差不多要同意她的观点了。

我也和居亦及时做了交流,我说:不可否认,小说的一部分前世在过去,一部分前世在未来。过去假若不在明处,就一定在暗处。

想不到居亦说:"现在我相信你的病完全好了。"

我说:"老大,我在说小说人物。"

居亦说:"我才不关心小说人物呢,我更关心我的先生。"

我说:"我的病,难道刚好吗?"

她笑了,说:"有了更好,才知道前面的好不算好。"

这是我说过的一句情话。

我说:"我想回去了。"

居亦说:"那就赶紧回来呗,要不然我跟别人跑了。"

我说:"再给我几天时间。"

居亦在电话那边诡异地笑了,言外之意是,看来病还没好。

我说:"你的笑不正常。"

居亦说:"事实证明,你的回忆症还在。"

我说:"真好了,我了解自己。"

居亦说:"那就赶紧回来。"

我说:"再给我几天时间吧。"

居亦问:"几天?"

我说:"宽松一点,十天吧。"

居亦说:"一言为定。"

放下电话,我不禁有些伤心。和居亦的通话反证了一个事实,在她眼里,我至今还是一个病人。和我相比,居亦的确健康很多,人家一出生就被亲生父母抛弃,并没有天天诉苦。我却把自己的一点事情唠唠叨叨说个没完。

3

隔了两天,我又觉得,我高估了我的前世父亲金三爷。金三爷身为一个普通农民,身上是有一些根深蒂固的"劣根性"的,比如他的老谋深算、他的机会主义。他的两个儿子,一个是国民党的军人,一个是共产党的地下党员,在他看来,这是"双保险",未来任何一方赢了都是好事情；无论朝廷是谁的，朝廷里都有自己人。惭愧的是，这些弱点还完整地保留在我身上。我也老谋深算，我也机会主义。

当然，我的前世父亲金三爷至少是一个生动的人。因为生动，麻烦出现了，当我知道有金三爷这样一个前世父亲时，我竟然不知不觉淡忘了我今生的父亲，就像心理医生一直希望我能做到的那样，桌上的红墨汁代替了黑墨汁。这让我心里既有些高兴又有些不安。但高兴是主要的，我决定对前世的母亲不再追根问底。关于前世母亲，目前我只知道她一辈子都有些面黄肌瘦。我想，知道这一点就够了。

知道这一点就够了——这话不像我的口气。

我从来没有学会这样的态度。意识到能力的有限，记忆的有限，时间的有限，不贪多，不贪求知道更多更深的奥秘，对我来说当然值得高兴。有些道理提前一分钟都明白不了。海棠有句话，四九不敌五十人，看来真是如此。

真的存在一个独一无二的我吗？

我认为没有。我已经明白，所谓的我并不是一个边界清晰，性质稳定，在远处等着被寻找的一样东西。我的来源，我的构成，实在过于复杂，一言难尽。如果把所有的前世都找出来，如果把所有的血缘关系和神秘关系都补齐，我就是世界上最复杂的一样东西。我的头号异己不是他人,正是我自身。"我"身上最强势的异己正是我自身。习惯上所说的这个我,离我最近的这个我,实际上被数不清的成分复杂的我重重包裹,以至于我总是无法区分哪是自身哪是异己,何时是自身何时是异己。有时候,一部分我还会乔装打扮成各种世俗面目出现在我面前,比如财富、光荣、梦想、爱情、黑社会、乌托邦……很多时候,我很像是被大千世界搞乱了,其实是被自身搞乱了。

反正,如今我比任何时候都深信,我是绝对没办法找到一个准确无误的我的,我甚至没办法窥视我的全貌于万一。问题并不是没有精力没有时间,而是,这个我,压根就是不可测量之物,不可猜度之物,不可触知之物。

我把目前为止还没顾上做的事情详细列成清单:

1.去重庆寻找居亦的生父生母。

2.去安远镇调查安远事件的情况。

3.调查所有和李则广有血缘关系的人的情况。

4.去徽县调查李则广在徽县做土匪的情况。

5.去徽县找到黑燕的娘家,了解黑燕的情况。

6.去张家川和宁夏泾源寻找马如仓的后代。

7.去安徽巢湖了解李则广的妹夫桃盛的情况。

8.去陕西和山西了解李则广的部队在中条山的作战情况。

9.去湖南溆浦了解李则贤及其后代的情况。

10.去深圳、上海、美国等地了解李则广后代们的情况。

11.去陕西太白了解丁姓和罗姓两家人的情况。

12.查阅正史或野史,调查武则天是否有一个女儿因言招祸,逃至陇上。

13.重访姑嫂寺,了解一点新情况。

14.和李则广的小儿子李汝平见个面。

以上内容都算易于完成的,无非是多花点时间、多跑跑路而已。在我心里,还有更多更多的待解之谜需要揭示(王龄博士用词),但是,我打算就此打住,不再追究。我想和我身上的大部分无知和解,也和我身上的大部分弱点和解,比如懒惰、脆弱、偏爱孤独、易于失望、过于在意有根无根这一类问题,等等。

真的和解,不是假的和解。

所以,清单上列出的内容,基本上都被我打了叉,只留下最后那两条。我打算,做完最后两条再回海棠住上几天,就回珠海去。

4

前面的故事里已经提到过金三爷不是左撇子,但用左手打枪,百发百中。金三爷的右手少一节食指。李则贤的右手也少一节食指。当时,站在堡墙上的男人近一半都是如此。就好像那是某个稀有人种共有的一个生理特征。

我已经知道原因了:

总体上说,七步镇是一个崇文又尚武,但尚武甚于崇文的地方。人们崇尚武力,崇拜军人。习武从军是七步男人的第一选择,几乎可以说,硬气,不屈服,视死如归,是他们血液的一部分。但是,有多爱,就有多怕。七步同时还传承着一个奇特的习俗,一个家庭如果男丁在两人以上,至少有一个,在刚刚降生的一瞬间会被剪去右手食指的第一节。不能开枪射击,就没条件去当兵,只好留在家里。保证有一个人守住家门,延续香火。金三爷是老三,所以剪了。金三爷的大哥二哥没剪,都曾当过兵,大哥死在了战场上。李则广是老大,没剪。李则贤是老二,剪了。李则安是老三,没剪。

前面说过姑嫂寺有一尼一俗的规矩,尼和俗的数量基本相等。在俗的女人有供养义务,一般还要懂点医术,至少要会接生,会看月子病,被称作风婆婆。初生婴儿的右手食指总是由风婆婆代剪的。风婆婆回去时会把那一节小食指揣进衣兜,扔在寺里一个固定角落,越积越多,日久成冢。所以我要再去姑嫂寺看一眼。

院内西南角有一个不起眼的木质凉亭,凉亭旁边是一个土堆,和普通的坟丘不同,取圆不取长。一旁竖着一块小小的正方形石碑,上面写着三个字,是好看的隶书:**示指冢**。我不学无术,竟是第一次知道食指又称示指。我们常用食指指东西或方向,所以,食指又称示指。青色大理石上,除了"示指冢"三个字再没有任何图案和文字,反而让这三个字有了说不尽的意味,也充分显示了姑嫂寺的不凡身世。

"阿弥陀佛!"我说。

我像逃兵一样匆匆离开了。

因为我有明显的生理反应,右手食指的指尖突然极度发麻,很难受。回到七步,几个小时内,我的右手食指一直又麻又辣。剪食指这个奇特风俗最初是如何形成的?我虽然有一肚子疑问,但也不想开口请教任何一个七步人。因为只要用心想一想,答案就不言自明。男人去打仗,对男人来说是大展宏图、立功受赏的机会,但对女人来说,尤其对正处在生育旺盛期的母亲来说,战争是什么?战争有多可怕?她们用剪刀做出了回答。这是典型的母亲式回答。这几乎是身体自己做出的本能回答。据说,战争来临之前母亲们普遍会有预感,会不约而同成批怀孕。这也是典型的母亲式回答。

为什么在战前容易怀孕?

因为,女人们预感到战后自己的男人回不来了。

"就算回来,脾气也大得很。"

人们熟知这样的情况:战争结束后,当兵的男人们要么死了,要么回来了。回来的人,少数成了军爷,多数成了残废——当然首先是缺胳膊少腿那种身体残废,最要命的则是精神残废。或者变得脾气暴躁,酗酒成性,经常拿最亲近的人撒野出气。或者呢,变得毫无脾气,打不还手骂不还口,成为一个任人欺凌的人。

5

由蒲霞介绍,我见到了李则广的小儿子李汝平。他比我大五岁,留着平头,还算精神。我一眼就认出了他,因为他的鼻子嘴巴和黑燕很像,或者说和奴羔很像。那种厚嘴唇,我都不想再看见了。李汝平是李则广的小儿子,事先我这样对自己说。但是没办法,看到他的一瞬间我心里还是有一种抱住他大哭的愿望。

如果蒲霞不在,我恐怕很难忍住。

我们见面后,去了一家驴肉馆,要了两斤酱驴肉,还要了一壶秫秫酒。李汝平笑的时候,颇有点傻里傻气,这让我又一次想起奴羔。

我单刀直入,请他谈谈李则广。

他很愿意谈,谈了很多。

下面的内容也做了一定归纳和梳理:

从马廷贤到胡宗南:

李则广第一次当兵是1931年,不是什么正经兵,是临时攻破天水、自称"甘肃国民革命军总司令"的地方军阀马廷贤的兵。

1928年6月,马廷贤与另一位地方军阀马仲英(因年纪小,被民间称作尕司令)合兵三万余人,围攻甘肃河州(今临夏),失败后率部转攻宁夏,再被吉鸿昌击败,随后把部队交给部下韩进禄,自己远赴天津北平寻找机会。韩进禄率残部接受了宁夏省主席马鸿宾的收编。1930年2月,马廷贤又回到宁夏,唆使韩进禄带兵叛逃,南下固原。在固原,与曾经一同参加过河州变乱的旧部王占林合并。

听说冯玉祥和阎锡山结盟反蒋,部队东调中原,天水防务空虚,马廷贤立即率兵攻破由民团防守的天水。1930年5月6日(农历四月初八),在短短两个小时内,马廷贤就杀害天水市民三千余人。陇南十四县不战而降。

王占林被马廷贤任命为第二军军长,接管甘谷。

王占林立即在甘谷全境征兵,李则广不听劝阻,主动报名当兵。金三爷不缺钱,可以花钱雇人顶,但李则广态度坚决,一定要走。

王占林在甘谷自办"军官训练所",李则广被选为学员,学习三个月后,回到部队迅速得到重用,先是排长,再是连长(5连)。

1932年1月16日,川军邓锡侯突然进攻天水,马廷贤、王占林的部队不堪一击,溃不成军,残部或被邓锡侯俘虏或被杨虎城俘虏。

正是这一天,李则广带着"半个连"躲进马家堡子,开始做了土匪。一年后转移到徽县,一是因为马家堡子"离家太近",而且"堡子太小";二是因为徽县山大沟深,森林茂盛,适合土匪生存;三是因为徽县接近陕西,为将来"择善而从"做准备。做土匪的几年,和家里完全断了联系。打算将来成为响当当的正规军之后再恢复联系。土匪做得越大,接受整编时,职务就越大,可能比直接在部队往上混容易。所以,李则广"故意多做了几年土匪",而且完全以部队的建置和办法管理土匪,有班长、排长、连长、营长等等。到了徽县后不再乱杀人。也杀人,但会选择杀"该杀的人"。

1935年年底胡宗南的第一旅驻防徽县,旅长是李铁军。李则广"弃暗投明",再一次成为军人。做了一年副团长后升为团长。

之后就去了陕西潼关。

三十白头：

1942年,李则广只身回到七步。人们看见他,吓了一跳,不到三十岁的人,头发全白了。原因是,他的一团人绝大部分在中条山阵亡。他和几个卫兵趴在木板上渡过黄河,回到陕西,没脸回部队,各回各家。身为团长,身为七步人,李则广应该在黄河东岸就以身殉职,他却没有,这恐怕也是白头的原因之一。

饲养员：

李则广从部队回来后，下决心从此不问国事，做一个简简单单的生意人；除了继续做好祖传的盐客家生意外，还要扩大生意的范围，比如增加纸的生意。在徽县做土匪的时候，关心过徽县的人工造纸技术，认为也可以在七步开造纸厂。但是，事实上李则广终究没做任何一样生意。因为，他得了一个怪毛病，怕见人。家里来了邻居和亲戚，也不露面。后来干脆不在家里住，搬到北山底下的牲口圈里住。

金三爷的盐远销四邻八乡，送盐运盐主要靠牲口驮，所以金三爷养着五十几匹马，组成几只马队，每天忙忙碌碌穿梭在山路上。

李则广后来就成了饲养员。

一件事情足以证明李则广是一流的饲养员。

河湾里有一口大泉，专供牲口饮水。

每天的早中晚，家家户户的牲口都要去河湾饮水。多数人家的牲口数量有限，一两头两三头而已。三十头以上牲口的人家，有八九户。五十头以上的，只有两户。除了金三爷家，就是另一位李家——七步镇的头号地主。

两家的牲口刚好都是马。

一天早晨，天刚亮，两家的马从不同方向同时赶到泉边，一方不让一方，都要抢先喝水。一开始，马和马之间还算客气，只是你挤我我挤你，互不相让。但是，谁家的一匹小马驹被另一家的老马一屁股撞进泉内,四蹄朝天,溅起了一大片水花。由此引起了所有马匹参与其中的大规模冲突。两边的饲养员无论如何制止不了。上百匹马之间的激烈鏖战,令整个镇子摇晃不已,和一次小地震差不多,尘土飞扬,马骚味四起。人们从来没见过这样的阵势,纷纷跑来,站在高处看热闹。两边的马意识到有人在看,变得更加凶悍,更加不遗余力。战火渐渐蔓延到整个河湾,远远看去,有头对头高高跃起相互撕咬的,有屁股冲着屁股腾空蹬踏的,有群殴的,有单挑的,有躺在地上哀哀乞饶的,有乘胜追击威风八面的。整个冲突从早晨延续到中午,再从中午延续到傍晚,直到地主家的马全面认输。地主家的马,死了五匹,伤了十匹。李则广家的马只死了一匹,伤了三匹。为了让地主家不失面子,李则广故意杀了两匹,一共八匹,全镇人每一户分到了一份马肉。

那之后,李则广的马一露面,人人都认得出来,毛色和膘情一流,身架匀称,眼睛、耳朵和尾巴全都灵乎乎的,走路稳稳当当,蹄子大、蹄壳厚,从路上经过,蹄印明显,尤其是后蹄印。每一匹马的两条后腿都像两把琵琶。

解放后,土地、铺子和牲口一概收归国有,人人都要参加生产队的劳动。李则广不出来不行,但他是全队干活最慢最差的一个。生产队里有很多技术活,比如捆麦子、担麦子、扬场、犁地,李则广一样都干不好。一担麦子从山顶担回七步镇,别人跑三趟,李则广只能一趟。因为李则广总是捆不好麦子,半路上麦子总会再三散开。李则广唯一能干好的事情还是照料牲口,于是又做了生产队的饲养员。

李则贤来信:

李则贤幸运逃脱高增吉的抓捕后,走了半个月,到了延安,在延安找到了邓华将军,一提起借粮食撕条子的事,邓华马上就想起来了。随后李则贤一直受到邓华的照顾。解放后在湖南工作就和邓华有关系,邓华是湖南人。

解放后,李则贤和家里一直通信,但信上从来不问候哥哥李则广,会问候嫂子,就是不问候哥哥。全家人大大小小都问个遍,一句话一个字都不涉及哥哥。收信人不好写父亲李让的名字,也不好写哪个女人的名字,只好写老三李则安的名字。后来李则安成了植物人,信封上,收信人还是李则安。

1967年以前李则贤没回过一次家。从1937年到1967年,整整三十年时间没回家。1967年,李则贤才带着老婆子女第一次回七步。

后来,每隔几年回来一次。

弟弟和哥哥"就像大陆和台湾一样远"(七步人的说法),但是,后来,尤其是改革开放之后,李则贤对李则广的子孙倾尽全力,照顾有加。李则广有五个儿子两个女儿,二十多个孙子孙女,大部分都混得不错,该读书读书,该工作工作,该出国出国,有在美国生活的,有在大学里任教的,有做生意做得很好的。

大学任教的正是李汝平的儿子。

李汝平说:"二叔三十年没回家,回来的时候,把乡音忘得一干二净。别人以为他在装,其实是真的,乡音也是有可能忘干净的。"

李则安成植物人:

1966年,李则安不听父亲金三爷劝阻,积极参加七步镇的武斗,第一天就出事了,被人打伤,李则安从此成了植物人。

1982年,李则安死。

安徽女婿桃盛:

桃盛,安徽巢湖人,老家成为沦陷区后,于1940年逃出来,用了半年时间,逃到西北,偶然来到七步,看上了金三爷的女儿李则玉。桃盛写得一手好字,写字的姿势和别人不同,手腕尽可能伸远,伸在距离胸部最远的地方,笔向内倾,写字如运刀。桃盛在镇上开字画铺,兼装裱,生意不错。另外,很多老年人至今还记得他说过的一些话。刚流落到七步的时候,他怪腔怪调地说:"好羡慕你们七步人。"

有人问:"羡慕我们什么?"

桃盛说:"羡慕你们用不着担心做汉奸。"

大家当时还不熟悉"汉奸"一词。

桃盛说："所以我才说羡慕你们七步人。"

接下来,桃盛详细解释："实在是好可怕,好危险!在我老家,有两种做汉奸的可能,一种是当日本佬的汉奸;另一种是,当黑鬼子的汉奸。黑鬼子指的是汪精卫政权的人。天天都有人上门来动员,你们说不逃跑行吗?"

"除了当汉奸没正事做吗?"

桃盛又是一脸难以言喻的表情。

"不当汉奸还不能杀汉奸吗?"

"我杀过一个日本佬,用绳子勒死,再往胶泥里踩!"

"能杀一个,就能杀两个。"

"不能每一个都往胶泥里踩呀,也不是处处有胶泥呀。"

七步人还是半懂不懂。

桃盛说："你们七步人真是可爱得很。"

七步人认为桃盛才算可爱。

糟糕的是,七步人顺便就给桃盛起了个外号,不是别的,正是"汉奸"。这个外号一直叫到他离开七步。"文革"期间,红卫兵抓住他让他交代,到底是不是汉奸?他哭丧着脸说："都怪你们七步人,把我叫'汉奸',叫来叫去连我自己都搞不清是不是了。"这话说得很真切很无奈,根本不像在开玩笑,红卫兵当时就信了。

大概在1980年前后,桃盛带着老婆孩子回安徽了。

回安徽后名字改为盛桃。这是他逃跑之前的名字。老家人问他为什么逃跑?

他说:"对自己没信心。"

老家人也不懂他在说什么。

他说:"哎呀,怕自己做汉奸嘛。"

老家人一听,全都笑死了。

后半辈子,老家人称他为"桃先生",偏不称"盛先生"。

5连有人还活着:

李汝平说:"5连有一个人还活着,九十几了,是我大姑的儿子,当年跟着我爸去了中条山,大家以为阵亡了,家里早就收到了烈士证。1968年突然回来了,说自己从尸体堆里爬出来,不敢露面,在山洞里生活了二十几年。"

我问:"真的? 人还在?"

李汝平说:"人还好好的,还能骑自行车。"

我问:"人在哪儿?"

李汝平说:"在梨川村。"

我问:"离七步多远?"

李汝平:"明天逢集,他肯定要来赶集。他来赶集不干别的,吃一碗羊杂碎就回去了。这是他的长寿秘诀,每一集吃一碗羊杂碎。"

我说:"麻烦你约一下他。"

李汝平说:"还来这儿,明天让他改吃驴肉。"

我说:"太好了。"

李汝平说:"你可要给我好好写字,我要四条屏。"
我说:"写字没问题。"

6

第二天,天气晴朗,早上十点我先到了驴肉馆。过了半小时,李汝平带着一个老人来了。我从窗户里就看见了,推着一辆破破的自行车,人却很硬朗,腰不算弯,走路有力,衬衣洗得很白,面带文气,似乎可以再活二十年。

他首先笑着说:"我姓贾。"

我给他竖大拇指:"好身体好身体。"

他指着自己说:"年方九六!"

我说:"从明早开始,我也吃羊杂碎,一集一碗羊杂碎。"

他笑了,声音响亮悠扬。

他说:"不光是羊杂碎,还有秘诀。"

我心想,好爽朗的一个老人。光爽朗就足以长寿,这是学不来的秘诀。我已经点好了几样菜,除了驴肉,还有红烧肉、羊羔肉,还要了秋秋酒。一看见酒,老人眼睛就发亮。显然,他是一个贪酒的男人。我们那一带,很少有不贪酒的男人。但九十几岁的老人还贪酒,不多见。碰过三杯之后,老人抹抹嘴,开始讲。

我姓贾,名叫贾向喜,今年九十六岁。

我是1936年冬天跟着表哥李则广出去当兵的。

当时我十五岁,差一个月整十五岁。

1941年5月20日,胡宗南奉命派两个师增援中条山。我们是1师49团,李则广是团长。团里的下级军官和士兵大部分是咱们老乡。出发前就知道有去无回,因为黄河对岸不时传来坏消息,日军集中兵力攻打驻守在中条山的各路国军,直接对西安洛阳构成了威胁,等死不如战死,大家二话不说就火速开往前线。

我们的任务主要在中条山的西线,绛县、横岭关、闻喜、夏县、永济一带,阻敌西侵南犯,守卫黄河。我们打算从风陵渡抢渡黄河,日本飞机在头顶飞来飞去,一遍一遍地扔炸弹,飞得很低,有时候侧着飞,有时屁股朝上头朝下,机翼下面的"太阳"标志,飞行员的长相,都看得一清二楚。强大的气浪把树梢子吹得晃来晃去,让人头昏眼花。我们的高射炮和机枪朝天一扫,飞机马上就升高,根本打不上。

一路上到处都是弹坑,到处都是尸体。风陵渡被山西河南那边逃过来的老百姓挤得水泄不通,只有我们的部队由西向东、逆势而行。黄河东岸,村子里基本没人了,留下的只是尸体。我还记得,一个人的屁股和双腿还骑在马的尸体上,人头和马头都不见了,齐齐地摆在十米之外。村里的树上和墙上挂满了肠肠肚肚,说不清是人的,还是动物的。有一具尸体,我一辈子也忘不了,后来时不时还会梦着:一个长胡子的老汉,躺在一个破山洞旁边。我估计是山洞被炸塌后窒息而死,随后山洞再一次被炸,他的尸体露出来了。他把自己的白胡子拔下来,紧紧地攥在手中,怎么掰也掰不开。

49团接受的第一个任务是,夺回一个名叫伏龙山的高地。伏龙山因为山势险要,易守难攻,离黄河只有三十里路,是两军必争之地。不久前才被日军从国军手中抢走,如果重新拿回,一能提振士气,二能成为据点,进可攻退可守,具有十分重要的战略意义。全团的人都知道这是器重我们,更是欺负我们,把最难啃的骨头交给"土匪团"(我们团被私下里称作"土匪团"),但没办法,只能硬着头皮上。

高地附近有一个村子叫郭村,村子已经是一片废墟,弹壳遍地,多半房子倒塌,到处都有断胳膊断腿。一个女人的肚子炸开了,肚子里面有个五六个月的娃娃。村里没有大牲口,只有些小动物,鸡呀猫呀鸽子呀麻雀呀,在废墟里出出没没。后来李则广看见女人和娃娃后,让我负责去村里找个棺材,把母子俩埋了。

果然就找见了一个棺材,抬过来,把女人身上的血擦干净,穿好衣服,把娃娃也洗干净,放在妈妈怀里。是个男娃,小鸡鸡刚长成,比羊粪蛋蛋还小。然后就地埋在一个弹坑里。还在一块砖头上刻了三个大字:母子坟;还用小字刻上了时间:1941年5月21日;还刻上了我们的番号:国民革命军1师49团5连。

有点私心,只写了5连。

当时我已经是5连的上尉连长。

随后李则广召集连营长开会,我也参加了。

李则广手上拿着弹弓,这是他的习惯,有手枪了,小时候玩过的弹弓还不离手。他用弹弓打树上的麻雀,绝对百发百中。空中飞过的麻雀也能打下来。小时候,李则广经常提着一嘟噜一嘟噜的麻雀回家,用泥巴裹了,放在灶火里烤着吃。想不到,当了团长之后他还是舍不得丢掉弹弓,尤其是考虑作战方案的时候,更是丢不了弹弓。大家知道他的这个习惯,看见他手上有弹弓反而高兴,就等他想出好主意。

但是那天他没想出好主意。

他已经画好了地形图,指着图说:"伏龙山是一个"人"字形高地,咱们现在的位置刚好在"人"字的裤裆对面。日军的兵力主要在裤裆这一面,另外两面都是直上直下的断崖,鸟都飞不上去,别说人了。不算这样,日军在断崖上拉着铁丝网,裤裆这儿工事坚固,由一个机枪连把守,有几十挺重机枪,头朝下等着我们。"

大家一听,脚心发冷。

"你们有没有好主意?"李则广问大家。

大家相互看来看去,不说话。

一个营长说:"这是一个送命的高地。"

李则广说:"没有一个高地不是送命的;不打算送命,就肯定拿不下来。"

另一个营长叹着气说:"兵败如山倒啊。"

李则广一拍桌子,说:"不许讲这样的话,兵败如山倒是因为气势先倒了。两军对垒,全靠气势,49团可以没别的,不能没气势。"

李则广的目光盯向我。

我实在没有好主意,只好说:"我们5连没打算活着回去。"

李则广说:"当然,除了气势还要有办法。"

"办法"二字让所有人为难。

李则广说:"办法就在没办法里。"

话音刚落,李则广一弹弓打死了窗外飞过的一只麻雀。

大家一看,又惊又喜。

李则广过去捡来受伤的麻雀,看着麻雀说:"有话说,绝处逢生。人字形高地的两侧都是'绝处',说明咱们有两次'绝处逢生'的机会。我相信,绝壁上一定有路,敌人认为绝壁是安全的,咱们偏要从绝壁上找出一条路来。"

大家的脸上有了亮色。

军人不怕死,就怕傻傻送死,就怕死得窝囊。

我说:"团长,我带5连去探路。"

李则广说:"好的,立即出发。"

我回到5连,挑出二十名身手矫健、山地经验丰富的士兵,分成两组,东绝壁一组,西绝壁一组,吃饱肚子后,潜入深深的夜色。

我亲自带着西侧的一组。

悬崖断壁,并不像玻璃一样没处落脚。真正爬到坡上,就发现,找出一条路来并不难。我们假设绝壁上原本有路,可能被日军破坏了。如果曾经有路,路和路肯定连在一起,找路就不能离开路,所以,进山之后,我们始终沿着一条山间小路朝里面走。后来,在路边的一块大石头上发现一块正方形颜色有些不同,借着月光仔细看,是石刻,题为"伏龙山修路记"。大意是,光绪年间,一位姓郭的举人捐资修路,让伏龙山第一次有了直通山顶的路。我们高兴坏了,心都要从嗓子眼跳出来了。不出所料,没多久路就消失了,真的被炸开了。但是,重新回到路上,只是多费了一点周折罢了。

我们立即回郭村向团部报喜。

事不宜迟,当晚后半夜,全团一分为三,一部分主要是炮兵,堵在"裤裆"下方,从正面向敌人发起猛烈的火力攻击,同时截住敌人退路;一部分由5连和一个机枪连组成,从我们找到的山路上直接登顶,在伏龙山的最高处,用四挺马克沁重机枪和四千发子弹向敌人扫射;另一部分仍然留在郭村,阻断敌人增援。

我们这边,天亮前顺利插入敌人腹地,一路上损失了七八个弟兄,都是脚踩空跌下万丈悬崖的。山顶四周有铁丝网,我们剪断铁丝网,只等日军全部起床。没多久,日军开始在院子里排队准备去吃早饭,我把手中的两颗手榴弹抛出去,接着四挺重机枪和无数挺轻机枪同时开火,好痛快,敌人突然被我们打闷了,死的死了,活着的才去找武器。5连的步兵向来充当尖刀,我们趁乱跳下去,用刺刀和日军展开肉搏。听见我们的枪声后,另外两边的弟兄们也开始行动了,迅速形成了三面合围。日军的机关枪在战斗打响两三分钟之后才有了声音,从南向北开始扫射。我们的很多人眼看着倒下去了。我们只好闪向两侧,一边伏击,一边向南靠近。不过我们故意放慢了速度,吸引敌人疯狂射击。这个过程中,"裤裆"那边的弟兄们就有时间攻上来了。我们几乎消灭了刚才排队的全部敌人,旮旮晃晃都是尸体,粗看至少有七八十人,只剩下匆忙躲进南边碉堡内的敌人,还在垂死挣扎。机枪连继续在掩护,5连士兵以十人为一组,带着手榴弹一组一组地向碉堡冲锋。有人成功地把手榴弹塞进碉堡的射击孔内,只听见碉堡里一片乱叫。我要求5连的人不要松懈,拿出5连精神,一鼓作气,继续向碉堡扔手榴弹。等底下的弟兄们攻上来时,我们已经炸掉了所有堡垒,全歼所有敌人。前后不到两小时,杀敌一百多人。大部分弟兄都是第一次和日军打仗,没想到日本人这样不经打。但也没看见他们投降,拼刺刀的时候,我们不是对手,比5连人还像5连人。总之,伏龙山高地的日军一个不剩全死了。我们也死了不少,5连死的最多,死了二十三个,不包括从悬崖上掉下去的。我们正在吃日军没顾上吃的早餐时,听到郭村方向传来密集的枪炮声,不用说,李则广那边和日军增援部队干起来了。

吃饱肚子后我们开始清理尸体,把日军尸体堆在一起打算焚烧。有人发现了两具女尸,在大声尖叫,我跑过去一看,明显是日本女人,乳房很大,半隐半露,不知被谁开枪打死的。我心想,这两个日本女人就像我们的内应,昨晚上帮了我们大忙。我看有人在淌涎水,我自己也在胡思乱想,赶紧让他们把尸体烧了。

一天一夜后阵地再次失守,日本的飞机在头顶不停地扔炸弹,工事和碉堡全炸塌了,更别说人。李则广那边肯定遇到了麻烦,没法增援我们。日本飞机还空投了几十个伞兵,我们已经精疲力竭,拼刺刀远远不是他们的对手。

　　5连的最后七个人是从悬崖西边那条秘径上逃出来的。上去的时候已经发现了很多山洞,有些山洞可以藏身,有水,如果有吃的,藏一辈子都没问题。我们七个人藏在半山腰一个很大的山洞里,不知该怎么办。有人想回家,有人想战死,不战死也要自杀,像高级将领一样以身殉国。伏龙山一战,看见最后的几个日本人就是引刀自杀的。我们5连人心里都觉得自愧弗如。我们七个人躺在一堆干鸟粪上好好睡了一觉,醒来还是不知道该怎么办。很多野鸽子在我们斜对面咕咕乱叫,好像在给我们出主意,我们一句也听不懂。有人说连长说了算。有人说,剩七个人了,还要狗屁连长?

　　我建议少数服从多数。

　　大家一致表示同意。

　　商量好子弹代表殉职,石子代表回家。大家去洞口转了一圈再回来,子弹放进我左口袋,石子放进我右口袋。结果子弹三,石子三。

　　该我表态了,还是我说了算。

　　我也去洞口转了一圈。

　　回来,我伸出手,亮出四颗子弹。

　　没说的,那就殉职。

　　问题又来了,怎么个殉职法?

我说,最好的办法是战死。

有人说,咱们七个人,互相打。

我说,不许开玩笑!咱们手上还有机枪和子弹。

大家的目光同时移向一个方向:

一个自然形成的圆形石桌上,放着一挺马克沁重机枪和一千发子弹,还有几颗手榴弹,还有七把步枪。我们到底是军人,而且是5连的军人,我们的目光和武器的目光默默相遇后,山洞里的空气都变硬了。野鸽子的叫声,也硬了许多。事情突然变得简单了,我们七个5连人眼睛里有了一样完全相同的东西,想阵亡,七个战友同时阵亡。以前也有过,在战争处在僵持阶段的时候,心里突然会很讨厌打仗,只想阵亡,不管胜负,只想阵亡;这一次是最强烈的。不用别人强迫,也不用自己强迫,连决心都不用下,一心想阵亡。比口渴的时候想喝水还强烈。当然要尽量多杀几个日本鬼子。

七个人的意见完全一致。又在山洞里休息了三天,吃了几顿钢盔炖鸽子,攒够了精神,我们在傍晚下了山。因为,连续三天的早晨和傍晚,我们都听见日军在操练,日军的军号声、整队声、跑步声,从裤裆那边传过来,听上去阵势不小。早晚各一次,都是从东边开向西边,两小时后再由西边开向东边,很有规律。

这天晚上,天很阴,听见日军已经开向黄河方向后,我们立即下山了。我们先找到了路,东西方向的一条大路,土路,有乱糟糟的车印,有很多弹坑,能肯定日军就是在这条路上来回行进的。我们躲在北边一个弹坑内,两人负责重机枪,其余人准备好手榴弹和步枪,等日军开过来。没多久,几百个日军步兵列着队走过来了,前面有一辆摩托车开路,最后面还跟着几辆摩托车,前后都亮着灯,中间是黑的。

我继续是连长,七个人的连长。等日军队伍从我们眼前过了一小半时,我小声下令开火。我手中的手榴弹先在敌阵中爆炸了。敌人乱作一团时,重机枪开始扫射。爆炸时的火光里,能看见敌人墙一样倒下了。两头的日军迅速镇定下来,前前后后向我们开火。他们一定以为我们人很多,子弹疯狂向我们飞来。

我的最后一个记忆是,自己中弹了,应该是好几个部位同时中弹。中弹的瞬间,我的灵魂突然失重,飞了起来。我心里想,原来这就是死,挺舒服,像打秋千,由低处向高处飞的那种感觉。心里涌出一股子热乎乎的味道,心想当兵多年终于以身殉国,虽然自己不过是一个小连长,说"以身殉国"似乎有点小题大做。

后半夜,我发现自己还活着。

我要坐起来时,发现左胳膊抬不起来。我躺在一个能盛下一辆车的弹坑里。身体底下有一层水,水很腥,水里面铺了一层弹壳,身体上方有一棵倒在坑边的柳树,不大不小刚好把我遮在下面,好像我是故意钻进树底下的。

我渐渐想起了昨晚上的事情。

天还是很黑,空气又湿又腥,可能下过雨。我从坑里爬上去,没走几步就被一具尸体绊倒了,一闻就知道是日本人。我捡起一个钢盔戴在头上,静下来辨了辨方向,很容易就找到了伏龙山的影子。随后,我又从日军尸体上扒下一身衣服,一双靴子,一条皮带,还摸到了一把步枪,把自己打扮成日本人,回到山洞。

山洞里还保留着我们七个人的气味,野鸽子们好像还认得我。我的左胳膊中弹了,但全身其他地方完好无损,连一点轻微的擦伤都没有。左胳膊肘下面半寸的地方,有弹孔,子弹斜穿而过。我想起石灰水可以止血止痛,疗伤生肌,山洞边上刚好有石灰石。我砸了一些石头下来,一层一层垫上干草,然后用木柴烧。烧成灰就是石灰了,再盛在钢盔里,舀上水,稍微泡了泡就清洗了伤口。刚开始疼得要命,过几分钟就好多了。石灰水止血止痛的效果特别明显,连续洗了七八天,伤口就愈合了。

重要的是,我有一个意外发现。

洞里有上百只野鸽子,很喜欢喝石灰水,一喝就停不下来,把肚子喝得鼓鼓的,想飞都飞不起来,有的连走路都不行,要像人一样用后仰的姿势半躺着才行,脖子一弯一弯的,瞳孔的颜色忽然亮了忽然暗了,明显是恶心了。一个鸽子带个头,所有的鸽子就比赛一样吐了起来,把吃进去喝进去的东西通通吐出来,包括还没消化的粮食,有黄豆,有玉米,有麦子,有小米。我把粮食一颗颗捡起来,用钢盔煮成粥,就是全世界最好喝的八宝粥。我靠着八宝粥先活了三十天,整整一个月。一个月之后,外面的枪炮声少多了,但日军还在,日军的大喇叭还在响,日军操练的声音还能听见。

我已经在洞里待习惯了,不敢出去,也不想出去。

我永远不出去,就等于殉国了。

没任何人看见,一个人单独活着,就算死了,我是这么安慰自己的。

这是万万想不到的一种死。

再说,我估计家里人已经领到烈士证和抚恤金了。出发前部队首长向我们保证,如果不幸牺牲了,政府会给家里颁发烈士证,发放抚恤金。其实抚恤金并不重要,最重要的是烈士证。烈士证是国家发的,是地方政府代表国家发的。为国捐躯,不是想捐就能捐的。一个活着的师长、团长比不上一个为国捐躯的上尉连长。师长、团长最多是军爷,再厉害也只是军爷。一个村子里可能有好几个军爷,但烈士不会多。

仅仅这个原因,我也不能出去。

我没有别的选择,只有活着,一个人偷偷活着。我经常对自己说:喂,狗日的,你是一个活着的烈士,全世界恐怕找不出第二个。

我在洞里专门砸出一条弯弯的沟槽,每天中午总要给野鸽子喂一顿石灰水,就像在家里喂鸡。它们已经喝上瘾了,每天不喝一顿,就有气无力,尾巴都抬不起来。喝完石灰水,每一只野鸽子的瞳孔都会立即变得又圆又红,比原来更圆也更红,像一瞬间同时开放的花瓣,密密麻麻,令人心颤。喝完石灰水马上就吐,吐完再飞出去,再一趟回来就没石灰水可喝了,想喝都不给了。我还找到了很多能吃的东西,蟒蛇、野兔、野鸡、麻雀等等,唯独不再吃野鸽子;对了,倒是吃野鸽子蛋,有吃不完的野鸽子蛋。我还找到了很多野菜,苦苦菜、猪耳朵菜、马齿菜、蒲公英、野苜蓿、臭椿等等。

没几天,野鸽子们和我就混熟了,和家鸽子没任何区别,经常落在我的头上、肩上、腿上、脚上,故意和我玩。我尖叫一声,或者跑两步,它们就做出吓一跳的样子,飞个半高再落回来,把我里三层外三层围起来,好兴奋,咕咕咕叫个不停。我如果把其中一只鸽子举在手上,故意用脸亲一亲,其他鸽子马上就吃醋,群起而攻之,直到把那只鸽子赶走。我给很多鸽子起了名字,主要是5连战友的名字,也有亲人的名字,李升俊、杨克仁、李勋、李仁、杨五昌、王子云、李则广、李则贤、贾含英、刘秀英、刘玉兰、王金淑……每一个名字都不是乱起的,都和名字原来的主人有联系,哪怕是一丁点联系。每一只鸽子长相都不一样,光眼神就可以分出谁和谁了。有的鸽子,长着好看的鸳鸯眼,有的是鸡黄眼,有的是桃花眼,有的是老人眼,有的是婴儿眼,仔细观察,真的和很多熟人的眼神一模一样。再加上还有毛色、翅膀、头和脚、声音等等的区别。反正绝对叫不乱的,一眼就能认出来。天天叫它们的名字,时间长了,它们自己都知道自己的名字。叫哪只鸽子,哪只鸽子马上就朝我飞过来。有时候我和鸽子们一起睡一起醒,醒来一看,里里外外全是鸽子,满身是鸽屎。不要紧,不远处有个小小的瀑布,钻进去冲干净就行了。

总之,我认为我生活得不错。

真的,我从来没想过回来。后来日军的声音消失了,伏龙山南边和伏龙山顶上渐渐有了自己人的声音,我还是没想过回来。好像怕回来,怕回到人的世界。有一次,我突然听见了汽车的声音,好像就在离我几十米的地方,离我越来越近。吓得我全身发软,差点遗了尿。马上发现不对,不是汽车的声音,是飞机的声音。当时外面正在下雨，飞机飞在云层上面，伏龙山顶上的云层刚好露出了一丁点缝隙，飞机的声音从小小的缝隙里漏下来，被缝隙挤扁了，又受了潮，嗡嗡嗡，特别像汽车的声音。

从此我知道我有多么怕见人。

我愿意一辈子躲在山洞里直到死。

我一直都很清楚，在洞里待了多长时间。每月的农历初一，是无论如何看不见月亮的，知道这个知识就好办。这一天叫"朔"，两个"朔"之间不就是一个月嘛。然后再分成大月小月。大月30天，小月29天。小月的那个月，第29天"朔"就出现。接下来就是大月。一年十二个月，每过一年，我就在石头上划一杠，军衔一样。一转眼就划了十杠。一转眼又是十杠。第三个十杠没有划完就被人发现了。

还记得脚步声传来的时候，我正赤条条地躺在一堆干草上，我的第一反应是先穿上衣服（那身日军衣服），准备好枪（日军步枪）。那个瞬间来不及想任何具体的东西，只有怕，比怕死还怕，到现在我也想不起一个相同的怕来。和怕死、怕鬼、怕老虎、怕蛇蝎都不一样。要说有像的，倒是像怕野人、怕外星人。不太怕又很怕。是不轻不重不多不少的一种怕。我差不多能说清那种体会了，但还是说不清。

好笑的是，外面的人一样怕我。好像我不是一个人,而是一支部队。他们后来说,他们原以为我是野人(有人用望远镜看见过我白发白须的样子),现在一看却是日本人。他们来了二十几个人,一半是警察,背着枪,带着狗。

看见他们的一瞬间我就不怕了。

我冲着他们,只知道傻笑。

他们把枪口对准我,大声喊:"投降!"

我乖乖地举起了双手。

我笑着说:"我是中国人。"

他们听见我的口音后,差不多相信了。

我指了指石壁上的横杠和数字。

我还把身边的步枪扔给他们。

随后我给他们详细讲了1941年5月发生在伏龙山顶的那场战役。

他们一听就明白,丝毫不怀疑。

他们对我很客气,给了我路费,打发我回了家。

回头再说山洞里那些鸽子。

离开山洞的时候,刚好所有的鸽子都喝过石灰水,飞出去了。我心想,如果它们都在,我肯定舍不得离开。回到家的第三天,半夜,我从睡梦中惊醒,听见外面全是鸽子的叫声,咕咕咕叫个不停,以为自己还在梦中。仔细再听,发现不是梦,是真的。赶紧打开门跑出去,一看,月光下,满院子全是半红半棕的小眼晴,像满天的星星落了一地,虽然看不清谁是谁,但我百分之百地肯定,我的鸽子们找我来了。

"你们本事够大的!"我说。

它们咕咕咕叫个不停,好像在说,从山西到甘肃真够远的。

"天亮再给你们找喝的。"我又说。

它们还是咕咕咕叫个不停。

7

贾向喜老人说,他查遍中日两国的军史和回忆录,关于伏龙山高地一战,双方均有记载,同样都很简略,各有偏重,但至少没被历史完全遗忘。不过,最后七个人的事情,双方的军史和资料都是只字未提。贾先生希望我能为5连奔走呼吁,在伏龙山下为5连建一座纪念碑,把最后七个人的事情写出来,公之于世。我觉得此事我是可以做的。实际上我自己也极有兴趣去伏龙山西侧那个山洞里看上一眼。

但我必须先回一趟珠海。我想在南方过完这个冬天再说。冬天眼看要来了。我害怕每一个新季节的到来,尤其是冬天。新季节代替旧季节,意味着我身上的衣服也该换了,小时候家里穷,总是缺少换季的衣服,所以,新季节到来之前,没有例外,我总是提前感到恐惧。我身上,类似的恐惧多如牛毛,几乎和我身上的细胞一样多。我想,恐惧可能真是细胞,另一种细胞,灵魂的细胞。王龄曾经告诉我,血肉之躯必须知道疼痛,疼痛是身体的语言,是我们的身体在说话,同时又大大缓解了它自身。以此类推,灵魂的语言就应该是恐惧,灵魂用恐惧表达自己的感受,并用恐惧缓解它自身。

"爱你的恐惧吧!"我对自己说。

我知道我的声音有多么诚恳。

两天后我回到了珠海。在珠海机场,随着同一趟飞机上下来的面熟的人流走向出口,远远瞥见居亦的瞬间,我心里突然一慌,向自己发出强烈的疑问:即将和居亦拥抱的这个人算不算我自己?这个神经质的问题在我心里有着十分清晰的内在逻辑,说全了应该是:经过这么一番瞎折腾之后,大老远回来的这个人算不算我自己?把这个问题分解开来,又可以是:我是不是最好的自己?我是不是最真的自己?我是不是离开珠海之前那个自己的替代者?我是不是不知道前世是谁的那个自己的替代者?我是不是任何一个自己的替代者?回来的这个人真是我吗?东声这个人真的回来了吗?

总之,百分之百,看见居亦的一瞬间我在挑剔自己,更在嫌弃自己。我深感自己不仅如此苍老,而且疾病缠身。等着取行李的时候,我隐约明白,我的坏情绪恰好来自居亦。居亦此刻的笑容像一面镜子,令我自惭形秽。

我开车,居亦坐在旁边。

我说:"给你唱一首七步道情。"

居亦说:"想听想听。"

我说:"我可是专门为你学来的。"

居亦安静下来等我唱。

于是,我小声唱:

>娃娃你慢慢行来慢慢走
>别让房檐碰破头
>不是为娘心太狠
>你没有大大(爸爸)娘怕羞

>娃娃你慢慢走来慢慢行
>别让风浪打湿身
>不是为娘心太狠
>夜半醒来哭三声……

8

冬天快结束的时候,我突然渴望开始一次新的写作,以从未有过的魄力,用自然、精确、锐利的文字,拨开历史的迷雾,捅破认知的局限,到最幽深的地方去,到最迢远的地方去。没有犹豫,我决定重拾那部再三难产的长篇小说,坚定不移地写下去。正如王龄博士预料,我上一世的经历,啸聚山林的经历和带兵打仗的经历,的确和这部小说的构想高度重合。但是,我也深知,要想真正写好它,更需要勇气:虚构的勇气,面向未知的勇气,踏入绝境的勇气……那将是一次真正意义上的孤胆长旅……

新的长篇小说是这样开头的:

  金三爷醒了。

  遗憾的是,一睁眼全部梦境立刻消失,只觉得肚皮里的一颗心还是碎的,满屋子都是"一辈子也忘不了"的味道。重新闭住眼睛仔细回忆了片刻,还是没用,明明隔着一层纸,就是想不起来。这种情形以前也有过,所以金三爷并不奇怪,立即穿上衣服,打算上完厕所去盐场干活。轻轻掀起静静下垂的白布门帘,走出去,差点被满院子的月光挡回来了。

  的确,院子里满是月光,有一种盛不下的架势,满天星斗也是多得吓人。门口的大槐树,树冠很大,比平常大了一倍,一半伸在院子外面。树梢上的喜鹊窝空空荡荡,没一只喜鹊。喜鹊窝顶上的一颗星星亮极了,释放出大片妖气,自上而下,泼泼洒洒,直指七步,甚至直指金三爷家。金三爷心里惊讶极了,想不通天和地这是怎么了?怎么和我金三爷一样悲伤?两相比较,金三爷的悲伤一钱不值了。向东北角的后院走去时,金三爷看见院中央有一团圆圆的暗蓝色,他知道那是自家的井,很旺很旺的一口井,像整个七步镇的嘴唇,微微噘起,喋喋不休,诉说着民国二十六年七月七日黎明时分的悲伤。

....

2016年12月 一稿

2017年10月 二稿

2018年 5月 三稿